大地慈祥

汪 应 钦◎著

江西高校出版社
JIANGXI UNIVERSITIES AND COLLEGES PRESS

图书在版编目(ＣＩＰ)数据

大地慈祥／汪应钦著. -- 南昌：江西高校出版社，
2024. 9. -- ISBN 978 - 7 - 5762 - 4893 - 7

Ⅰ. Ⅰ267

中国国家版本馆 CIP 数据核字第 2024G44A88 号

出 版 发 行	江西高校出版社
社　　　址	江西省南昌市洪都北大道 96 号
总编室电话	(0791)88504319
销 售 电 话	(0791)88522516
网　　　址	www. juacp. com
印　　　刷	永清县晔盛亚胶印有限公司
经　　　销	全国新华书店
开　　　本	700 mm×1000 mm　1/16
印　　　张	15. 25
字　　　数	220 千字
版　　　次	2024 年 9 月第 1 版 2024 年 9 月第 1 次印刷
书　　　号	ISBN 978 - 7 - 5762 - 4893 - 7
定　　　价	68. 00 元

赣版权登字 -07 -2024 -387

目　录

赵庆华和她的儿女们

赵庆华拿着手机，在微信上打了个招呼。

"赵妈妈！"在云南戍守边疆的母涛涛回复。

"赵妈妈！"在北川哺乳女儿的史燕子回复。

"赵妈妈！"在工地忙前忙后的梁婷婷回复。

"你看，无论孩子长多大，走多远，都走不出我的心。"赵庆华的眼眶有些湿润。

"无论飞多远，飞多高，风筝的线始终在赵妈妈手中。"儿女们都这样说。

一

赵庆华有个神圣的梦想。

这颗梦想的种子，在疼痛中萌芽，在奋发中开花。

她最亲近最在意的人是外婆。6岁的生命体验中，亲人跟树一样，会一直生长，不朽不灭。一切幻灭于那年夏天。中午，外婆正哄她午睡，一声呻吟，猛然倒地，再没起来。

"我要当医生，我救不了外婆，我就去救别人的外婆！"

6岁埋下的种子，16岁开始发芽。初中毕业，她以录取生中第一名的成绩，进入重庆医科大学护理学院。

3年之后，她又以全校第一名的成绩毕业，进入重庆医科大学附属第一医院工作，戴上了心仪已久的燕尾帽。

1991年，她迎来了护理生涯中的"外婆"。

"外婆"与外婆年纪相仿，罹患胃平滑肌肉瘤合并冠心病，入住她的心血管内科。此病需要非常严密的监护和高超的穿刺技术，加之化疗用药表柔比星对血管破坏性大，护理任务繁重艰巨。老人的血管极差，穿刺十分困难，为了保证成功，减少患者痛苦，有孕在身的赵庆华不得不脱掉防护手套，而且常常一蹲就是一个小时。因高度紧张，过度劳累，赵庆华不幸失去了未曾谋面的孩子。

赵庆华病休期间，老人不再配合治疗，她要求：小赵回来，我再治疗。面对"别人的外婆"，赵庆华不顾劝阻，毅然回到老人身边。"外婆"可怜巴巴地说："只有你在，我才安心。"金贵的生命之托，让赵庆华陪伴老人8个月之久。

"外婆"出院后，坚持每年春节给赵庆华寄贺年片，直到她70多岁去世。

去世之前，"外婆"得知，陪护她的8个月里，赵庆华因流产并发症，永远失去成为一名母亲的权利。

二

17岁。

赵庆华说，如果她的孩子在，这年刚好17岁。

这一年，中国大地发生了汶川大地震。

国难之中，距离最近的重庆，收治伤员，义不容辞。

2008年5月14日深夜，赵庆华得到命令，牵头紧急筹建首批救灾病房。通宵之后，清晨，首批伤员送达。赵庆华一看，心都碎了：满眼都是奄奄一息的孩子。

母涛涛，17岁，北川人，是其中最为特殊的一员：地震中失去了18位亲人，身体遭受严重挤压。医生说母涛涛"有骨头的地方都有折断，多器官衰竭"。同时，他有严重心理创伤，极度悲痛，悲观绝望，抗拒治疗，身体不时颤抖，声音也在颤抖："妈妈，妈妈……"

赵庆华泪湿衣襟，打定主意：不能让孩子身体撕裂，更不能让孩子心理撕裂。

"首次遇到这种十万火急的大规模抢救，床位调剂，仪器调度，设备筹措，人员安排，流程制定……"赵庆华根本没有时间睡觉。繁重的工作之后，赵庆华增添了一项工作：结对帮扶身体重伤、心灵重创的孩子。

她和罗凤等护士志愿者动员家属，轮流为涛涛熬鸡汤、鱼汤，像母亲一般陪他聊天，持续不断激励他，引导他说话，鼓励他倾诉。有一夜，涛涛醒来，猛然看到疲惫不堪的赵庆华握着他的手靠着他的床沿睡着了。涛涛顿感心头一热，冰雪瞬间融化，生命重新萌芽。从此，他开口答话，主动交流，配合治疗。

因各批次156名伤员先后到达，赵庆华分身乏术，有一次只能拜托别的志愿者代送鸡汤。涛涛突然问："今天不是赵阿姨来吗？"

赵庆华至今记得，那段时间，只要她朝母涛涛的床房方向走，了解情况的同事都会关切地问："那孩子……还在吗？"每次，赵庆华都以坚定的眼神回答。参与治疗的专家说：如果说真有九死一生，那么，母涛涛就是九十九死一生。

涛涛奇迹般康复，两个月后，在医院迎来了17岁生日。蛋糕来了，礼物来了，生日歌响起来了，涛涛哭了："赵阿姨，我妈妈也是护士，她正护理病人时在地震中去世了。我能叫您一声妈妈吗？"

孩子话音未落，赵庆华热泪横流，一下紧紧拥住孩子，仿佛拥住上苍赐予她的儿子。

孩子出院的时候，赵庆华和医务处处长徐玲一起，请他吃火锅。赵庆华和他曾经约定：如果他全力配合治疗，她就请他吃最心仪的美食。病床上的涛涛点了一样东西：重庆火锅。

吃火锅的时候，他对她的称呼已从"赵阿姨"变成了"赵妈妈"。赵妈妈说："孩子，你九死一生，有啥感想，将来想做啥？"

孩子回答："为了救活我，国家花那么多钱，你们付出那么多，给了我第二次生命，我要做对国家有用的人。"

孩子想去当兵。赵妈妈告诉他，当兵也要有文化。

于是，孩子先考取了大学。

2013年，孩子光荣参军入伍。

2015年，孩子在部队考取军校。

2017年，孩子任副连职排长。

"赵妈妈对我最大的影响，就是让我有了上进心、责任心、同情心、感恩心。人生每走一步，我都同赵妈妈商量。"

芦山地震，那时他是士兵，默默捐出了一月津贴。读军校去南疆实习，他默默捐出 500 元给当地扶贫。走在街上，遇人需要帮助，他搭一把手，默默离开。军校毕业，他请求到祖国边防服役。

他让赵庆华最感动的一句话是："赵妈妈，你们守护生命，我们守护你们。"

三

17 岁。

史燕子，第二批送到的伤员，也是 17 岁。

与母涛涛相反，赵庆华看到她的时候，她正大哭大叫。

"我要跳楼！"

赵庆华问她为什么要跳楼。

她从绵阳的医院转过来，教室从一片明亮到砖头纷飞再到四周漆黑的过程她记得清清楚楚。她和三个同学埋在一起，救援人员用手把她们刨了出来。龚同学被房屋大梁压着小腿，为及时抢救生命，救援人员含泪用菜刀砍下龚同学的腿。

绵阳救治条件有限，要为史燕子截肢，但她誓死抗争，所以转院到重庆。

赵庆华说："死都不怕，你还怕截肢吗？如果你跳楼了，确实不用截肢了。但还有一种可能，乖乖接受治疗，也许不用截肢。"

对全世界而言，你是一个人，对于某个人，你是他的全世界。

赵庆华一下子成为史燕子的全世界。

史燕子对赵庆华的依赖，加重了赵庆华的责任。她设计了两个方案：千方百计，不截肢；万不得已，截肢保命，身体残疾，心理不残疾。

随后，燕子的病床，成为赵庆华下班后的必到之地。

在医院全体医护人员的呵护下，燕子的腿成功保留下来。

出院的时候，"赵妈妈"有了"龙凤胎"，燕子坚定地表示：赵妈妈，你等着，我很快会到重庆来。

燕子说：坚持仰望星空，月光便会铺成一条路，带我们去见一生最相信的人。

两年之后，她考取了重庆的大学，如约来到重庆。

母女相逢，时间飞逝。

毕业的时候，赵庆华自然一番嘱托。燕子想和男朋友一起，留在重庆创业，也想回到故乡，为家乡做点事。矛盾之中，赵庆华帮她拿主意，先回到母校北川中学旁边新建的灾后纪念馆当讲解员，讲述灾难，更讲述信仰、讲述重生、讲述感恩、讲述精神的力量。

2014 年的一天，燕子喜出望外。她的赵妈妈，来到纪念馆，听她讲解，来到她的家里，嘘寒问暖。在家中，母女相拥，促膝谈心。史燕子脸上，是满满的幸福；赵庆华的脸上，是开心的笑意。

2018 年，鲜花齐放的时节，赵庆华收到喜讯：燕子幸福地当上了妈妈，她和老公在重庆的事业，正稳步向前。

四

花季，有时也是雨季。

梁婷婷的感觉就是这样。

她的舞蹈梦，毁在了那场地震中。

从绵阳转院到重庆的时候，她躺在病床上，眼泪不由自主地说来就来，铺天盖地。

她引以为傲的修长的双腿出现了大洞，已经被感染。一头秀美的长发，已经剃去，成了光头。一日三餐，纯粹像在举行某种仪式。

她的眼里，她的心里，全都荒芜。

赵庆华递给她一盒牛奶。

旁边的人介绍：护理你的赵阿姨，不是一般的护士哦！

以她 16 岁的阅历，婷婷不相信有"二般"的护士。

此后，她断断续续知道，赵庆华是重庆数万名护士中仅有的几位教授之一，是全市首批护理学硕士生导师，带出的研究生已有 50 多个。

自己是一个初中生，眼前出现了硕士生导师，还喂自己药，帮自己打针，做自己思想工作，婷婷肃然起敬。

赵庆华有自己的办法。

她送给婷婷一个笔记本，让她把想说的话记到本子上。

"我要学医，我想当赵阿姨的学生。"

"把我的生命从尘埃中捡起，放到你的眼底，托在你的右掌心里……这个人就是赵阿姨。"

婷婷住院3个月，日记记了3个月，后面的称谓悄然发生了变化。

"感恩每一滴水，感恩每一枝花，感恩每一朵云，感恩赵妈妈。"

不出3个月，赵庆华成了"三胞胎"的妈妈。

"我爱重庆。我爱重庆人。我爱赵妈妈。"2018年4月，当她明白了我们的意图，面对采访，婷婷开头就是这三句话。"我不跟妈妈说的话，都会跟我赵妈妈说。"刚刚说到第四句，她哇哇大哭起来。她的泪水，有对灾难的理解，有成长的挫折，有对生命的感恩，有重生的喜悦……

与史燕子一样，她报考了重庆的大学。

毕业后，她毅然留在重庆。

她没有考上赵妈妈的研究生，但她留在了赵妈妈身边。她俩达成了共识：大地震震垮了那么多建筑，而婷婷从事工程建设，每一个新建筑矗立，都是一次新的诞生。

前不久，因为感情的事，她和生母"闹翻"了，痛苦地找赵妈妈诉苦。赵妈妈讲：有个小女孩，跟妈妈赌气，离家出走，饿了3天。一个大娘请她吃了顿饭，小女孩千恩万谢，说大娘比妈好。大娘说，孩子，我仅仅请你吃了一顿饭，你就这样感谢我，你妈妈可是天天让你吃饭的人啊！

故事听完，婷婷马上向生母道歉。

2017年，婷婷生病住院。手术过后，赵庆华天天守护着她。中间一天，赵庆华必须出差飞往西安，刚下飞机，婷婷就接到了赵庆华满心担忧的电话。

"母爱就像太阳，无论时间多久，无论走到哪里，都会感受到母爱的照耀、母爱的温暖。"梁婷婷说。

五

今年是 2018 年，5 月 12 日是一个特殊的日子。

这天既是护士节，又是汶川地震十周年纪念日。

"紧接着，13 日又是母亲节。" 涛涛提醒我们。

他说他已请好探亲假，准备联系燕子、婷婷，在 5 月 12 日这天给赵妈妈一个惊喜。

孩子们关系融洽，而且常常联系，定时不定时给她以惊喜。逢年过节、生日当天，孩子们总会收到她的微信红包。

"作为孩子们的赵妈妈，不只是我关心他们的成长，他们的成长，也反过来激励我不断向前，我乐意当他们的示范和先锋。"

2015 年，是赵庆华和她的儿女们的"旺年"。

这一年，涛涛考取军校，燕子当上新娘，婷婷找到工作。

这一年的 9 月 15 日。北京。人民大会堂。

"重庆医科大学附属第一医院，赵庆华！"

全国人大常委会副委员长陈竺的口中，念出了她的名字。中共中央政治局委员、国家副主席、中国红十字会名誉会长李源潮，亲自为她颁发了第 45 届南丁格尔奖章。

这是重庆医疗界捧回的第一枚南丁格尔奖章。

她没有告诉孩子们这个信息。

从北京回重庆，到机场迎接她的，有各级领导。凭直觉，赵庆华一眼望到了人群中的燕子和婷婷。孩子们的懂事和重情，让她感到比获奖更欣慰。

2017 年，又是一个时间节点。

这一年，涛涛当上军官，燕子孕育新生命，婷婷康复出院。

这一年的 10 月 18 日，赵庆华再次步入人民大会堂，她以全国党代表的身份，出席了党的十九大。

党代表的身份背后，是她志愿者的无尽奉献：

她是三峡库区医疗帮扶志愿者。已帮扶 70 余家库区及基层医疗单位，累计帮扶 1000 余次，培训医护人员 1 万余人。

赵庆华和她的儿女们

　　她是芦山地震护士志愿者。20 名志愿者与医院团队和重庆市系统组成的"国家级救援队"，在 8 天的时间里，创造了救援队伍"两个第一""四个唯一"的佳绩。

　　她是重庆医科大学附属第一医院红十字服务队志愿者。重庆市红十字会自此诞生了第一支具有护理专业技能的志愿者服务队。

　　她是"五心"护理品牌的执行者。"五心"护理文化荣获全国"医院文化建设优秀成果奖"。

　　她是重庆医科大学首批护理硕士生导师。主持科研课题 21 项，出版专著、教材 15 部，获教学、科研级成果奖 7 项。

　　她是遗体捐献志愿者。法律文书上，有她郑重签下的"赵庆华"3 个字。

　　"如果能用自己的努力，换来更多人的幸福和生命，那么，我愿倾其所有。"

　　这，就是赵庆华的誓言。

　　（原载《人民日报》，获得中国人口文化奖（文学类）、重庆新闻奖三等奖、重庆晚报文学奖等）

山海缘

志合者，不以山海为远。——题记

瑞本说，还差点钱，所以正在卖车。

胡宁心头一紧，马上想到了秦琼卖马，杨志卖刀，刘备卖草鞋。

瑞本说，君子以文会友，千金散尽还复来。

胡宁心想，这兄弟，尽管中文引用得不恰当，脾气上，却很有重庆人的豪爽。

一

其实瑞本说这话的时候，人还在大西洋彼岸。

此前胡宁教会了他使用微信。

他越用越觉得"这玩意儿"实在是太神奇了，即使远隔万水千山，岛上的自己也能跟山城重庆的这位哥哥即时联系。

他俩的交往，要从 2017 年夏天说起。

起初，明里暗里，瑞本的眼里心里，是有那么一丝丝优越感的。

瑞本的国家，叫巴巴多斯，人称度假天堂。瑞本所在的"单位"，在首都布里奇顿，是全国最大的公立医院，有个霸气的名字，叫伊丽莎白女王医院。

胡宁，重庆医科大学附属第一医院骨科副教授，以中国（重庆）第二批援助巴巴多斯医疗队队员身份，进入了伊丽莎白女王医院，也进入了瑞本的视野。

一位黄皮肤医生，进入一群黑皮肤医生中，辨识度极高，仿佛一下站到了明亮的舞台中央。表演精彩，众人瞩目，表演砸了，众矢之的。

第一位主动向胡宁寻求帮助的，叫史密卡。

第一次来，她哭。膝关节疼痛，让她对生活充满绝望。

第二次来，她还哭。虽然巴巴多斯公立医院实行免费医疗，但她已排队等候两年了。

第三次来，又哭。尽管私人医院可以做这手术，但费用太高，她承受不起。

第四次来，还哭。因为她的婚期已近，而膝伤如故。

此间，胡宁已洞悉，其实医院并没有为她开展"膝关节前交叉韧带断裂"手术的条件。比如，医院根本没有手术必需的重建工具，没有内置物，没有钛板，没有螺钉……

其实，史密卡第一次哭诉后，胡宁就紧锣密鼓地开始了"秘密工作"。

向重庆市卫生健康委报告，向"娘家"重庆医科大学附属第一医院汇报，向中国驻该国大使馆和经商处寻求方案。

最后，国内多家企业无偿捐助，价值20万元的工具和耗材顺利抵达伊丽莎白女王医院。

史密卡的手术成功实施，之后她的膝关节功能完全恢复。

胡宁主刀的这台手术，把该国骨科领域的微创关节镜手术猛地向前推进了一大步。

胡宁医术内医术外的"能量"，从此在伊丽莎白女王医院闪闪发光。

马拉克，被称为巴巴多斯国宝级运动员。因为板球运动，马拉克在当地家喻户晓。但是，长期比赛训练，落下右肘撞击综合征、骨化性肌炎。

马拉克来伊丽莎白女王医院求医，医院自然高度重视。经慎重商讨，最后力荐中国医生胡宁为其主刀。

2017年底，一封感谢信飞至伊丽莎白女王医院："感谢胡宁医生精湛的医术，解决了我长期的苦恼……"

署名为"马拉克"。

一年时间，胡宁在这里主刀手术121例，门诊看病人1195人次。多次"临危受命"，关键时刻上台救火，为巴方手术医师补台。开创了该院多项首例，诸如微创入路髋关节置换术、微创膝关节表面置换、胫骨内侧平台加强重建……

他的收获，来自两个群体的"粉丝"。病友群体，有当地明星、医院高层亲属、从非洲慕名而来的病人；医生群体，包括医院 63 岁的骨科主任、32 岁的史迪夫、39 岁的瑞本……

二

在胡宁的眼里，巴巴多斯是美丽的。

这个意为"长着胡子"的岛国，阳光灿烂、海水碧蓝、沙滩绵软，无花果、甘蔗林、朗姆酒……风情万种，风光迷人。

按照规定，援外期间，时逢中国的法定节假日及周末，胡宁都可以休息。

但他放弃了风景，放弃了休息。"一年的时间太短了，想多做点事。"

医生人称"白衣天使"。胡宁身上，还有些"白衣大使"的天赋。

他在巴巴多斯有位熟人，叫宋庆宝，是西印度大学凯夫希尔分校孔子学院的中方负责人。孔子学院，被人叫作"教育丝绸之路"。

胡宁在巴巴多斯的任务，除开展临床医疗，还有教学工作。

于是他想，医学教育同样可以有"丝绸之路"，同样可以构筑"人类命运共同体"，同样可以"讲好中国故事"。

业余时间，他参加临床带教，开展专题培训，开办医学讲座。胡宁有意无意，渗透中国元素，讲授中国文化，"通过援外医疗打开一扇窗，让我们看到世界，更让世界看懂我们"。

于是，他讲"一带一路"，讲丝绸、瓷器和茶叶，讲长江、长城、黄山、黄河，讲自己感受到的中国改革和发展。

顺理成章，讲屠呦呦，讲电影《刮痧》中的中西医"文化差异"，讲运动员菲尔普斯和亚历山大·纳多尔身上的"神秘印记"是刮痧和拔罐，讲白求恩、柯棣华援华。讲黑人"迪博士"在中国行医，一手流利汉字，一口地道川音，开着中医处方。讲"敬佑生命、救死扶伤、甘于奉献、大爱无疆"。

有时为活跃气氛，也讲讲中文本身：

冬天，能穿多少穿多少；夏天，能穿多少穿多少。

问：到底是穿多还是穿少？

山海缘

小明和小强正说到小红，恰好小红来了，小明说："说曹操，曹操到。"

问：谁到了？小明，小强，小红，还是曹操？

就这样讲啊讲，不承想惹上"麻烦"了。

三

拿手术刀的人，是非常严谨的。

但当史迪夫、瑞本提出那个"破天荒"的要求的时候，胡宁自问：是不是自己"牛皮吹大了"？

史迪夫、瑞本请求：到中国，到重庆，跟随胡宁进修学习。

这确实是个难题。

在此之前，伊丽莎白女王医院所有医生进修，都是到发达国家英国或美国。到中国进修，无此先例。

而且，因哥哥是英国一家医院有名的骨科医生，史迪夫已启动去英国学习程序；因母亲在美国当过医生，瑞本已启动去美国学习程序。

第一关，就是要医院的骨科主任同意推荐他们到中国进修。

63岁的骨科主任，曾经多次主动放下身段，为胡宁主刀打下手，对胡宁佩服得很，曾经表示：自从跟了胡宁做手术，决心学习到80岁，工作到80岁。一听说本科室的年轻人要师从胡宁，他连说"好啊好啊"，痛痛快快签了"同意"，郑重写下推荐意见：

"去重庆医科大学附属第一医院进修深造，机会非常珍贵。通过手术实践，提高技术水平，不仅有利于伊丽莎白女王医院，更有益于巴巴多斯国家和人民。"

第二关，必须医院决策层同意。

决策层中，那位极有话语权的，一看"胡宁"二字，也是连连点头。此前他的儿子需要接受手术，"比选"多人，选定胡宁医生，结果皆大欢喜，术后完全康复，他也对胡宁佩服得很。

第三关，是外交关。

接收医院重庆医科大学附属第一医院是胡宁"娘家"，"通关"自不消说。

巴巴多斯的医生到中国进修，还涉及国与国之间的外交。胡宁跑到中国驻该国大使馆，陈述情况。大使馆二话不说，积极支持。

第四关，语言关。

胡宁说，援外医生，有时必须使用多种语言。比如有时候医生这样讲：请你，封古拉，散堆尔。这句话，含中文、尼加拉语、法语，是请病人解开腰带，接受触诊。

史迪夫和瑞本要到中国进修，当务之急当然是学习中文。

胡宁很快为他俩找到了中文老师。

那位熟人宋庆宝，西印度大学凯夫希尔分校孔子学院的中方负责人，迅速关照，落实了胡宁的吩咐。

当史迪夫和瑞本在孔子学院学会"你好""谢谢"，学习"四海之内皆兄弟""和而不同""君子以文会友"的时候，胡宁一年的援外工作时间满了。

2018 年 7 月，中国驻巴巴多斯大使馆正在为胡宁一行 8 名队员举行回国欢送仪式。

突然，会场出现了插曲。

有人要求见胡宁。来人情绪激昂，为胡宁献上了"听诊器""白大褂"造型的蛋糕。

胡宁定神一看，专程赶来的，原来是那个为了手术哭了 4 次的史密卡和她的未婚夫。

四

相对而言，史迪夫的进修洒脱得多。

他于 2018 年夏天到达重庆。

"在重庆期间，史迪夫抓住一切机会跟班学习。每周三天手术，每天手术十多台，都是凌晨一两点结束，甚至更晚，但他从不懈怠。"胡宁这样评价。

2018 年底，史迪夫学习期满，留下一句话，恋恋不舍地回去了。

"我还要来这里攻读博士学位。"他说。

瑞本来渝，则显得兴师动众，复杂许多。

瑞本要到中国，他的妻子说：我也喜欢中国，我也去。

妻子要来，孩子也要来。

他们一共 3 个孩子。

大儿子 7 岁，二儿子 5 岁，小女儿 2 岁。

5 口之家，举家而来，进修费、机票费、房租费、生活费……一算，钱还不够。

"卖车。"

瑞本卖了爱车。

2019 年 4 月，瑞本一家到了重庆。

端午节后，我们决定去见他，看他有没有后悔。

胡宁充当我们的临时翻译。

胡宁首先道歉：怪我不好，来这么久了，还没时间带他一家真正游玩过。

跟史迪夫一样，瑞本几乎每天跟班到凌晨。

但他妻子有时间。玩过的地方，拍照，发微信，晒朋友圈，瑞本便感觉自己也去玩过了。

"重庆好大，高楼好多，好繁华，比曼哈顿都繁华。"

我们问他还喜欢哪些地方。

于是我们之间开始了猜谜语。

"水边，全是吊脚楼，夜里金光闪闪，酷似《千与千寻》。"

"洪崖洞。" 胡宁帮助翻译。

"火车，开着开着，没了，去楼里了。"

"李子坝，轻轨穿楼而过。" 胡宁解释。

我们问："生活习惯不习惯？"

"我的妻子，很思念家乡。但这里食物很丰富，很新鲜，重庆火锅，还有小面，我们喜欢。天气温暖，绿化树很多，我们喜欢。男人很热情，女人很漂亮，我们喜欢。"

我们当然要"八卦"一下，问他卖车求学后有没有后悔。

"不！在这里，我不只学到了医术，还真正体会到了工作的快乐和意义，学会了像中国医生一样爱岗敬业。我要介绍更多的人到这里来学习。"

五

胡宁介绍，由于护照期限等原因，瑞本只能在这里待 3 个月。

但他确实真正爱上了这里。

所以，已通过外交努力，将学习时间延长至半年。

"这样，他就能待到今年 10 月。10 月，他将在中国度过他的 40 岁生日，我将迎来我的 42 岁生日。我们已经互认了兄弟，到时，我将给他一个惊喜，和他同一天过生日。"

胡宁用中文小声告诉我们。

"不！"

这位在孔子学院学习了 8 个月语言的瑞本，边说边站了起来。

——"10 月，不是我们一起过生日。"

——"10 月，是我们跟新中国一起过生日！"

（原载《人民日报》，被收入《人民日报 2019 年散文精选》）

山海缘

高高山上一树柏

2022 年以来，杨泉和他的团队风雨无阻，每天必做同一功课——认认真真为"小帅哥"拍照，认认真真撰写"小帅哥"成长日志，认认真真将"小帅哥"图文资料传给中国林科院专家。

杨泉是重庆雪宝山国家级自然保护区负责人。秦巴古道上的雪宝山，23000 公顷莽莽林海，身在其中摸爬滚打已有 20 个年头，过眼的树木不计其数，然而，他对其中三株情有独钟。

"明老祖"，严格说来是一棵 600 年前的树桩。20 世纪树干被砍伐后，树桩上再生了 10 多株小树，如今有点独木成林的味道。

"清小祖"，300 多年前的一棵树，因为长在当地农户的祖坟前，被当作"风水树"长期保护下来，而今依然昂首挺立。

"小帅哥"，2018 年出生，算是"早产儿"，当前还很孱弱，因身份非常特殊，受到林业科学家的高度关注。

这三株有名有姓的树，共有一个响当当的名号：中国崖柏。

一

那年，雪宝山脚下的老住户陈宗兵，坐在自家的祖传木板房前，漫不经心地听着杨泉的科普宣传。听到后来，他突然惊愕得张大嘴巴，半天合不拢来。

杨泉告诉他：

中国崖柏，诞生于 3 亿年前，与恐龙同时代，被世界林木研究专家组植物学家称为世界上最稀有、最古老的物种，是世界上仅存的植物"活化石"，全世界仅中国独有。

1892 年，法国传教士哈吉斯在大巴山南麓的雪宝山山脉北坡首次发现崖柏；百年之后，因为再无科考记录，1998 年，世界自然保护联盟将崖柏列为已经绝灭的 3 种中国特有植物之一；1999 年 10 月，崖柏在重庆被重新发现（此后，2021年，崖柏被列入中国《国家重点保护野生植物名录》中的一级保护物种）。

"你看，你看，你家这木板房，从房顶的檩条，到墙体的木板，全都是崖柏做的！实在奢侈得不能再奢侈。"

陈宗兵惊呆了。

他只记得，在老一辈的人中，这种树就叫柏树。口口相传，这种柏树重量轻，便于运输，木质韧，从山顶滚到山脚都摔不坏，加之自带香气，防腐防虫，因而成为山里人建房、打家具以至做棺材的首选。

陈宗兵还记得，20世纪90年代，多个省份的外地人，跨省来到雪宝山偷柏树，据说是要制作崖柏手串、崖柏根雕，被林业人员一批批扭送到了公安机关。

看到陈宗兵一脸紧张，杨泉告诉他，你家建房那个年代，崖柏还没被列为保护树种，所以不会追究你家责任。但是今天开始，大家都要保护好崖柏。

陈宗兵着急地问：你们要不要护林员？长辈砍了树，我来跟着你们保护树嘛。

从此，陈宗兵成为雪宝山国家级自然保护区的一名护林员，迈上了崖柏保护的漫漫长路，见证了保护区人员的执着与艰辛。

二

雪宝山位于重庆市开州区境内，享有"巴山明珠，伊甸天国"盛誉。

2002年，30岁的杨泉被林业局领导相中，到保护区当监测员，那时，监测中心只有3个人。此前，他蓄着小胡子，扛着摄像机，云游四方，拍摄中国湿地，多个视频曾被中央电视台及各省市电视台采用。冲着"情怀"二字，他一头扎进雪宝山中。

第一次随同科考人员进山，他像模像样，跟人家背着外观相同的帐篷。雪夜宿营一晚之后，他才发现材质差距：人家的帐篷入夜之后是保暖的，自己的帐篷底下，积雪被自己的体温"烤"出了一个深深雪窝。

高高山上一树柏

此后多年，他无数次经过手扳岩、王家岩、骆驼峰……踏遍雪宝山的沟沟岭岭，大体弄清崖柏分布在海拔 1300 米至 2100 米区域，分布面积 10 平方公里左右。

2019 年，杨泉已是分管负责人。他们决定，对保护区所有野生崖柏实行精准管控，有条件的地方实现每株数字定位，无条件的地方实现空中视频监控。摆在面前的首要任务，就是摸清家底，数清全域崖柏棵数，并一一挂牌编号，让每株崖柏亮明身份。

北京专家郭泉水，重庆专家刘正宇，保护区全体职工，护林员陈宗兵……被集中编为四个小组，带着方便面和热干饭，齐齐奔赴深山老林。

20000 公顷无人区，是茫茫原始森林。

一些组员没想到，崖柏果真名副其实，绝大多数生在悬崖峭壁，如要近身，挂上号牌，附上 GPS 定位，几乎次次千难万险。

一些组员没想到，进山容易，出山却难，一入森林，时长两月有余。

一些组员没想到，生存成为有生以来第一难题。

缺水怎么办？找木荷。这种植物，点火猛熏，即刻有大颗水珠滴落。除了吃喝，洗脸水都有了。

缺食物怎么办？野芹菜、马兰蒿、蒲公英、野小蒜、野花椒叶……烫烫就下肚，其味无穷。

遇到毒蛇怎么办？别动，别动，别动！全身吓出冷汗都别动。

他们摸清家底历时两年，数次进山，获得了所有崖柏的第一手资料。比如，第一次在海拔 2400 米区域发现了崖柏，第一次让"明老祖"——明代树桩及其新生小树面世。接着，附近农户闻讯保护区寻找崖柏，主动报告了自家祖坟清代出生的"清小祖"。

此外，茶余饭后，所有队员各有自己的谈资。张光箭所在的考察组，首次发现雪宝山黑熊，面对面对峙；王家岩无路，上去容易下来难，69 岁的郭泉水教授用绳子把自己吊上去后下不来，是张光箭组织了营救。周李萍说，作为女性，此生第一次野外露营，第一次离星空这么近，第一次明白"惟江上之清风，与山间之明月，耳得之而为声，目遇之而成色，取之无禁，用之不竭，是造物者之无尽藏也"。其他各组，或者发现雪宝山成为鹰群迁徙中转站，或者发现若干野生红豆杉，或者发现传说中的"冥界之花"。

三

高高山上一树槐，

手攀槐枝望郎来。

娘问女儿："望什么？"

"我望槐花几时开。"

杨泉说，当初几年，自己盼崖柏开花，比这歌中盼郎来的女儿更为焦急。

一个最基本的逻辑是，只有开花，才可能结果；只有结果，才能有种子繁育。

谁承想，一年过去，花是开了，却没结果；着急盼着来年花开，花又开了，还是没结果……

翘首企盼第三年开花间隙，杨泉再也坐不住了，他四处化缘筹钱，购进了一台高倍电子显微镜。他要着手科研，弄明白崖柏为什么多年来只开花不结果。他观察后发现，崖柏雌雄同株，早则 1 月开花，迟则 3 月开花，本身生长在高海拔区域，此时正是冰天雪地，少有昆虫授粉；再则，雄花雌花经常错时开花，授粉难度进一步加大；况且，雌花状如米小，花蕊还非常害羞地藏在苞叶之中，显微镜下能够看到胚珠分泌黏性传粉滴，接受到花粉后花粉滴收缩回珠孔，授粉过程叹为观止。

自然授粉何其艰难，只能人工辅助。天寒地冻之中，人人手持塑胶口袋，罩在枝上一阵摇晃，待花粉水汽干后，再用棉签蘸粉，一朵一朵为雌花"传递爱情"。

尽管人人使出绣花功夫，个个用尽吃奶力气，但收效可想而知。

说到稀有植物的种种娇情与娇气，杨泉语调急促。说到崖柏稀有的善解人意，杨泉用了一个词，"帝感其诚"。

转机出现在 2012 年。这一年，雪宝山野生崖柏大面积结果。杨泉把它

高高山上一树柏

19

们视若珍宝，颗粒归仓，居然采集到 30 公斤种子。

第二年播种季节，他们满心欢喜，种子刚一下地，仿佛已是满眼翠绿，崖柏幼苗已经欢快成长。

然而，初次育种，大家毫无经验，为图用水方便，育种基地选在了河边。一夜山洪暴发，苗圃被冲走了一半。

他们懊恼，痛悔，自责。

劫难过后剩下的一半，越发成为保护区人的心头肉。

为了安全，为了科研，他们再不敢把鸡蛋放进同一个篮子。幼苗移栽，从海拔 600 米到海拔 2000 余米，他们为幼苗分别相中了三个"家"，让小宝贝们在不同的基地竞相成长。

6 年一晃而过。2018 年，小宝贝长成大宝贝，居然有几株成功"早恋"，并结出果实。

杨泉他们如获至宝，选取其中最饱满的三粒种子，放进了保育箱中。

从种子进入保育箱的那一天开始，基地所有人员昼夜轮班，为三粒种子查温查湿，仿佛精心哺育自己的孩子。

两个月后，三位"小宝宝"达到回归自然条件。回归之后，其中两位不幸夭折。

硕果仅存者，就是"小帅哥"。

它是目前唯一正宗嫡传的"柏三代"，刚刚长到了 3 厘米。

四

念念不忘，必有回响。

那天，杨泉和同事闲聊一个困扰已久的话题。自从 2012 年崖柏大量结果之后，大面积结果的奇迹再没发生。是否表明，崖柏与大熊猫一样，生育退化趋势严重？

如果崖柏不再结果，还有没有其他繁育方法？

电光石火之间，他们冒出一个想法——扦插。

理论上讲，就是截取崖柏母株上的新生枝条，经过消毒、生根剂浸泡，制作崖柏插穗，然后开展扦插育苗，扦插成活后，移植到苗圃，最后移栽到崖柏原生地。

说干就干。

第一年，他们截取野生崖柏枝条进行扦插，许多时间过去，枝条生根寥寥无几。分析原因，多年老树，生命力有限。

第二年，采用2012年那批种子成树的枝条，生长状况效果不理想。分析原因，崖柏就是崖柏，可能生根剂、消毒剂、营养剂不能完全照搬其他扦插植物的配比。

第三年，调整药物配比，自配树苗基质，精细化操作流程，居然成功了！

人间四月天，一树一树花开。走进雪宝山国家自然保护区育苗基地，面对大棚苗圃中一畦一畦扦插成活的幼苗，杨泉手舞足蹈，兴奋得难以自持。

他说，你知道不，截取的那一段，是当年新生的8到10厘米枝条，又细又嫩，做扦插繁育的时候，大气都不敢出，生怕一不小心枝条就会折断。

他说，你知道不，扦插用的轻基质土，配比是我们自己研制的，其中的腐质层草炭土，国内买不到，我们是从国外进口的。

他说，你知道不，车间那台轻基质自动灌装机，是我们自己设计，厂家按我们的要求生产出来的。

他说，你知道不，这几十亩苗，快要回归原生地了，聚是一团火，散是满天星啊……

在他的絮絮叨叨、如数家珍之中，我分明感受到，这人间四月天，是爱，是暖，是希望。

五

杨泉2022年刚好50岁。

他有一个梦想，就是崖柏从极度濒危植物名单中除名。他乐意见到，山山水水处处都有崖柏身影。

目前，雪宝山挂牌编号的崖柏只有1万株，种子繁育成功的大约30万株，扦插育苗的希望还生长在基地的试验大棚里。

显然，他的梦想短时间无法实现。

但他充满信心。

他的团队已经壮大，全是大学毕业后汇聚到此的年轻人，全都晒得一身黑，专业学识和工作态度足以让人放心。37 岁的张光箭，已在深山坚守了 16 年；37 岁的女队员周李萍，已经能够熟练指挥各道流程；35 岁的王雷，为了梦想从江西奔赴到了重庆；34 岁的朱志强，练就了饿得、累得、做得"三得"基本功；31 岁的蔡松才、29 岁的吴浩，完全适应了保护区一人兼三职的角色，既是研究人员，又是车间工人，还是田间农民……

他指着基地苗圃上方一处特别醒目的地方，连呼我"你看你看"。那是石条搭成的一个简易建筑，内书"青苗土地之神位"。原来，当地农民既向基地出租土地，又长期在基地务工，有的还是护林员，不但增加了收入，还认识了崖柏的极端重要，就自发立了"神位"，祈祷神仙保佑崖柏。

最后，他神秘地宣布：他们自主研发，自购设备，利用崖柏枝条，成功提取了崖柏精油，市价达到千毫升 16 万美元。相关收入，将极大反哺崖柏繁衍。

（原载《人民日报》，获得中国地市报新闻奖一等奖，被收入《人民日报 2022 年散文精选》《2022 年重庆作家优秀作品选》）

清水村的三桩婚事

一

田井会从小身体不好，不能干重活。

他一直希望，通过诚实劳动，娶妻生子，了却父母遗愿。

听说浙江、广东沿海一带，能够打工挣钱，他便央求乡邻把自己带出去见见世面。

由于文化不高，工资也不高，多年以来，他走南闯北，除了混饱肚子之外，钱包仍没鼓胀起来。

一晃，年近五十了。

他很凄惶，想到了叶落归根，于是回到了清水村。

清水村隶属于黔江土家族苗族自治州金溪镇。

黔江土家族苗族自治州，地处武陵山区腹地，集革命老区、民族地区、边远山区和国家扶贫开发工作重点县于一体。

金溪镇是重庆市 18 个深度贫困乡镇之一。

清水村山高坡陡，土地贫瘠，500 来户中六分之一是贫困户。

乡邻口中，一向流传"人不出门身不贵，火不烧山地不肥"。

田井会却发现，尽管自己出了远门，然而不但身份没显尊贵，反而觉得人家打量自己的时候，眼光带有异样。

在边远乡村，一个男人，不能成婚，就叫"光棍"。

有人看"光棍"的眼神，跟看常人有些区别。

田井会感到很郁闷。

朝看太阳升，暮看溪水流。闲愁一上来，他只能唱唱土家族的《单身歌》。

单身苦来单身苦，衣服烂了无人补。

飞一块来搭一块，如同山中麻老虎。

歌声很忧郁。

忧郁的歌声传到了田建的耳朵里。

田建在清水村有几百亩桑园。桑叶用于养蚕，桑树林下，种有辣椒，养有跑山鸡，这叫山地立体农业。一年四季，除草、采叶、养蚕、喂鸡……全都需要帮工。

田建跟田井会讲，你要不嫌弃，就到我这里务工。至于待遇，包吃，工资 80 块一天。

田井会家里只有三间旧板房，夏天透热，冬天透风。煮饭吃饭也是随了自己心情，有一餐无一餐的。田建那里既能解决吃饭问题，还能在家门口把钱挣了，他当然愿意。

桑园没有多少重体力活，田井会大多能够胜任。

田井会本是实诚人，干活认真，田建很认可他。

干了一段时间，田井会认为时机成熟，便向田建提出"调动"申请，从邻村"调"个人来。

那个人叫赵桂花。

跟田井会一样，她也是个贫困户，寡居多年。

田井会一开口，田建就明白了他心里的"小九九"。

这样的事，乐见其成。

赵桂花很快被"调"进了桑园。能够"吃饭不要钱，按时拿工资"，她突然感到原来人生还有这样的价值。田井会不断展开感情攻势，给她的照顾体贴细致，她突然感到原来世间还能这样过日子。

一颗本来紧闭的心，变得湿润温暖起来。

在有情人眼里，桑园，就是他们的伊甸园。

2018 年，他们两人，桑园务工现金收入两万元，双双脱贫。

田井会借势向赵桂花提议：自己的三间旧板房，已完成宅基地有偿退出，政府给了补偿；你要是愿意，就加上这两万元工资，我们一起在居民安置点买房。

表面上的意思，居民安置点交通方便，集中供水供电，基础设施配套齐全，还距离桑园不远，比他们各自原来的住地不知好出多少倍。

实质上的意思，不就是明摆着向对方求婚吗？

2019 年的春节到了。

新春佳节里，田井会和赵桂花搬进新居，成了一对新人。

两口子一齐表示，要登门感谢田建。

田建说："其实，你们真正应该感谢的，并不是我。我也是受人恩惠，才有今天。"

二

田建到底想感谢谁？

他说，必须感谢李小兵。

没有李小兵，就没有桑园。

没有桑园，就没有前面后面的故事。

田建兄弟姊妹 5 个，因家庭贫困，他 17 岁初中毕业后就没有读书了。为有一技傍身，他到县城学会了开车，取得了大货车驾照。

1993 年，他在新疆。

车祸发生前，他猛然意识到，对方大货车弯道超车。来不及处理，电光石火，只在一瞬，两车撞到了一起。

车祸发生后，田建在医院昏迷 10 多天。醒过来时，他发现自己左眼已被摘除，眼眶里空空荡荡；左手截肢，袖管里空空荡荡。

尽管命运多舛，但他坚韧不拔，从未停止追求幸福的脚步。

残疾之后，一位朋友介绍他到矿场务工。矿场老板不相信他能干重活，田建就用一只手铲砂石给老板看，动作干净利索。

他有两次失败的婚姻经历。

第一次，他用车祸赔偿金开了一家商店。其间，经人介绍，娶了老婆。不久，商店不景气，老婆也不见了。

第二次，还是经人介绍，田建再娶了老婆。老婆向往城市生活，田建却不能在城市买房。阴差阳错，一拍两散。

后来，因为条件符合，田建被确定为新增贫困户。

李小兵邀约田建谈心的时候，引用了那句老话：勤喂猪，懒喂蚕，二十八天出现钱。

田建说，我晓得。

李小兵说，清水村有片现成桑园，稍加管理，就有成效。

田建说，我晓得。

李小兵说，我知道你从小闯荡江湖，见多识广，能说会道，从来不向命运低头。更重要的是，你有养蚕经验，在别的地方养过蚕。

田建说，我晓得。

李小兵说，既然你都晓得，那就干呗！

田建说：不急，我也有三个问题。

第一个，几百亩老桑园，全需嫁接改良，要钱；搭建蚕棚，要钱；这么大的桑园，够养几百张蚕，得请帮工，要钱。

李小兵说，我负责，帮你协调扶贫贷款。

第二个，蚕茧生产出来，卖不出去怎么办？卖得出去，价格没保障，怎么办？

李小兵说，我负责，已说好 39 元一公斤，公司保底收购。

第三个，你看连通老桑园那"桥"，不过是横在水上的三根木棒。一个人自重 100 多斤，加上背负桑叶 100 多斤，一脚踏上去，就会棒翻人落，怎么办？

李小兵明白他的意思：这是在考验自己有无能耐架桥。

前两个问题，李小兵事前做了功课，心中有底。但架桥是大事，不能当场表态，他连夜向重庆市健康扶贫集团工作队队长张志坚报告。

张志坚军人作风，加之有"援藏"经验，当即判断：这个田建，是要干事业的架势。于是他立即动员重庆市级帮扶单位，募集资金 10 万元，迅速建起了一座钢筋水泥人行桥。

桥一修通，田建意识到：李小兵他们，是干实事的架势，自己不能"拉稀摆带"（拖泥带水，不干脆，不耿直）。

清水村蚕桑扶贫项目紧锣密鼓上马。

河的这边，老桑树实施分步改良，嫁接成只长桑叶不长桑葚的优良品种；河的那边，很快搭建起一排简易蚕棚。

为实现经济效益最大化，李小兵请来专家，指导田建发展山地立体农业，开发桑—椒、桑—鸡模式。先后两年，李小兵为他送去鸡苗2500只。

2018年，田建在清水村发展桑园150亩，辣椒130亩。当年用工2000人次，发放工资16万元。

2019年，养蚕110张，出栏跑山鸡1300只，纯收入26万元，扶贫贷款偿还大半；用工3000人次，发放工资24万元。

2020年，桑园增至270亩，预计养蚕200张，出栏跑山鸡1100只，扶贫贷款全部偿还；预计用工4000人次。

田建的产业越来越步入正轨，李小兵变得越来越"多事"。

他提出新的"课题"，"怂恿"田建把创业的故事讲出来。

田建说，台下神侃，我不怕。上台去讲，我不敢。

李小兵就教他，怎么打草稿，怎么做动作，怎么发感慨。

田建开讲了。

对村里的贫困户讲完自己的故事，他就说：扶贫先扶志，脱贫贵立志。如今政策这么好，大家千万不能只是等靠要，我们要自己把自己当人。

对金溪中学的学生讲完自己的故事，他就说：扶贫先扶智，治贫先治愚。你们千万要念好书，如果没文化，啥都干不成。

在官方组织的演讲中讲完自己的故事，他就说：吃水不忘挖井人，脱贫致富感党恩。生而为人，我们一定要对得起政府的帮助，不辜负自己的人生。

他的感悟发自内心。

他说，李书记与我非亲非故，从前素不相识，却那么巴心巴肠帮我。如今我有了点做事的能力，对乡里乡亲理应帮助。

村里的贫困户，但凡愿意到桑园务工，他必是优先安排。一来二去，已带动50余人脱贫致富。

到中学演讲后，他专门安排，免费送去400斤自己栽种的辣椒，让孩

清水村的三桩婚事

子们尝鲜。

前不久，看到一辆小货车翻倒了，他觉得村里公路太窄，于是出资4000元，挖走土石几百方，拓宽了那段村道。

2019年，田建被黔江区评为"最美脱贫户"，被重庆市评为"重庆好人"。

2022年5月20日，李小兵和田建又在桑园见面了。

李小兵打趣他：田总，今天是个特殊日子，你有表白对象没？如果没有，我愿意给你当介绍人。

田建白他一眼：如今时兴自由恋爱，我才不要介绍人嘞！

原来，李小兵他们经常用新媒体推介清水村，田建学到了一招：发抖音推介自己。光膀子运送桑叶，发一个；出栏跑山鸡，发一个；上台演讲，发一个；开会领奖，发一个……

2月的一天，田建接到一个电话：我能去你那里看看你吗？

她是重庆市彭水苗族土家族自治县的一位女士。

她坦言，关注田建已久，尽管身有残疾，然而勤奋进取，乐于助人，她很喜欢。

见面之后，田建也很喜欢她。

"她一来，就帮我全盘打理蚕桑产业，既勤快又能干。"

都喜欢摆弄蚕桑，有共同语言，有事业基础，有灵魂交流，田建相信，这回遇见了爱情。

他用一首土家情歌表达自己的心意：

核桃不怕棒棒敲，金子不怕火来烧。

牛皮蒙鼓经得打，高粱做酒经得烤。

他告诉李小兵，他们已经商定，清水村宣布脱贫之日，就喜结连理，完成婚事。

三

李小兵结识田建，纯属偶然。

作为重庆医药高等专科学校团委干部，他正在与同事加恋人徐一商量国庆节结婚的事。

电话说来就来：重庆市健康扶贫集团向定点扶贫乡村派出第一书记。因为原先安排的同志行前突发状况，希望你能顶替上去。

第二天一早，李小兵赶到重庆市卫健委参加行前动员会，徐一在学校帮他准备行李。

上午11时，会议结束。

领导说：各位，脱贫攻坚，时不我待。接送你们到任的汽车，就在楼下，请大家上车。

箭在弦上，不得不发。来不及回校取行李，李小兵赴任了。

他被安排到清水村任第一书记。

到任伊始，2020年脱贫攻坚决战决胜任务摆在眼前。

时间表、任务表、路线图、作战图扑面而来，压力巨大。

他主动和徐一沟通，自己确实应接不暇，婚期推迟。

为方便进村入户，李小兵花去4300元，买了一辆摩托车。摩托车的后座，载过行动不便的村民，也载过鸡苗、猪苗、桑树苗。

若回重庆主城，他就骑着摩托车，15分钟，从清水村到达金溪镇；再坐汽车，50分钟，到达黔江火车站；再坐火车，3小时30分钟，到达重庆火车站；再转两次轻轨，1小时30分钟，到达重庆医药高等专科学校宿舍。

如此繁复的旅程，注定李小兵不能经常回到重庆主城。

他的心头，免不了淡淡的忧伤。

毕竟，距离不一定产生美，但一定能造成生疏隔膜。

何况，当年的自己已经31岁，女朋友也已28岁。

但是，卓有成效的扶贫工作，让清水村的"光棍"们都花好月圆了，李小兵说什么也不会让自己身边的幸福悄悄溜走。

他擅长做思想工作。他说服徐一，自己回主城不容易，但你有寒假暑假，无论如何，你要来清水村，看看这片不一样的天。

2018年，寒假中的徐一，来到了清水村。

她碰上了李小兵最忙碌的一天。

李小兵一直追求清水村农副产品的"公司化运作"，亲手打造了消费扶贫电商平台，命名"田园生活馆"。

春节临近，"田园生活馆"生意火爆，田建他们的跑山鸡供不应求，当天须得宰杀、打理、发货 325 只。

早上 7 点，李小兵就带领招募的村民杀鸡小分队开工。流水线上，人人手脚并用，个个全力以赴。所有工作结束，已是第二天凌晨 2 点。

村民和李小兵脸上，不但没有倦容，反而全是开心的笑容。

田园跑山鸡售价 120 元一只，意味着清水村村民当天即可进账近 4 万元。

天亮之后，徐一坐上摩托车后座，跟随李小兵他们开展节前慰问。天空飘着雨夹雪，道路泥泞，不得不多次下车推车。

所经之处，村民全都对他们熟识，热情招呼：李书记，李书记，快到屋来喝杯茶！

感动之下，徐一沿途不停掏出手机，拍了一组照片，取名《泥泞》。

村里条件有限，李小兵他们都是自己买菜，自己煮饭。

徐一发现，厨房从不关门，里面有不少鸡蛋，于是好奇地问：不怕鸡蛋丢失吗？李小兵告诉她：鸡蛋、蔬菜，不但不会少，有时反而会增多，那是村民悄悄送来的。

这个寒假，徐一完全明白了李小兵在村里工作的意义。

"原来，造福社会可以如此直接。"

"他在村民中竟有如此魅力。"

"群众是如此的淳朴。"

后来，只要有空，徐一就到村里。因为喜欢平面设计，她先后为清水村设计了许多宣传海报，在网络上发布。

2019 年，中华人民共和国成立 70 周年，组照《泥泞》参加重庆市征稿比赛，一举获奖。

同年，李小兵被黔江区评为"最美帮扶人"，被重庆市人民政府授予"促进民族团结进步模范个人"。

目前，金溪镇及清水村的贫困发生率已降至 0.07%。

大地慈祥

脱贫攻坚的"主战场"，正变为乡村振兴的"示范地"。

眼看清水村脱贫在即，第一书记的任期将满，然而，李小兵并未停止忙碌。

他还在为清水村产业的公司化运作继续奔走。

"即使我离任了，只要公司在，村民的致富链条就没断，这就相当于留下了一支搬不走的工作队。"

"李书记，你都33岁了吧？徐一30岁了吧？你们什么时候请吃喜糖？"

5月20日，当李小兵打趣田建的时候，田建反手"将军"，打趣了李小兵一下。

李小兵拿出手机，点开视频，播放了一首土家情歌。

这是徐一在清水村采风的成果。

口劝哥哥你莫忙，有情地久天又长。

为妹好比一坛酒，哥哥不到不开缸。

视频播完，李小兵脸上是满满的幸福。

他爽快承认："我们两个的想法，跟你们两个的想法高度一致。我跟徐一商量好了，清水村今年脱贫之日，就是我们的大喜之时。"

（原载《人民日报》）

清水村的三桩婚事

白衣 "员外"

手术室。无影灯。黄、黑两种肤色对比鲜明。

手术台上躺着的，是巴新 57 岁的社会活动家，为等这场专家手术，已苦盼半年，其间专门学会了中文"谢谢"；主刀医生叫苟欣，是重庆卫生健康委领导带来的专家团队中的一员，几个小时前刚下飞机。

3 个小时之后，手术圆满成功。这台手术，是该国该领域第一台高难度手术，是苟欣主刀 30 年来耗时最长、用管最多、切除最重的一台手术。

"谢谢！谢谢！谢谢！"

受术者苦练了半年的两个字，终于派上了用场。

这天，是 2019 年的春分，中国（重庆）短期专家组赴巴新执行医疗创新任务的首个工作日。

此刻，南太平洋的风，正轻拂过莫港总院的花草树木，它们禁不住连连点头，仿佛都在说着两个字：

"谢谢！谢谢！谢谢！"

巴新，是重庆受命代表国家派遣"中国援外医疗队"的第一个国家。

重庆市卫生健康委负责人介绍，重庆有三支以"中国"二字打头命名的医疗队伍。

受国家委托，从 2002 年开始，截至 2018 年底，重庆共派出 10 批 100 余名援外医疗队员赴受援国执行国家卫生援助任务。2002 年，受命向南太平洋岛国巴布亚新几内亚派遣中国医疗队，实现我国首次向该地区派遣中国援外医疗队；2015 年，受命向尼泊尔地震灾区派出第二支中国政府医疗队，开展救援，为我国提升卫生应急援外水平积累了宝贵经验；2016 年，受命向加勒比海地区巴巴多斯国派遣中国医疗队，完成我国首次向中等发达国家派遣中国医疗队的破冰任务。

医疗队秉承中国援外医疗队精神，深受受援国政府及人民爱戴，忠实践行了习近平总书记提出的"敬佑生命、救死扶伤、甘于奉献、大爱无疆"

的高尚精神。队员张双菊受到习近平总书记接见；谢延风受到李克强同志接见；张劲松受到刘延东同志接见。

巴新的中国"员外"

远方在，诱惑便在。

太平洋彼岸。美丽的海岛。红珊瑚、天堂鸟、金枪鱼……

这个国家，因习近平主席的到来而广泛进入人们视野。2018 年 11 月，习近平主席出访该国之前，在当地媒体发表署名文章，称该国为"著名的天堂鸟之国"。

它，就是巴布亚新几内亚，简称巴新。

33 岁的张劲松第一次肩负使命，踏进位于巴新首都莫尔兹比港的莫港总院之前，有着常人一样对远方的憧憬与好奇。

想象很丰满，现实很骨感。

几百个部落在此形成文化冲突，现代文明的工具却沿用着古老的使用方式。治安实在不容乐观，上下班必须结伴而行，中国医疗队的车窗，全部加固了铁丝网。一天正在上班，突然断电，室外发出异响，当地医生当即告诉"快藏"，事后发现，医院的外墙上，留下了串串弹痕。

驻地管理半军事化，工作之余严禁外出，电视总共两个频道，业余生活只能自找乐子。医疗队有医疗队的说法：你看白求恩医生支援中国的时候，艰不艰苦？柯棣华大夫到中国的时候，艰不艰苦？我们是国家八部委发文派来的，我们到这里，留下来，干起来，就能证明大国担当。

艰苦的环境，滋养乐观的精神。第一张乒乓球台支起来了；第一支太极拳队建起来了；第一块菜园子开辟出来了，辣椒、西红柿、藤藤菜，浇水、施肥、捉虫，园里四季常绿……

"援外"医生，便这样成了"员外"医生。张"员外"、李"员外"，喊着顺嘴而亲切。

田园牧歌并不代表莺歌燕舞。

登革热是急性传染病，病情发展迅速，重型感染者可能 24 小时内死亡。

张劲松身任队长，第二次踏进莫港总院的时候，时逢巴新登革热疫情大面积暴发。中国医疗队如御大敌，然而未能幸免。2016 年 5 月 6 日，医疗队副队长、骨科专家何盛江首先病倒；接着，肿瘤内科医师邓红彬中招；晚上 8 点，张劲松也出现感染症状⋯⋯

10 名队员先后有 7 名感染。

当 3 名健康的队员要求留下来照顾患病队友时，张劲松有了"出师未捷身先死"的悲壮。

"当时就想，如果就这样死去，队友家属那里没法交代，国家任务没能完成，没脸向国家交代。"

于是横下一条心，命令健康的 3 名队员继续去医院上班，7 名感染者开展自救，症状轻的治疗症状重的，张劲松带着高烧，楼上楼下无数次往返，挨个给患病队友输液。

"关键时刻，祖国给力！"

驻巴使领馆悉心关照，国内源源不断的技术支持，让中国医疗队最终战胜疾病。一个月后，7 人奇迹般康复，重返工作岗位。

作为口腔科专家，张劲松第一次援外，为莫港总院培育了一支带不走的口腔科团队，培养了一名全国著名的口腔外科专家，为巴新人嗜好槟榔与口腔癌之间设置了有效屏障。第二次援外，他完成了 3000 人的门诊及 150 余台大手术。

2017 年，全国"大爱无疆——最美援外医生"评定。他受到时任国务院副总理刘延东同志接见。

"大手术最能体现我们的医疗实力。除了医疗技术，我们还留下了中国故事和中国精神。"

他这样总结自己的 4 年援外生涯。

对于他的这句话，黄警锐深以为然，迅速产生共鸣。

黄警锐 2018 年才从巴新回国。

为女婴取名的故事，仿佛就在昨天。

2017年7月5日，黄警锐接到新生儿病房医生的紧急求助，迅速前往会诊。患者是名女婴，脑后有巨大囊肿，比她小脑袋两倍还大。囊肿已然破溃，若不及时做手术，随时都有生命危险！

难题在于：巴新医生从未见过此种病例，顾虑重重，女婴只有半个月大，手术风险极高。而只有做手术，孩子才有一线生机。

面对鲜活幼小的生命，黄警锐不想放弃，精确评估，充分论证，反复沟通，精细方案……

第二天，紧急做手术。术中出血，血压急降。快速止血，精准操作。手术成功之后，女婴因为年龄太小，营养不足，伤口破溃，脑脊液漏，危及生命……

8月18日，女婴出院，她的妈妈提了一个要求，希望黄医生给女儿取一个中国名字，让她终身铭记中国医生。

黄警锐非常乐意，为女婴取名：木兰。

《木兰辞》云：东市买骏马，西市买鞍鞯，南市买辔头，北市买长鞭。买齐这些装备，勇毅的木兰就出征了。

中国医疗队派往巴新，转眼已是17年。17年里，以"三年对口医院""短期专家组""中医中心"等方式，为巴新医治患者近10万人，开展实施近100项临床新技术，有力执行了中国政府与巴新政府签署的协议书，圆满完成了"扩大中国援外医疗队在南太地区影响"的使命任务。

巴巴多斯的中国"棒棒"

2002年11月13日。

2010年11月15日。

2016年12月12日。

许多的时间节点，可以刻入生命的年轮。

白衣「员外」

以上三个"张双菊时间"，是她前后三次援外的出发时间。

没想到，这位"老员外"，遭遇了"冷板凳"。

巴巴多斯位于加勒比海地区，风光旖旎，气候宜人，人均GDP1.7万美元，属于世界中等发达国家水平。

受国家委派，从2016年开始，重庆向该国首都布里奇顿的伊丽莎白女王医院派出医疗队员。

经济、文化和地域的差异客观存在，伊丽莎白女王医院通知：中国医疗队到达3个月后才能开展手术。

"你了解吗？重庆有种职业叫'棒棒'。'棒棒'坚忍不拔，从不被动等活，总是主动揽活。"张双菊说。

"拉活"过程，队员各显其能，精彩纷呈。

出生于巴巴多斯的好莱坞三栖明星蕾哈娜，2012年为伊丽莎白女王医院捐赠了一台先进的核医学显像设备。由于没有核医学专科医生，这台昂贵的设备近乎摆设。中国医生一到，立即组装，设备马上焕发生机，心脏显像、甲状腺显像、肾脏显像……效果立现。

医院质疑传统中医。队员们自己当"托"，针灸先扎"自己人"，再"引诱"对方医生"上钩"。对方医生感觉非常好，进而主动宣传，病人越来越多，传统中医以其神奇疗效，令当地民众崇拜不已，以至这批医疗队员"换防"时，对方医院提出：余下的病人，请你们"打包"带回中国治疗。

张双菊记得许多队员的"第一例"。队员自己更记得那些"第一例"。

罗诗樵在巴巴多斯抢救的第一例病人，是位突发中风的中国人。到位的沟通，娴熟的动作，精湛的技术，成功的抢救，当即赢得医院的赞许和信任。他成功完成医院有史以来第一台腹腔镜巨大肝血管瘤、胆囊切除术后，完全得到了当地医生和患者的认可。患者送给他的感恩卡，写着"你是上帝派来的守护天使"。

2017年5月，罗诗樵为该国一位商界大亨及娱乐界名人成功实施结肠癌肝转移切除术，按照该国"规矩"，患者付给罗诗樵1万巴元。罗诗樵将钱捐给了伊丽莎白女王医院，他要求：将此笔经费作为资助该国青年医生到重庆进修费用。如今，有两名青年医生前往重庆医科大学附属第一医院进修肝胆外科、血管外科，还有一人自费到此进修乳腺外科。

此前，巴巴多斯医生都是派往英国、美国、加拿大进修。

罗小辑成功完成的是一台颈椎肿瘤切除术。行家都知道，那台手术的难度极高，要横跨两个椎体，暴露椎动脉，在骨组织里动刀，还不能伤及神经和血管，国内属于难度最高的四级手术，在巴巴多斯，是其医疗史上的第一例。这个"第一例"成功后，医院主动提出，每年由该院承担旅费，邀请罗医生回院短期开展脊柱手术。

此前，这样的邀请仅限于欧美知名专家。

胡宁在巴巴多斯开展临床医疗、教学工作期间，曾经指导瑞本，为他打开了中国文化之窗，成为他人生第一个中国文化介绍人。2019 年春节，胡宁的微信上收到了这样的字：4 月，我将携妻子及 3 个孩子赴重庆进修骨科，因为我们全家都喜欢中国文化。

关于刘小男的故事，是万米高空的一次奇遇。

2017 年 7 月 11 日，从法兰克福飞往巴巴多斯的航班，正穿越北大西洋上空。突然，一名空姐紧张地求助一群衣服上印着中国国旗标志的乘客。原来，一位乘客突然呼吸困难，需要紧急医疗救助。请示队长同意，履行相关程序后，刘小男快速评估，立即对症处理。十分钟后，患者症状缓解。一路关切，直到巴巴多斯，机组、乘客、患者家属向这群中国乘客竖起了大拇指。他们弄清这群中国人恰好是中国第二批（重庆）援巴巴多斯医疗队队员时，坚持向队员们赠送了两瓶香槟。

"我感到，医术的、国家的、民族的尊严，病人的信任，是等不来靠不来要不来的，是干出来的。"张双菊感慨。

中国医生派往伊丽莎白女王医院，完成了中国向发达国家派遣医生的"破冰"之旅。医疗队为该国带去了许多新技术，在许多领域开创了第一。采用的微创手术方式，得到了当地医生和患者的认可；带去的中医针灸，以其神奇疗效，赢得了他们的崇拜。中国医疗队用精湛的医术、高尚的医德、坚韧的精神，赢得了患者赞誉，诠释了大国担当，为中巴友好关系写下了

白衣「员外」

新的一页。

"棒棒"医生，以"棒棒"精神，赢得了"真棒"的赞誉。

2013年8月16日。

"所有的日子里，这天让我永生难忘。"张双菊说。

这天，作为全国卫生援外先进个人，她受到了习近平总书记的亲切接见。

她小心翼翼地拿出那天的珍贵合影。照片上的她，秀发轻挽，神采飞扬，端庄地站在习近平总书记右后侧。

有一种情感，朴实，却很久远。有一种誓言，无声，却很震撼。有一种坚守，寻常，却很勇敢。

就是这次接见之后，张双菊开启了第三次援外之路。

"我突然觉得，医生救死扶伤的崇高之上，还有另一层崇高，叫神圣。"她说。

尼泊尔的"中国力量"

"有时候，一年很短。有时候，一天很长。"

30多岁的黄春，历经汶川、玉树、尼泊尔等三次抗震救灾。

他就这样打开了"杜力克记忆"。

2015年4月25日，与中国一山之隔的尼泊尔发生8.1级强震。受国家指令，重庆市紧急抽调56名精干力量组成第二支中国政府医疗队，前往震区，开展救援。

"15天时间，短暂而性命攸关；20顶帐篷医院，简陋狭小，但故事感人至深。"

他说，刚刚抵达加德满都杜力克镇的中国政府医疗队营地，便接手了第一台手术。

受伤的沙莱特曼家住距离杜力克26公里外的达普扎，在两位兄弟的护送下，前往杜力克寻求中国医生的帮助。

虽然达普扎也有几个国家的医疗队，但人们都愿意将伤员送到相对较远的杜力克来。拿马特是加德满都的一名警察，也是杜力克中国政府医疗队的一名志愿者，通过和沙莱特曼的交流，他了解到，中国政府医疗队以精湛的技术和对病人友善的态度，在加德满都周边地区赢得了广泛的赞誉。为了让中国医生给自己治疗，沙莱特曼忍着剧痛，和他的两个兄弟步行了6个小时，于当天19时30分到达杜力克。

救援前线是没有手术台的，只能在离地40厘米高的行军床上进行手术，我们的医生只能跪在地上操作。当时除了络绎不绝的余震，还有非常恶劣的天气。白天，杜力克的室外气温接近40℃，帐篷内密不透风，犹如一口焖锅在太阳底下暴晒。夜里，气温又陡降到不足10℃。异国他乡，语言不通，医生和病人的沟通很多时候都是连比带画。然而，随着重庆领队一句"生命至高无上"，第一台手术就这样义无反顾地开始了。

40分钟过去了，手术终于成功了。全程跪地的手术团队汗流浃背，下肢麻木、无法起身。沙莱特曼一家千恩万谢，竖着大拇指连连说：中国，OK!

"在杜力克，除了要面对每天繁重的医护工作，更让人揪心的是随时随地发生的余震。"黄春仍然沉浸在记忆中。

5月12日12时50分，7.5级强震突如其来，帐篷医院恍如波涛中的一叶扁舟，上下起伏，左右摇摆，杜力克当地民众蜂拥着从各自的砖房、木板房、帐篷里往外奔逃。

突然，距医疗队营地不到200米的地方，一栋两层楼高的砖房墙壁坍塌，烟尘漫卷天空……然而，面对眼前的17名尼泊尔伤员，我们的医疗队员来不及恐惧，更没有逃生，而是专心伏在抖动如筛米的手术台上，安抚病员，照常做手术。

此刻，营地四周尘土飞扬，睁不开眼，吸一口气，鼻里全是灰。每个人都能清楚地听见大地"咔咔"作响，房屋的倒塌声、恐惧的尖叫声、痛苦的求救声此起彼伏。

地震中，通信中断，医疗队音信全无。

8小时之后，通信恢复，队员但阳打出了第一个电话。当天是她母亲的生日。因为不忍心 83 岁的母亲为自己担心，但阳只好骗母亲说自己是去上海培训。此时，身在尼泊尔的但阳一句"妈妈，生日快乐"还没说完，早已泣不成声，泪流满面。

队员顾敏，是这次救援队里唯一的放射科医生。穿着防辐射服在高温下工作，由于天气炎热大量出汗，他每天喝下六七瓶水但不会上一次厕所。简陋的放射防护和近距离摄片，使他在尼泊尔 2 周所接收的辐射等同于正常工作时 5 年接收的辐射剂量。他的妻子临产，但他毅然前往尼泊尔执行这次危险任务。他说，我这样做，就是要让我的孩子，因为有个这样勇敢的爸爸而感到骄傲。

"人在什么时候会特别爱国？"

黄春自问自答。

他说，胸前佩戴上鲜艳的五星红旗，身穿印着"中国"二字的统一队服的时候，就总觉得自己不再是一个个体。这个时候，你就会知道，自己的一举一动，代表着中国，代表着祖国的荣誉，这是一份沉甸甸的责任，更是一份无上的光荣。

中国医疗队千里驰援尼泊尔，门诊诊疗 737 人次，实验室检测 587 项次，开展各类手术 148 台次……在上千次诊疗中，实现了零差错、零纠纷、零不良事件，圆满完成国家赋予的"打胜仗，零伤亡"目标。

中国外交部、商务部、国家卫计委及中国驻尼泊尔大使馆，共同组成中国政府联合工作组对医疗队进行慰问。领导评价：医疗队全体成员积极响应国家号召，不畏艰难，不辱使命，圆满完成了赴尼医疗救援工作，为国争光，促进了中尼两国人民的友谊。

不是尾声

援外的日子，或是工作繁忙，精疲力竭；或是鸡飞狗跳，声声警报；或是情况偶发，无法预料；或是余震不断，地动山摇……

队员们不是钢铁侠，也是肉体凡胎。是一种什么样的精神、什么样的力量使队员们屹立不倒，奋然前行？

我想，队员黄春说得对。

当心中飘扬着五星红旗，当胸前印着"中国"二字的时候，我们就不再是一个个体。

那是一种用忠诚、实干、担当凝聚成的洪流，那是一种用纪律、规矩、信心凝结成的信仰，这洪流势不可当，这信仰坚不可摧。

因为它的名字，叫中国力量！

（原载《重庆日报》）

白衣「员外」

布谷飞过瓦厂湾

一

小满一过，瓦厂湾漫山遍野都是布谷鸟的叫声——

阿公阿婆，割麦插禾！阿公阿婆，割麦插禾！

其他鸟儿，大多停歇在树上叫，布谷鸟能边飞边叫；其他鸟儿，大多在白天叫，布谷鸟能叫黑白天，接着又叫亮夜晚。

飞得高，声音传得远，夜深人静的时候叫，声音越发显得高亢嘹亮，铺天盖地的叫声，灌满老郭的耳朵，让他烦躁得睡不着。

他叹息一声，迅速得到妻子曾令菊的回应。

其实曾令菊也睡不着。

老郭患有美尼尔氏综合征，曾令菊患有风湿性关节炎。他们的儿子长期精神错乱，需要转到条件好点的医院。女儿已经进入高中，正是用钱之际，费用也是一家人的心病。

这是 2014 年的春夏之交。

这一年，老郭一家，被确定为贫困户。瓦厂湾所在的重庆市巴南区姜家镇蔡家寺村，被确定为重庆市市级贫困村。

这一年，横听竖听，左听右听，老郭都觉得布谷鸟在奚落自己。在他听来，布谷鸟叫得非常刺耳——

"老郭要哭！老郭要哭！"

二

有困难，找上级。

老郭正在寻思如何找上级"谈谈"，没想到村干部上门来了，镇干部也上门来了。

老郭反复表达，说自己想脱贫，想做点事。

42

村、镇干部说的是，要帮他脱贫，要帮他做点事。

让老郭感慨"瞌睡遇到了枕头"的故事就这样开始了。

"上级"问他：老郭，你相不相信"石谷子"上能长出好庄稼？

"石谷子"是当地人对当地"土壤"的俗称，因页岩风化形成，赭红色，颗粒状，最大的特点是蓄存不了水。

老郭是个厚道人，他有一种天生的自觉，就是相信"上级"。第二年播种时节，"上级"派出技术员，来到老郭家，手把手教他"如此如此，这般这般"。老郭分明感受到，技术员教的，与自己的经验大为不同：种子颜色不同，技术员带来了专门种子；土质不同，技术员带来了专门的"基质土"；生长环境不同，技术员要求给庄稼覆盖上大棚。

好不容易等到收获季节，老郭一看，傻眼了，地里长出的苞谷，是黑苞谷，田里长出的稻子，是黑稻子。老郭种了几十年地，第一次见到种出的庄稼都是黑色的，他不知所措。听技术员一番解释，他乐了。技术员说，黑色的东西，植物也好，动物也好，颜色深，营养更丰富，能够调节人体生理功能，做成食物，兼具自然性、营养性、功能性和科学性，在国内外都很受欢迎。镇里请来高等院校、科研机构反复"把脉"，结论是这里可以大力发展"黑色产业"。到后来，老郭更乐了，"上级"如数收购了他家的黑东西，他一算价格，黑苞谷是黄苞谷的两倍，黑稻子比黄稻子翻了一番。

尝到甜头，老郭就感到有了奔头。2017年，他能非常熟练地种植黑色作物了。这时，"上级"又给他送来了黑鸡娃、黑猪崽。黑鸡黑猪当年出栏，"上级"还是如数收购，价格可观，让他的现金收入第一次以"万元"为单位计量。老郭眼泪哗哗，一边数钱，一边忙不迭地"感谢党感谢政府"。

2020年，老郭感觉到了一个庄稼人的人生巅峰。当年，他种了3亩黑色作物，养了30多只黑鸡9头黑猪。

老郭心头一高兴，听啥都顺耳。当年的布谷鸟，他怎么听都是这样叫的——

"老郭不苦！老郭不苦！"

布谷飞过瓦厂湾

2020年说过去就过去了。

老郭的担忧来了。

他知道这一年是脱贫攻坚年，他害怕这阵风吹过，"上级"的支持力度小了。不久，姜家镇党委书记也换人了，他更担心政策变了。

他只能骑驴看唱本儿——走着瞧。

果然有变。

比如，种黑苞谷，过去是单一收获老苞谷，但是现在变了。为实现经济效益的最大化，有的苞谷苗刚刚长茂盛，就收割了，是上好的青饲料，拿去养牛养羊；有的苞谷籽还没长硬实，还是嫩苞谷，就掰去卖了，价格比老苞谷更高；不只卖嫩苞谷，还卖苞谷笋子，鲜嫩的籽粒和着苞谷笋子（芯子）一起食用，还蛮受欢迎。同一块田，有的苞谷才出苗，有的苞谷在开花，有的苞谷已结实，"几世同堂"，能够保证连续几个月都有鲜玉米上市。

比如，养黑鸡，过去用常规方法养鸡，但是现在变了。为保证鸡舍安全和食品安全，村里的鸡舍装有摄像头、传感器、传输系统，每只黑鸡都戴有脚环，所有的鸡都办上了"身份证"，食客一扫码就能了解鸡的生长过程。

比如，从瓦厂湾到蔡家寺村，再从村里到姜家镇，出现了一批让老郭闻所未闻的新"名堂"。

"嘿专业"。种养业形成了黑五谷、黑五牧，黑五谷是黑米、黑苞谷、黑大豆、黑小豆、黑（紫）薯，黑五牧是黑鸡、黑鸭、黑猪、黑羊、黑鹅。

"嘿慧养"。智慧养殖，通过手机上的软件，便能实时掌握鸡舍温度、粮食、水源等情况，通过"智慧终端"，可以收集所有数据、实施全程监控、进行全程溯源。

"嘿好吃"。打造黑色主题餐饮品牌，形成食黑宴江湖菜系列、食黑宴传统菜系列、食黑宴卤菜系列。

"嘿好卖"。开通村级电商直播间，组建"黑黑黑"农业专业合作社，推出"嘿巴实"电商市集，蔡家寺村的黑色产品直接销往了香港、澳门……

老郭没想到，脱贫攻坚结束了，乡村振兴跟上来了。

不但"黑色产业"不断让自己受益"沾光"，"上级"额外关照的力度也丝毫未减。两年来，自己的房子旧了，爱心企业进行了维修加固；儿子享受医保，去了条件好的医院；村里为妻子提供了公益岗位，每月有上千元的收入；女儿大学毕业，考到了姜家镇政府上班；压力得以释放，自己和老伴现在的感觉是无病一身轻。

芒种时节，在蔡家寺村，瓦厂湾一片茂密的苞谷林边，我们见到了71岁的老郭。

"我叫郭存明。百家姓'江童颜郭'的郭，家里有钱有存款的存，明天会更好的明。"

我们问他："今年的布谷鸟，叫声又是怎样的呢？"

他一边笑一边答——

"老郭有福！老郭有福！"

（原载《人民日报》）

布谷飞过瓦厂湾

一千个祝愿，飞向"金银潭"

"幺儿"——

当匡振彬在这两个字后面打上"破折号"后，心里想说的话又"咕嘟咕嘟"一串串冒了出来。

60岁的他"老花"严重，端过枪的手使用微信打字已经非常吃力。女儿说，爸爸你发语音或者打电话吧。但他坚持认为，文字才显得出庄重、正式。

春节以来，他每天就做两件事：看电视新闻，给女儿发微信。每当听到"金银潭医院"几个字的时候，神情就高度紧张。

一

一月二十四日，大年三十。

匡振彬看完新闻，得知重庆144名医护人员即将驰援湖北孝感，就急切地问女儿：名单上有你的名字吗？

女儿在重庆大学附属肿瘤医院放疗科工作，担任医院放疗科病区护士长，是肿瘤专科护士、ICU专科护士。

女儿理解父亲的意思。在军人出身的匡振彬眼里，"大战"当前，只有最优秀的战士才配得上做先锋。

然而，首批人员名单没有"匡雅娟"三个字。

出乎意料，一月二十五日，匡雅娟得到通知：立即准备，驰援武汉金银潭医院。

这本是匡振彬希望的信息，但他突然紧张起来。他知道，金银潭医院是武汉最早集中收治不明肺炎患者的医院，是这场全民抗"疫"之战最早打响的地方，也可能是感染风险系数最高的地方。万一女儿有个三长两短，怎么办？

辗转难安，匡振彬一口气给女儿发出了数百字的微信。

匡雅娟收到了父亲新春里的一长串嘱咐和祝福。

——幺儿（重庆人对子女的爱称）：爸爸在家为你祈祷，平安，顺利，凯旋，庆功……

——幺儿：你前去武汉抗击新型冠状病毒肺炎疫情，这是一场战斗，是为战胜疫情做贡献，你要努力工作。

——幺儿：爸爸愿你远征平安，希望你按照武汉医院的要求和程序，严格要求自己，千万预防感染。

——幺儿：你要注意休息，身体健康才有免疫力和旺盛的精力投入紧张的工作。

二

匡雅娟告诉父亲，自己被分配在"外围"上班。

匡振彬急了，大老远跑过去，怎么能在"外围"呢，你一定要争取到"内围"里去。

她所在的综合一科，主要负责确诊患者的护理和防护物品的清洁工作。理想的工作目标就是一个：确保不往重症病房转移病人。

她们每天的日程，早晨六点半起床，七点早餐，二十分钟后到达医院。

接着，花去整整半个小时穿戴防护用品。接触病人要求三级防护，由内到外为洗手衣、防护衣、隔离衣，戴上双层橡胶手套、靴套、帽子、口罩、眼罩、面屏等等。

此后，穿过内走廊、缓冲间，层层"突破"，进入病房。

完成床旁挨个病人交接班，将重点特殊事项标注在黑板上，然后依次完成治疗工作，如输液、打针、喂药，测体温、血压、血糖，完成临时或者紧急医嘱……

完成出入院病人床单位准备，更换床单、被套，全方位清洁消毒……

完成两次病区消毒，如床栏、床头柜、椅子、地面、窗户、走廊……

完成病人盒饭发放，用轮椅推病人外出检查……

这些工作普通、简单、琐碎，然而非常吃力。

在层层防护之下，同事、护患间的交流必须大声吼叫，不断地重复确认，

一千个祝福 飞向「金银潭」

外加手脚比画；由于戴了双层橡胶手套，对血管的深浅、弹性状况判断不准确，输液、采血等操作难度大大增加；由于病房设置的特殊性及防护装备透气差，口罩被浸湿，面屏充满水雾模糊不清……

一天下来，鞋底被汗湿透了，衣服湿了又干，干了又湿，脱下防护设备，同事互相笑称"老虎脸"：护目镜、口罩等在脸上留下深深的勒痕，鼻梁、面颊被压红压伤，就像脸上被刻了只老虎，只差额头印个"王"字。匡雅娟在日记中描述：耳后勒痕深深，耳朵就像被月亮割了，小时候大人总说指了月亮会被割耳朵，可能就是这个样子吧。

下班之后，终于有时间向父亲解释何为"外围"。

手机打开，又是一段段"幺儿"先跳出屏幕。

"幺儿：在保护好自己安全的前提下，应当事事冲在前面，为武汉的防控阻击战做出贡献。"

"幺儿：你要圆满完成这次战疫任务，保重身体，平安归来！"

匡雅娟解释：由于传染病房的特殊性，工作区域分为清洁区、半污染区和污染区，各区间设有缓冲地带，不能走回头路。护理工作也根据区域进行划分，主要分为两个板块，外围护士直接接触患者，为患者提供治疗，内围护士主要负责准备工作。自己在"外围"，那就是在真正的"火线"。

三

在武汉，喊年长的男性叫"爹爹"。

匡雅娟告诉父亲，自己遇上了一位特殊的"爹爹"。

他拒绝问话、拒绝吸氧、拒绝测血压、拒绝翻身检查皮肤……对一切都极不耐烦，多问两句他就侧身假装睡觉。

然而"爹爹"呼吸急促、头面部微汗，必须赶快测量生命体征了解缺氧情况。几个人不断用普通话哄劝，他反而凶巴巴吼道：你们真烦。

匡雅娟干脆拿重庆话"怼"他。她想：爹爹，在我们重庆就是爸爸，哪有爸爸不听子女的呢！

没想到"爹爹"居然对重庆话很敏感，半推半就配合起治疗来。匡雅娟要他趁热吃饭，但他说心里难受，吃不下饭。

由于病人喘累、乏力，匡雅娟为他准备了轮椅和氧气袋。在推着他去检查的时候，要经过一段长斜坡，由于他身高一米八以上，匡雅娟累得出了汗，面屏内满是雾气。匡雅娟指着身上一行字，他竟然竖起了大拇指，并大声地说了句"谢谢你"！

原来，在厚厚的防护服下，医护人员全副武装，病人看不到亲切的笑容、听不见柔和的细语，无形之中，有了障碍。

匡雅娟她们想了一个办法。每天穿好防护服后，相互在衣服上画画写字。因为是鼠年，画是米老鼠，字是现场发挥的，诸如"加油加油""请放松""你很棒"。

匡雅娟今天穿着的字，恰好是"其实我很瘦！！！"。

"爹爹"会意一笑，随即说起心事：自己是武汉江岸区人，家里一儿两女，一月十四日开始生病，转诊三家医院，生病期间子女没来看望，心里十分难受，已经好几天没吃下饭……

回到病房，匡雅娟告诉他：我推不动你，下回检查得自己走着去，所以你必须吃饭。

话音刚落，"爹爹"顺从地端起了盒饭。

这天，匡振彬给女儿发了长长的微信，中心意思只有一个。

"幺儿：爸爸认为你很优秀。作为一个几十年党龄的老党员，我期盼你能火线入党。"

四

二月二日，是匡家父女对话心情最为愉悦的一次。

这天，武汉市金银潭医院有 37 名确诊新型冠状病毒感染的患者出院。

这是疫情发生以来，截至当天，该院出院人数最多的一天；出院病人年龄最大者 88 岁，也是该院出院患者中年龄最大的。

匡雅娟问父亲：猜你女儿有贡献没？

匡振彬发了个"点赞"的表情。

一千个祝福 飞向「金银潭」

女儿截了图，证明刚刚有个叫"礼敬"的人，申请添加她的微信。

这个"礼敬"，就是她在金银潭医院看护过的首位出院病人。

他一走出医院，第一件事就是添加匡雅娟的微信。

匡雅娟还说，她们在"火线"有不少小发明。比如，防护服没有口袋，护理工作需要记录，要携带笔、记录本、剪刀、胶布等小物品，姐妹们便利用休息时间，用一次性治疗巾自制了小布袋。

二月五日，颇有文学功底的匡雅娟引用了一首诗，表达自己的心情：

那双手绝对不会把春天剪坏

手术刀灵巧，一剪下去就是一个口罩

护目镜，防护服，防护罩

一剪下去就是一朵桃花

一个春天……

匡振彬回复："幺儿！爸爸有一千个祝愿，飞向你，飞向金银潭医院。"

（原载《人民日报》，被收入《2020散文》《人民日报2020年散文精选》等）

五土放歌

尽管事隔多日，但想起当时情景，刘照仍然有些得意。

一大早，他正要出门，突然来了两位有些年纪的村民，满脸写着"大事不好"。

村民附耳低语：刘书记，江边好像有人"搞事"！

刘照连忙吩咐带路，急急来到江边。

远处，红日初升，青山如黛，天地祥和。

近处，江水澄碧，帆影点点，桨声欸乃。

岸边，步道蜿蜒，橘林吐绿，人影绰绰。

顺着村民手指的方向，刘照注意到，几位黑肤卷发、白肤金发的外国人，一会儿镜头对着远山，一会儿镜头对着长江，一会儿镜头对着人群，嘴里还在不停地叽里呱啦。

刘照看了看仍是一脸警觉的村民，意味深长地拍了拍他们的肩膀，说了句让他俩感到云里雾里的话："我们五土村，就要出名了。"

一

五土村的上游，是遥远的重庆。

五土村的下游，是遥远的三峡。

木船行到此处，每遇风急浪高，必会船翻人亡。江中有块巨石，被先人视作可以"镇妖"，于是请了工匠，在石上雕刻了五尊"土地"神像，寓意东西南北中五方平安。五土村由此得名。

刘照小的时候，江中往来的，已是机动船。花一天时间，搭船进入万州城，看一眼著名的钟鼓楼，吃一餐小桃园的小笼包，足足可以在小伙伴中炫耀一年。

刘照长大的时候，三峡工程蓄水，五尊"土地"神像深深淹进江中。他跟村里的所有年轻人一样，外出闯荡"江湖"。

2016年，小有名气的刘照突然接到一个电话。对方是大周镇镇党委书记。书记说：你是外出创业能人，镇党委恳请你回乡创业，带领乡亲们共同致富。

刘照依约回到村里。经镇党委提名，村里全体党员选举，刘照全票当选五土村党委书记。

刚一上任，他就感到"头疼"。

村里年轻人都已外出，留下的全是些"老弱病残"。刘照说，老人们不但体力不行，还"思想顽固"，你指东，他往西，你叫打狗，他去撵鸡。

举个例子：

沿江数里，村里有1200亩红橘，品种老化，是具有4000多年历史的万州古红橘。管理不善，古红橘极易染上褐斑病，结出的果实成了"麻脸"，村民称之为"麻柑"，卖相不好，只能1元1斤。更有甚者，因年事较高，上树摘果，有多人摔下树来。由此，红橘树成为村民心中的"鸡肋"，也成为考验干部的"难题"：砍树吧，村民舍不得，几十上百年的老树，爷爷辈父亲辈的树龄，每天看一眼都已看出感情；留着吧，没多少用，卖不成钱，又占着地，还可能摔死摔伤人。

刘照找到的"解题"方法，是引进优良品种，进行嫁接换种。新品种名叫"探戈"，品质好、见效快、抗病性强，站在地上就能摘果。

但是村民不买账，怕费力，怕花钱，怕不成功，怕耽误季节，怕"偷鸡不成蚀把米"……

还有做反面宣传的：探戈哪里是水果呀，探戈是舞蹈，电视里的赵丽蓉就讲过了，"探戈就是趟啊趟着走，三步一回头，五步一招手，然后接着趟啊趟着走"。

刘照没辙了，找镇党委书记倾诉。

镇党委书记是个女同志，曾有多年教育工作经历，知道哪把钥匙开哪把锁，就点拨他：善于做思想工作，是当书记的看家本领。战争年代，最后一碗米送去做军粮，最后一尺布送去做军装，最后一件老棉袄盖在担架上，最后一个亲骨肉送去上战场，因为啥？群众理解支持。而今你在为群众办实事办好事，群众反而不支持，因为啥？群众不理解呀。

刘照恍然大悟。他管理过多年工程项目,有过不少群众工作经验。有时赶工期,工人们本已非常疲惫,但只要走进工人队伍,递上几支烟,唠上几句话,工人们又毫无怨言地走向各自岗位了。

此后数月,老婆何霞发现了刘照的一个大秘密。

一直以来,刘照不喝酒,但抽烟;烟量稳定,一天半包。然而突然之间,一条"朝天门"管够20天的格局被打破了,变成了一条香烟只够管两天。看着刘照每天出门更早,回家更晚,她忍不住一探究竟。她看到,刘照赶在村民上工之前,或是收工之后,往人家门口一站,掏烟,递烟,点烟,一根接一根,有一搭没一搭,说着"探戈",说着"嫁接"。

功夫不负有心人。当年,首期200亩红橘成功嫁接换种。

不久开始试花试果。村民看到,新品种就跟刘照游说的那样,不在冬天结果,而在春天结果;品质好,无"麻脸",很好卖;不用上树,站在地上都能摘。

从此以后,刘照说,枇杷树也要嫁接换种。村民说,你咋说,我们就咋办。刘照说,村里的土壤气候,还适合种桂圆。村民说,你说能种啥,我们就种啥。

结果,五土村沿江地段,全部被果木覆盖,构筑起一道独特的生态屏障。

二

"哈哈哈哈,你问我怎么当上老板的,我是被我妈逼的,误打误撞当上的。"

张世方心直口快,声音洪亮,总是未言先笑。

她说,自己多年在外打拼。2018年春节刚过,母亲"十二道金牌",催促她必须回来。

"娃儿马上小学毕业升初中了,他那些课程,我哪里辅导得了。耽搁了娃儿前程,挣那些钱有啥用?"张世方的母亲在旁为自己"申辩"。

2019年3月,张世方极不情愿地回村了。

一进村,她发现:"妈呀!村里哪里冒出来这么多车!"

一声"妈呀"之后,张世方的小算盘打开了:这么多人来村里,必定要吃要喝，随便摆个摊，都能挣钱啊。钱挣了，娃也带了，两全其美呀！

说干就干，当年，她与弟弟张世海一道，建起了"38号"民宿。今年年初，又把原来的一层楼，扩成了两层楼。

"哪里是误打误撞哟，你正好踩在点上了。"刘照纠正她。

机遇来自大周镇总体规划。

大周镇定位为"科教亲子特色小镇"，沿江一线的几个村子，属于重点打造区域。

五土村反应迅速，马上对接，出台了五土村旅游发展建设方案、农耕文旅发展总体规划。

镇村合拍，上下同心，理想很快变成现实：

滨江长廊建成。一条彩色滨江步道，时而没入林中，时而闪现江边。春日径幽香远，夏日林木阴翳，秋来金风送爽，冬来天高水清。

日月广场落成。金色的太阳广场，蓝色的月亮广场，一高一低，比邻而居，构成五土"日月广场"。太阳广场观景，月亮广场亲水，站在广场上，看大江东去，日升日落，沐江风浩荡，月华染身，难忍把酒临风，击节而歌。

五土文化粉墨登场。金银洞崖墓、观音阁造像、大周溪遗址等人文历史景观从幕后走向前台，呈现于滨江长廊……

五土"妆容"初成，成功与否，只等游客用脚步投票。

首先是零零星星的车，从万州城开进五土。

此后是三五成群的车，从万州城开进五土。

村民老宋最为精细。他的统计是："2018年3月中旬，来车第一次超过500辆。"

"今年3月最多的一天，已超过1000辆。当日游客8000多人。"这是刘照的统计。

游客来得太猛，打了个五土措手不及。

起先，那些以前须得起早贪黑，挑去城里售卖的柑橘、枇杷、桂圆，都被主动上门的城里人以高的价格现场收进肚里去了。稍后，附近村民家的老腊肉、洋芋块、红苕粉也被城里人收进肚里去了。

游客来了需要吃饭喝水。

便有头脑转得快的村民，买来遮阳网或者塑胶纸，几根棒子一撑，便在其下卖凉粉、卖凉面、卖凉虾。

有第一家，便有第二家、第三家。

蓝天之下，树林之上，满眼都是遮阳网、塑胶纸。

刘照一看，似乎不对头哇，长期下去，要糟蹋了这一江风景啊。绿水青山就是金山银山，"卖风景"是五土村的本钱，如果风景没了，那可是没命根子了哇。

他连忙找了两辆大巴车，分两批次，把村民运到下游的旅游城市实地学习，了解人家如何既能留住游客的胃，又能留住一江风景。

遮阳网、塑胶纸迅速退场。投资少、风格明显的巴茅亭、木房子、蒙古包取而代之。

刘照觉得还不"过瘾"。先是动用了自己的多年积蓄，建了座"滨江小筑"，示范引领；接着，电话催，上门请，邀约五土村在外创业名人，返回村里，支持乡村振兴大业。

"野土地农庄""廊桥小乡""五林大烩""果木林"……在他的游说之下，"名人"纷纷回村，27家风情十足的民宿建起来了。

除开冒出来的如上新名字，伴随这些民宿生长的，还有不少村民从未听说而今张嘴就来的新名词：打卡地、BBQ（户外烧烤）……

刘照顺道带我走进"滨江风情"民宿。老板之一的向家满乐呵呵地迎了上来。

"一天能接待多少桌客人？"

"白天30桌，晚上20桌。"

"晚上也有客人？"

"今天在这玩了，住下来，明天接着玩。国庆节、五一劳动节，不少三五家约一起，住在这里直到假期结束。"

向家满告诉我们，住下来的客人，都是从云阳县、开州区及重庆主城区来的。客人来得多，食品需求大，"滨江风情"一年要采购2000斤鱼、

3000 只鸡，时令蔬菜更不用说了，村民有多少收多少。如今，本镇宋家村、凤凰村，小周镇小周村、莫家村，甘宁镇的村民都在向这里供应蔬菜水果。农家乐招聘厨师、服务员、杂工，解决了本村村民就业。

"滨江风情"出门不远，长江之中，矗立着一座仿古建筑码头。

"那是我们的旅游码头。"

说起码头来历，刘照再次打开话匣子：2018 年，一位"大领导"去邻镇调研，返回万州城时，在五土村被堵了整整 40 分钟。

被堵车了，领导不但没生气，反而说，我们不是下来调研的吗？一个村子，堵车堵成这样，一定有稀奇事，值得调研啊。于是他就真的现场调研了，发现是因为城里人开车来五土休闲的太多，造成了堵车。领导当场说：公路上堵，不是还有长江吗，可以坐船来呀。

领导回去就开会，协调在日月广场旁边建个旅游码头。"平湖一日游"的游轮，清晨从万州城出发，在五土村靠岸，放下客人；游完平湖，傍晚经过五土，再靠岸接走早上在此下船的客人回万州城。

"你问有啥效果？效果就是，不少外国人乘船来五土了，南非的、英国的、德国的，都来了，我们村果真出名了。"刘照边说边大笑。

三

走在自己的"地盘"上，刘照一直兴致很高。我准备出其不意，使个"杀手锏"。

"刘书记，就算以天计，一户民宿排出 2 吨污水，你领导的这个村，一年有多少吨污水进入长江了？"

"你问得好。但是，这个问题，你不是第一个问的了。"

他说：2018 年，中央电视台《远方的家》栏目看上我们村，看上我的"滨江小筑"了。他们在这里住，在这里拍，拍完也问了这个问题。你想，如果环保有问题，还能上央视，还能成网红打卡地？

为能实现长久"卖风景"，村里采取了一系列举措。全村固定了 6 个清扫保洁岗位，分人包段清理江岸。所有民宿的污水，必须泵进村里的污水处理池，集中处理，这是先置条件。三峡水库蓄水、放水产生的消落带，一律种上中山杉，无论水涨水落，都是一道美丽的风景线。更关键的，要让村民从根本上认识到，环保重要，与自身利益息息相关，所以村里成立了乡村旅游合作社，把村民们绑定在一起，一起实干，一起挣钱，一起珍惜环境，一起得到实惠。

沿着滨江步道一路前行，刘照有说不完的话。

"你看，那个三层楼，原来是村委会办公楼，后来改成了村里的养老场所。"

"你看，广场上那些卖风筝的、卖棉花糖的、卖溜溜球的，都是我们的村民，他们学会做生意了。"

每走三五米，总有村民迎上来，一边打招呼，一边递烟。

刘照很感慨："我们村干部，就是土地神。你管事，群众心里供着你；你不管事，群众当你是局外人。"

他说，经济上去了，村民的精神面貌也得上去。村里制定了《村规民约》《评选文明农户、"五好家庭"标准》，开展"十星级文明户""五好家庭"评比；组建了志愿者服务队，担任扶危济困帮扶员、交通安全劝导员、环境卫生监督员、法律法规宣传员……

"望得见山，看得见水，留得住乡愁，要有点文化不是？"

因此，村里组建了两支群众文艺宣传队，常年开展政策、法制、安全宣传，以"我们的节日"为主题，每年春节、端午节、重阳节、中秋节开展文化活动。

最后，我们在一块大大的三峡石前停了下来。

我知道停步的地方一定有故事。

果然，他介绍开了：重庆一位美女大学生，到五土游览之后，诗兴大发，写下一首《大周放歌》。大家都觉得好，就刻在了村里这块三峡石上——

千载峡江灵秀处，日月流连九天外。一枕银涛听渔歌，总依长虹醉乡怀。红桔悬金香满襟，白鹭亲人过楼台。赞天化育生生地，绿水青山待客来。

（原载《人民日报》）

五土放歌

村干部摆"阵"

本质上讲，坐在面前的李家华是个农民。说他要摆阵，我们当然不信。

"当过兵？"他摇头。

"练过武？"他摇头。

"读过许多金庸小说？"还是摇头。

我们的好奇心倏地被勾起来了。

一

李家华当"官"很早，20世纪70年代末，就是"大队长"了。

"少先队？"

不是。高中毕业，因为"文化高"，出任生产大队长，村干部，一把手。

一把手当然得有一把手的担当。把辖区护国大队的"扒手"治理好，是上级下达的硬任务。

"扒手"一般得手不多，几毛或一块，够下一次馆子，或是割半斤肉，大法不犯，但令人生厌，从本辖区小偷小摸到外辖区，从本县骚扰到邻县，从本省游击到别省。当地农民若非万不得已，过路一般会绕道此段区域。隔三岔五，总有受害人上门哭诉或讨要说法。因为名声不好，大队里的男人说不上媳妇，光棍多。光棍多，"扒手"就有后备队，恶性循环。

李家华粗略统计了一下，从事这项"生意"的有近百人。整治他们的手段，大体是三种。找条麻绳，把肇事者绑了，绕村里大路游一圈，臊他脸皮，但作用似乎不大，当地有句土语，叫大哥莫笑二哥，脸上黑子一样多；强制劳动，在人看管下干最苦最脏的活，掏粪渣挑大粪，但人是有腿的，看管的人一下不注意，干活的一溜烟跑了；让上门哭诉者打一顿，打完了，被打者回家拿出自家研制的跌打损伤药酒，内服外用，过不了几天，伤好了，痛忘了，想干嘛继续干嘛。

当然也试过软办法。人非草木，孰能无情。所谓饥寒起盗心，人家饥了寒了，大队干部主动找上门去，要粮借粮，要物借物，要钱借钱。

"结果都被你们感化了？"

"没有。干部自家的钱物也不多，总不够借，他们重操旧业了。"

好在办法总比困难多。

还有一条路是让"扒手"发财，让他不再惦记别人，而是担心别人惦记他。

擒贼先擒王，从"头头"李某身上着手。大队干部先让他开肉案，没成功，开垮了。再养长毛兔，没成功，养死了。再让他开加工房，没厂房，大队出面协调；没有三相电，大队出面找电厂；没有贷款，大队出面到信用社担保。

这招确实奏效。电闸一开，钞票源源而来。"头头"很快还清贷款，攒了积蓄。出于感恩，他就地"反水"，成了反扒专家，协助破获多起重要案件。不久，开县公安局奖给他一块匾，上书"浪子回头金不换"；万县地区公安局奖励了更大的匾，上书"改邪归正勤劳致富"。

一方面，反扒专家就住隔壁，另一方面，"头头"以下的都在大队干部的帮扶下基本找到了新出路，"扒手窝"里风平浪静了。

讲到这里李家华脸上有点得意。

他得意的不是成功改造旧人成新人。

他说，国家1995年提出计划经济向市场经济转变，1999年提出非公经济是社会主义市场经济的重要组成部分。但在护国大队，提前十几年成功发展了村里的非公经济。

二

说书人说"时光飞逝，岁月如梭"。

李家华也是这样说的。

转眼到了1992年。

他说这一年，一位老人在中国的南海边画了一个圈。

李家华的"官职"，早已不是大队长，而是村主任。

村里的任务，是建设护国村的"小康社会"。

村干部摆「阵」

59

"你可能记错了,建设小康,是 1997 年党的报告提出的,部署全面建设小康,2002 年才写进党的报告。"

"允许部分人先富起来嘛。"他笑着说。

小康不小康,关键看老乡。村民的小康梦,是楼上楼下、电灯电话,是菜里有油、身上有绸、圈里有牛、住的是楼。

他说,你看这顺口溜,始终不离开一个"楼"字。所以小康不小康,首先看住房。

护国村的中心地带在一社,人均不足四分地。家庭联产承包责任制后,农民像珍惜眼睛一样珍惜耕地。村里因势利导,动员农民掀掉平房,在公路两旁连片集中盖楼房。

"一下集中了五十多户。"

李家华伸出五个手指头,说其他地方的小城镇建设可能还在萌芽,但这里"山村冒出个微型城",当年的报纸就是用这个做题目报道了护国村。

"微型城"里是一色的小洋楼,使用煤气灶,用水冲厕所,经营百货,维修家电,有肉案,有豆腐坊,有家具厂。新鲜事物不断涌现,各种各样的"第一"次第产生:黄家安装了第一部座机电话、张家购回了第一辆摩托车、李家买回了第一台彩色电视……

"一四七、二五八、三六九,你知道这些数字为啥这样排列吗?"

我们摇头。

"这是农民的赶场日。"按这个约定,赶中和场、义和场、三和场。但是,护国村可以在自己的地盘上赶场。

"万元不算富,十万刚起步,百万才是真正富。"

他说经商发家快,没过几年,村里产生了不同重量级的富翁。

"穷有穷的难过,富有富的担忧。"

富了还担忧啥?

"穷不过三代,富不过三代,坐吃山空,担心后代学坏变坏。要有远期投资。"

远期投资,三种办法,"分而治之"。

第一种，不是猛龙不过江，鼓励年轻人"闯江湖"。

"你记得一篇报道不？《开县打工仔一年寄回十个亿》。"

我当然记得，打工收入超过地方财政收入，那是1995年，我学当记者时的老师写的。我也写过，刊在《农民日报》头版头条。

他说，十个亿中，不可小看护国村打工仔的功劳。护国村人胆子大，爱闯，外出打工最早，而且亲带亲，邻带邻，抱团。广东服装、上海拆房、北京餐饮、新疆农场，四大行业，都有护国村人。

第二种，培养"血性"，好铁不打钉，好男要当兵，往部队输送。坐在我旁边的中和镇武装部部长插话了：护国村积极报名参军的青年太多，根本要不完；已入伍的人中，海陆空兵种齐全，现在有一人已是空军飞行员了。

第三种，"养儿不读书，等于喂条猪"，努力考学。考上大学的，村里为他家放电影，在电视台为他点歌，屏幕上打出"热烈祝贺"的游走字幕。

"三条措施，收效如何？你举个例子嘛。"

"你莫急，听我下回分解。"他开始卖关子。

三

时针嘀嗒。

"先栽树后乘凉，先种田后收获。"李家华开启了下一段故事。

2002年，他出任护国村村支书。

这年开始，农业、农村、农民经历了许多破天荒的事：取消农业税、牧业税、特产税。

这年开始，护国村的远期投资，一步步产生了效益。李家华用了一句很"高档"的话，"输出劳动力，引回生产力"。村里出现资产过千万元级的老板，村里有了第一套别墅，多人在县城购置住房，有人回乡办厂，还有人总想为别人和公家做点贡献。

2012年，护国村进入全新阶段。

"我给你们说三个人的故事。"

他问："汪老师，你在重庆工作，认识谢博士不？"

"我认识。谢来位，博士，大学教授，我听过他讲课。"

"我们村的！十里八乡的第一个博士，学管理学的。"

村里出了个管理学博士，村里的管理当然也要上档次。

所有管理，浓缩为四个字：村民自治。

比如说，目前村里小车已有一百多辆，得新修公路，修哪条路，修多长多宽，硬化与否，每家出资多少，村民自己协商。一次不成，二次，三次……自己商量着办，施起工来，无人扯皮。

"我再给你说个资产上亿元的。"

罗兴贵，村里第一批外出打工的。不但在广东有工厂，还在内地开办了连锁大药房。

当上大老板的，还有黄天勇、王会均、宗兴万、陈兴华、刘天全、徐立峰、王建军……

他说了一长串，想尽量把这帮人的名字说完。因为他们为村里做了许多好事。比如说，捐资 15 万元为村里安装 90 根灯柱 60 盏路灯，捐资 8 万元整修公路，为镇养老院捐献了空调，年年回村看望慰问五保户……

"我给你推荐一个网红。"

李家华摸出手机，打开链接，《开州一女子拍"三农"视频，成各大媒体网红》映入眼帘。

报道中的网红叫黄丽，网名"山城女儿红"，护国村人，创作了一大批贴近生活的"三农"视频，网上播放量很高，得到网民认可喜爱。

时间一晃，太阳要下山了，我们要告辞了。

"别慌，还有两句话。第一句，护国村从前属四川开县，后来属重庆开县，现在属重庆开州区，这叫变迁。第二句，我当了一届县党代表、两届区人大代表，在村干部任上干了整整四十年，这叫见证。"

"可是你的阵还没摆嘞！"

他说摆了，都摆了。

啥阵？

"龙门阵！"（注：川、渝两地，聊天即"摆龙门阵"。）

（原载《人民日报》）

村干部摆「阵」

在一线，在一起

武大的樱花开了。

重庆的油菜花也开了。

尽管乍暖还寒，但毕竟无人能够挡住春天，就像青春终究会在奋斗中绽放一样。

今天，我为求证一些事情而来。

我想知道，那些语言，那些故事，那些举动，是否真的出自这些抗疫一线的"90后"。

一

找到李顺平的时候，他说"我正要找你"。

他是重庆市急救医疗中心党委书记。所在医院担负了援鄂、重庆主城8区确诊患者转运、发热门诊和隔离病区疑似患者收治等几个方面的任务。他有很多故事，要与人分享。

我说最近有句话很火。他说我们不谋而合。

他连忙翻出一大摞资料，那是他们医院的援鄂人员，从前线发回的医护日记。

翻到"记录人李娟"，我们的眼睛同时停留在这里。

李娟是重庆市急救医疗中心创伤科护士，该院第二批援鄂医疗队队员。目前正在武汉金银潭医院管护新型冠状病毒感染者。

李娟说，第一天上班的时候，担心防护服里太热，所以穿得很少。一进病房，不知是紧张还是天冷，全身瑟瑟发抖。第二次上班的时候，就多加了一件，结果上班不到十分钟，汗就打湿了衣服，又冷又黏，非常难受。

每次下班之后，因为防护安全需要，医护人员只能"独来独往"，"为爱保持距离"。为尽量减少外出，一般只派一个人出去取饭。哪怕迫不得已见面一分钟，彼此都会默契地戴好口罩。遥远的距离感，让李娟重重地写下：真希望这样的日子快快过去，等到春暖花开的那天，我们脱下口罩畅快地呼吸，去武大看樱花，吃热干面。去重庆坐上穿楼而过的单轨列车，再走到那家熟悉的面馆门口远远地喊一声"老板，二两小面"。

李娟护理过一位 22 床病人李叔叔。

李叔叔充满正能量。听说李娟从重庆来，他非常感激，反复称赞"你们是真正的白衣天使"。

但生病让人变得脆弱，尽管情况一天天好转，李娟仍然看出李叔叔很害怕。他担心会不会留下后遗症、回去后会不会再次感染、该怎么和家人相处、该怎么做才最安全……李娟竭尽所能，安慰他，鼓励他，给他普及科学知识。有天李叔叔反问她："你害怕吗？"

一种被需要被依赖的感觉瞬时袭遍全身。她本能地回答"我不怕"。这是爬坡过坎的决战时刻，信心比黄金更重要，病人害怕的时候，我们怎么能害怕呢？她说，感觉自己就在回答"我不怕"这一刻，瞬间长大。

李叔叔出院那天，说了很多话：感谢党和国家，感谢重庆，感谢奋战在一线的医务工作者。

不知不觉，李娟已在武汉工作一个月。李娟最大的感受，是"战场"迫使自己变成了"孙大圣"。她说：病人需要治疗时，我们是护士；需要安慰时，我们是心理专家；需要温暖时，我们是亲人；需要就餐时，我们是配餐员；需要一个清洁的环境时，我们是保洁员；需要开心娱乐时，我们就和他们一起欢乐起来……

她给世界以爱，世界回报她以勇气和光。

翻阅她的日记，我们在 2 月 12 日这页找到了那句最近红遍网络内外的句子：

"2003 年非典时，医护前辈们来保护我们，现在我们'90 后'来守护大家，因为我们都已长大！"

二

有个人，骗了她可爱的孩子。

她说"妈妈去打怪兽"。

我问重庆大学附属肿瘤医院的程风敏,能找到这人吗? 他说"我马上给你视频"。

他传来了三段视频。

第一段视频里,不到 3 岁的孩子,正在发表见解:妈妈穿这个衣服(防护服)不好看,我不想妈妈穿这个衣服。

第二段视频里,宝宝在哭诉:不想妈妈打怪兽,我想妈妈回来!

孩子的妈妈叫陈诚,1991 年生,重庆大学附属肿瘤医院心血管呼吸内科护师。1 月 26 日,她作为重庆市首批支援鄂医疗队队员,前往孝感开展支援。

她是首批援鄂人员中年龄偏小的一个。从报名那天起,她一直坚强着。

在孝感中心医院,夜班是连续八小时,不吃不喝,不拉不撒,里面只穿一件单薄的手术衣,外穿一件防护服,不能开暖气,怕交叉感染,整晚不能合眼,随时响应患者需求……她没有哭。

条件艰苦,设施简陋,住地只有一张小桌子、一扇门、两扇窗。气温大约 4 摄氏度,每个人都冷得瑟瑟发抖,手脚冻得通红,但要始终保持一颗火热的心,去温暖同行温暖患者……她没有哭。

临危受命,冲锋向前,无数次穿脱防护服,双腿颤抖;无数次规范洗手,双手发红过敏;无数次穿戴口罩与防护目镜,鼻梁压伤。想起 2008 年汶川地震时自己热泪满面对妈妈许下的诺言:我也想去解救受苦受难的同胞……她没有哭。

唯独宝宝的一声"妈妈",让她哭得稀里哗啦。

她说,她也想妈妈,不知道老人家是否也在被窝里悄悄抹泪花。每一个医护人员都是儿子、女儿、爸爸、妈妈,唯一并且共同的愿望只有一个:战胜疫情,早日回家。

宝宝那段"不想妈妈打怪兽"的视频,网络播放量一下跃升到 300 多万。

本以为,故事到此便可结束。

然而还有一段视频。

大地慈祥

一段优美的旋律迅速在空气中氤氲散开：

"宝贝宝贝，静静地睡，妈妈参加了疫情防控医疗队……她在那里很累，爸爸给你换尿布为你把奶粉兑，默默祈祷，妈妈早点归。"

原来，国家一级演员、重庆评书表演艺术家吴文在网上看到了"不要妈妈打怪兽"的视频，迅速赶写了歌词《宝贝睡吧》，向一线抗"疫"英雄们致敬。

这首歌词发布后，迅速得到回应，多人自发为歌词谱上曲弹奏演唱，用歌声温暖这个冬天，为奋斗在战疫火线的医护工作者送去美好祝愿。

三

张华言语不多。

他是重庆市妇幼保健院院长。他说，我郑重给你推荐一个人。

我问：很特殊？

他答：护士，男的，"90后"。

哦！他说的是陈绩。

陈绩，2月2日晚，随重庆援鄂医疗队进入武汉。由于出征时间紧急，没能和怀孕两个月的妻子好好当面告别。妻子没有任何怨言，她说，你安心在前线战斗，我和宝宝在重庆等你平安归来。隔着手机屏幕，陈绩第一次通过视频看见了宝宝的B超图像。

他被分配到武汉大学人民医院东院区，负责患者的护理。为节省防护服，上班期间，他坚持不吃不喝不上厕所。由于人手不足，每班4位管床护士，要负责护理整个病区30余位重症病人。在这里的每一天，他时时感受到党组织的力量，感受到党员冲锋在前、全力奋战的决心和勇气。2月8日，他向党组织递交了"入党申请书"。他写道：我虽力薄但倾尽，愿为抗疫积寸功。我要为即将出生的孩子，树立一个好榜样！

我还找了邬亮。

他是重庆医药高专附一院的党委书记。

他说：我们单位派往湖北的，其中一二十位是"90后"。

我采访了名单上的吴林娟。她在武汉金银潭医院，重症患者病房。

她很伤感地讲了一个故事。

她护理的9床，是位老奶奶。第一天入院的时候，老奶奶说，自己这次不打算回家了，想和马克思见面。看到吴林娟防护服上的"重庆"二字，老奶奶说老伴就是重庆人，如果这次出院回家，要收小吴做"干孙女"。

小吴穿着防护服，戴着口罩、护目镜，辨识度极低。然而仅跟老奶奶说过一次自己的名字，她就记得并能准确认出小吴，一见小吴，就会立即招呼"小吴妹妹又来看我啦"。每次扎针，老奶奶都说你不要怕，大胆扎，我不疼。

然而，一夜之后，小吴上班，9床换了病人。同事告诉她：虽经全力抢救，但老奶奶还是走了。

小吴说，长期身在医院，本以为已看惯生死。然而，当别人生死相依、性命相托的时候，才真正第一次理解了生命的价值、职业的意义。

干，诠释担当。

爱，诠释成长。

支援武汉金银潭医院的肖丽，曾经护理过两位特殊病人。她说：她们两个，年龄跟自己一样，"90后"，漂亮又爱笑，职业也跟自己一样，护士。她俩在工作中被感染，但被感染住院的事只有极少数人知道。然而，她俩毫无怨言。她们说，从没为此后悔过，她们要早点康复，早点出院，早点回到队友身边，去帮助更多需要帮助的人。肖丽说，从此，她懂得了什么叫"值得"。

"95后"吴豪杰，是名男护士，他要承担援助金银潭医院的岗位职责，工作之余，还抓紧时间，不断拍摄制作音像作品，科普如何穿防护服、如何进行消毒、怎样吃饭、怎样乘电梯……这样一位"男子汉"，居然被一群老婆婆说哭了。那天凌晨，69床的婆婆轻轻拉住他的手，用湖北话说："你这个儿子呀，蛮好的，谢谢你啊！"邻床的两位婆婆也跟着一起夸奖，他就这样被她们夸哭了，那一刻，他感到了空前的满足。

吴林娟还讲了一个故事。那天夜班，早晨八点半交班，九点半回到住地，错过了早餐时间。拖着疲惫的身体正要回寝室，一位湖北大汉突然叫她："穿红衣服的那个妹儿，你是才下夜班么，是不是还没吃早饭啊？"问完，他麻利地煮了碗热干面，还煎了个鸡蛋，端到她面前。

当天的日记，吴林娟写下：

重庆小面，为武汉热干面加油！

请相信，春风来不远，不觉到君家。

（原载《重庆晚报》，该报"头条大赛"获奖作品）

在一线，在一起

村里来了咱亲人

金秋的暖阳打在身上，重庆市南川区白沙镇大竹村年满 65 岁的老农田茂均脸上泛出一片兴奋的古铜红，他手扶锄把给我们解释啥叫 CSA 蔬菜基地。"CSA"让他这个月又多领了 300 元工资，他说他家共有 3 亩地，收入却是以前的 5 倍。

"这真得好好感谢市人口计生委！"

同田茂均一样，自从重庆市人口计生委与白沙镇结对共建以来，村民心里和嘴里便生长出了许多故事。

从"瞧到影"到"摸到腿"：我们都是一家人

"喥——嘘——哇——转！"

布谷催春的时节，白沙镇黄阳村 1 社石院子一块明晃晃的水田里，一位"村民"左手执着牛绳和鞭子，右手稳扶犁头把手，口中吆喝着牛儿向前，只见铧泥从水中乖乖翻起，一片片往犁铧两边分开去。田坎上看稀奇的农民边看边赞叹："李主任，真是犁田的好把式！"

村民没想到这位从城里来的"大官"、重庆市人口计生委主任李世奎会犁田，也没想到市人口计生委把白沙镇当作机关干部"接地气"的试验田，更没想到，李世奎是在用这种方式，宣告"犁"开有些板结了的干群关系，"种"下结对共建的鱼水深情！

但是，从 2010 年这块试验田开种时起，村民们见证了试验田里这些劳作者的所言所行。机关干部为期一周的劳动体验之后，重庆市人口计生委主要领导要求每一位市人口计生委负责人各率一个组，各带一摞问卷，各走一个村，摸清群众到底想什么、盼什么，结对共建到底干什么、建什么，机关干部在白沙镇应该留下什么、收获什么。此刻起，市人口计生委干部的足迹和汗水遍布白沙镇 7 个村 32 个农业社。

"红庙村发个言！""顺竹村发个言！""井泉村发个言！"……在

市人口计生委结对帮扶白沙镇联席会上，市人口计生干部人人以"村民"自居，争先恐后发表自己的心得体会，介绍摸到的情况，纷纷提出发展规划建议。

完善基础设施——助推产业发展——打造亮丽村庄，"三年三步走""三个一点"（市人口计生委出一点、区政府出一点、区人口计生委出一点）的结对共建思路写进了《帮扶协议》。市人口计生委把白沙镇全体老百姓的希望绘制成蓝图，并从此踏上迄今4年的卓有成效的建设之路。

"五六十年代能摸到腿（同住），七八十年代能听到声（广播），九十年代能看到烟（小车），近些年只能瞧到影（电视）。今天，能摸到腿的干部又回来了！"看到市人口计生委捧着一颗心来，不带半根草去，点滴相与，休戚与共，当地群众把这些干部当成最可信赖的人。

从"竹扁担"到"金扁担"：困难我们一起挑

"新修公路进山洼咧，汽车嘀嘀到苗家……公路好像金扁担吔，挑着城乡奔'四化'"。

听到顺竹村的孩子们开心地唱着这首《金扁担》，我们的情绪得到了感染。

白沙镇地形地貌为三山夹两沟，自古"关梁蜀道难"，几个边远村的交通极为不便，货物进山出山，全凭村民一根竹扁担。

以顺竹村为例，全村辖7个农业社，710户2263人，辖区面积9.4平方公里，山高路陡。"到镇上买点日用品来回得走上几个小时，赶个场就得耽误大半天时间，这路就是我们的一块心病。"当地群众说。

比行路更艰难的是饮水。井泉村辖6个农业社，447户1300多人，因常年缺水，全村700多亩稻田有40%都改为旱地，遇到天干的时候，挑一担水要一个多小时，有的群众甚至半夜去水凼等水，由于水量有限，曾发生群众为争水而打架的现象。

两大"拦路虎"横亘在结对共建的主导者面前，村民渴求的眼神恍如扎在市人口计生委干部心头的针。

"人民群众是我们的衣食父母，不解决好他们的难题，我们就是忘了根！"这样的共识一旦形成，市人口计生委机关"勒紧裤腰带"过日子蔚然成风，从笔墨纸张中省，从会议经费中省，从公务开销中省，多方筹集，4年里，"口积肚攒"600余万元，全额投入到白沙镇改善基础设施。

白沙镇党委书记向焱扳着指头如数家珍：这4年，用这600万元在白沙镇实施了便民路、便民桥、人饮工程等帮扶项目60多个，全镇32个农业社8500人受益，受益面达80%。交通建设方面，硬化便民路近25公里，修建便民桥5座，新修村社公路6条16.9公里，整治维修村级公路干道10公里，硬化黄阳村、千里村出境公路3条5.5公里。水利设施建设方面，新修人饮工程15处，解决16个农业社3300人、4800头牲畜饮水困难问题，维修井泉村灌溉渠2000米，近200亩良田得到有效灌溉。

白沙镇党委政府顺势而为，以市人口计生委的无偿扶持资金撬动区国土、计生、交通、建设、农业、水务、财政等部门在本镇实施50多个项目，资金2000余万元，极大改善了全镇发展硬件，增强了发展后劲。

2010年夏天白沙镇连续高温40多天，水利工程发挥巨大威力，全镇基本没有出现人畜饮水困难。人们在千里村2社村民王福寿家里看见水缸口安装着一白一蓝两个水龙头，深感诧异。王福寿说，一个龙头是以前的，一遇天干就不出水，一个是市人口计生委帮扶安装的真正自来水，两个龙头安在一起，一是提醒自己不要忘记了从前缺水的历史，二是要记住市人口计生委出资修水池这份恩情。

从"头上蒙块布"到"CSA"：土里刨出金娃娃

白沙镇是农业镇，和许多地方一样，土里刨不出金娃娃，青壮年劳力大都打工去了，留下来的，都是些"386199部队"（妇女、小孩、老人）。田茂均说，农民就是做庄稼的，以前"头上顶块布，按到活路做"，不承想活到65岁，开了眼界，长了见识，增了收入。

此前，白沙镇农民有苗木、笋竹栽植经验，但"小打小闹"，经济效益差。能不能靠种植引导农民赚钱呢？几经合计，引进一家已有成熟经验的公司的 CSA 蔬菜项目落户白沙镇摆上结对共建日程。

CSA 即社区支持农业项目,是指消费者先交钱预订下一年的蔬菜,等蔬菜成熟后,由承包该项目的公司送货上门。在该项目中,农户将土地流转给公司,每年获取一定的土地流转金;公司再将土地承包给农户"打理",每月按亩数给农户发工资,产量多的时候还会有奖金。农户则无须担心销路问题。该项目是农民增收的一条好途径。

"种了地,会不会收不到钱哟?"

"哪有这么好的事?"

当市人口计生委在结对帮扶联席会上提出这一项目时,村民们对所谓的 CSA 蔬菜项目一点都不相信。

于是干部们挨家挨户做工作,到处找敢"吃螃蟹者",一个月下来,终于有 20 多户村民参加 CSA 蔬菜项目。

白沙镇镇长李如军说,地还是那些地,人还是那些人,收入却实现了倍增。他说农民收入有三部分:一是流转土地的费用,每年 810 元 / 亩;二是帮公司种菜的务工收入,每 4 亩月工资 900 元;三是奖励收入,蔬菜出产量高能得到公司奖励。3 项加一起,人均每月可达 1400 元。

初尝甜头,越来越多的村民加入到蔬菜项目中来。规划 1500 亩的蔬菜基地目前已有 100 多户村民加入,种植规模有 800 多亩。

CSA 蔬菜项目的带动,加上对全镇 7 个村花卉、苗木等产业的扶持引导,有力促进了农民增产增收,白沙镇人均年收入从 2010 年的 5900 元增加到现在的 9698 元。

"现在在家里收入多了,生活好了,也就不再出去打工了。"村民李代强说。

从"一帮一"到"狗不咬":特别的爱给特别的你

稻收时节,已是晚上 10 点,冉凤莲接到红庙村 1 社刘益德的电话:今年丰收了,我想请你来我家吃新米饭!

陈远辉也收到一条喜讯:他帮扶 4 年的千里村的黄楠就要学成毕业参

加工作了！

而王卫帮扶的井泉村困难学生张体娟，也顺利圆梦了！

从 2010 年开始，重庆市人口计生委组织 100 余名干部职工，与白沙镇 138 户计生贫困户结成"一帮一"帮扶对子，用心、用情、用力对他们进行了无私的帮助和扶持。

白沙镇一位干部当了回有心人，记录下了帮扶的点点滴滴：干部职工自行出资 20 余万元用于帮助计生困难户发展生产、子女入学、医疗救助及危房改造等；组织村社干部 150 余人次，到上海崇明、山东寿光、江苏华西村培训学习；全市率先在白沙镇实行了"一工一农"半边户奖励扶助政策、全区率先在白沙镇实施村级人口文化阵地建设、全区率先配齐配强了计生女专干；在人口计生委的帮扶下，已有 47 户贫困户成功脱贫；2013 年白沙镇被国家卫计委评为依法行政示范单位……

重庆市人口计生委机关党委唐亚辉"骄傲"地说：我们人口计生委的干部到了白沙，任何一家的狗都不会咬我们，任何一户人都会热情挽留我们，任何一个群体都会信任我们！

（原载《当代党员》，获得全国党刊优秀作品奖）

大路朝天

那时，三峡纤夫拉着官船艰难地越过险滩。洪武四年的江风，掠过重庆府衙的上空，捎来"圣旨"或"钦差"将到的讯息。长江、嘉陵江交汇点上的朝天门，因此著称："朝天门，大码头，迎官接圣。"

那天，来自英国的冒险家立德乐，站在老重庆的通远门城墙眺望扬子江。他的眼里，满是"汽笛一响，黄金万两"的商机。他的心中，已盘算好如何迫使"李中堂"同意第一艘洋船开进重庆。

那年，国民政府移驻重庆。溯江而上，美国、苏联等30多个国家的使馆来此聚集，留下一个老地名：国际村。

长江既为重庆打通了连接外面的世界，又见证了重庆多少风起云涌与荣辱兴衰。

不废江河万古流。

轻舟已过万重山。

2019年，新中国成立70年，一个艳阳高照的日子，当工程人员谢彬手指"重庆两江新区果园港物流通道示意图"为我们解说的时候，从这里驶向日、韩和美洲的货轮刚好通行上海洋山港，驶出的中欧班列（重庆）正在穿过阿拉山口，运往新加坡的贸易品已经路过广西钦州。

一

一条大河波浪宽。

我家就在岸上住。

好山好水好地方。

条条大路都宽畅。

"果园港"这个创造出来的新名词，妥妥地对应着这四句歌词。

长江边的城市，因水而生，因水而兴。

重庆不沿边，不靠海，要建设"内陆开放高地"，有困难，但坐拥长江黄金水道，重庆人有想法，有智慧：在两江新区新建一座果园港，集散货物，通江达海。发展总有比计划快的时候，说不定建着建着，哪天就能连接东西，贯通南北，内陆就开放了。

果园港总投资超过 100 亿元，于 2013 年 12 月 5 日开港。它被称为长江上游航运中心建设的标志性工程，是发挥长江黄金水道"黄金效应"的重要布局。

打个比方，如果中国西部有片树叶，突发奇想，要看看外面的世界，那它只需飘到果园港任何一只集装箱上，就能顺江而下，到达上海，而后漂洋过海。

得舟楫之便，让很多企业尝到了甜头。

两江新区牛贤丹介绍：水运运价优势明显，约为公路的二十分之一、铁路的十分之一。

"江海联运""铁水联运"应时而生，使果园港在西部大开发的建设中发挥了重要作用。

民生物流公司邓波现场举例：比如这批来自甘肃陇南的重晶石矿粉，经嘉陵江到果园港"散改集"，用集装箱运往长江下游，较之以前只能选公路和铁路，物流成本降低四成。

尝到"甜头"后长期驻扎果园港的陕西钢铁集团杨华斌连连称赞：钢铁行业，物流费用是大开支。通过果园港铁水联运，一吨货能节约四十元，一年下来运费能省上亿元。

果园港的重要性得到了国家层面的肯定。

2017 年，交通运输部和国家发改委联合公布第二批多式联运示范工程项目名单。果园港服务长江经济带战略铁水联运示范工程位列其中。

这样的成果，皆大欢喜。

然而，偏偏有不满意的。

二

谁不满意？

企业不满意。

因西部人力、土地等相对优势，2012 年前后，惠普、宏碁、华硕、富士康等台湾代工企业及 300 多家零部件企业落户重庆。

几千万台"笔记本"，主销欧洲，多数产品通过海运。

"海运耗时，需要 30~50 天，交货期长，加之电子产品更新较快，运气不好的时候，船到欧洲，产品的市场价格已经大幅下降。"企业家暗暗叫苦。

其实世上本无路，关键得有人去闯。

于是研究"欧亚大陆桥"。

"渝新欧"这个新名词第一次从重庆人嘴里叫出，并向海关总署、铁道部提出。

"渝新欧"，指国际铁路联运大通道。渝，重庆；新，新疆。后面的部分，是指经由哈萨克斯坦、俄罗斯、白俄罗斯、波兰，到达德国。沿途经过六个国家。

途经六国，就需协调六国的政府及铁路、海关部门。

重庆人出征了。德国柏林召开欧亚铁路会议，重庆人跑去了。俄罗斯铁路公司，重庆人跑去了。哈萨克斯坦的主管部门，重庆人跑去了。"五国六方联席会议"多边磋商机制，有眉目了……

"渝新欧"的难点是制度壁垒。举例说明：货到每个国家，海关都要开箱检查。不但浪费时间，还会造成货损。

国家力量，是彻底打通"渝新欧"的终极力量。

中国、俄罗斯、哈萨克斯坦三国联合签署协议，明确：三国海关对从重庆发出，通过新疆阿拉山口，途经哈萨克斯坦、俄罗斯的货物，只需一次关检，不必复检，即可运往德国。

如果"翻译"一下，就是重庆出发的货物到欧洲，全程只需一次申报，一次查验，一次放行。

如此，"渝新欧"全程 11179 公里，耗时 16 天。

相比空运，它的运费低廉；相比海运，它的速度快捷。

大路朝天

这样的结果，企业满意。

"渝新欧"还有重要的"附加值"。

在重庆两江新区有个地方，被市民称为重庆的"世界之窗"。主体场馆近5万平方米，来自40多个国家和地区、超过4万种进口商品在这里相聚：俄罗斯零食、意大利美酒、德国汽车用品……

所有商品，都是"渝新欧"的"返程车"运回。

专家评价："渝新欧"打破了中国传统以东部沿海城市为重点的对外贸易格局，加速了亚欧铁路一体化，搭起了沿途国家的经济联系和文化交往桥梁。

于重庆而言，它彻底改变了重庆内向型经济结构，对重庆发展世界性产业集群、成为内陆地区的开放高地功不可没。

然而，作为"新名词"，"渝新欧"并没存在多久。

因为紧随其后，成都、郑州、武汉、苏州、广州等城市陆续开行去往欧洲的集装箱班列。

"一带一路"上，蓉新欧、郑新欧、义新欧……满世界飞驰。

于是，"新欧"们拥有了一个共同的名字：中欧班列。

重庆出发的这一列，叫"首列中欧班列"。

三

面对一张世界地图，重庆人总觉得还少了点什么。

"你看，往东、往西、往北，重庆都有了通道。往南，只能绕道上海再往东南亚，得绕一个大圈子。做外贸物流，时间成本耗不起。"精通对外贸易的夏子荣说。

重庆产汽车，在海外不少国家是畅销货。比如菲律宾，一辆辆轻卡在乡间疾驰，车厢里水果新鲜水灵。只要你定睛一看，十有八九，那轻卡是"重庆造"，庆铃牌。

能不能"走直线"，在重庆与东南亚之间建起一条物流出海大通道呢？

"陆海新通道"。

对想象中的这条"直线"道路，后来才这样命名。

当初叫"南向通道"。通道国内可连通西安、兰州、贵阳、重庆、成都等城市，经广西可在海上与东盟 9 个国家相连，在陆上与中南半岛的 7 个国家相连。

找到道路，跟开通道路，有时隔着漫长的距离。

开辟物流新通道，表面上看，是让物流更便捷。"潜台词"是，打破原有格局，分流国际货源。

物流企业曾经尝试过，最后说了句"蜀道难，难于上青天"。他们感到，开通"道路"之难，并不亚于开辟道路之难。

就有一群人，偏偏不怕难。

重庆要求"通关"的申请，很快得到海关总署的批复。

钦州、凭祥、龙邦、瑞丽……相关口岸，重庆与它们建立了点对点通关应急响应处置协调机制，第一时间解决企业通关中的难题。

念念不忘，必有回响。

机会总是钟情于有准备的人。

2015 年，中国、新加坡两国的合作项目落户重庆，中新（重庆）战略性互联互通项目正式启动。

双方确定，合作重点项目之一，是"陆海新通道"。

没想到的是，部分东盟国家对此表现出热切的希望，他们敏锐地感觉到，与中国建设交通通道有利于带动经济走廊建设。

重庆代表团到新加坡、到越南，举办通道专题推介会，孜孜以求。回应较快，越南、老挝等国的政企代表团纷纷来渝。

2017 年 9 月，驶向新加坡的常态化运行首趟班列从重庆首发。该线路通过铁路至广西钦州港，再海运至新加坡等东盟各港口，进而连通国际海运网络。

企业家开始算账：从重庆经长江出海是 2400 公里，耗时 14 天以上；重庆铁路到北部湾港口 1450 公里，运距缩短 950 公里，运输时间 2 天，大大缩短运距，节约时间成本。从兰州向南到新加坡，比向东出海时间节约

5天，陆海运距缩短约一半。

时间就是金钱。"陆海新通道"边建设边"火爆"。中国西部省份参与积极性极高：贵州的轮胎、磷肥、老干妈酱和茶叶等黔货搭乘陆海新通道出海；广西钦州港至云南昆明的陆海新通道班列双向首发；青海陆海新通道班列在格尔木首发；甘肃的陆海新通道货运班列在兰州新区首发……

2019年1月，"陆海新通道"主题对话会在重庆举行。国家五部委、西部十二省区、央企代表及新加坡、越南、泰国、柬埔寨、菲律宾等东盟国家政商媒各界代表出席会议。

说话之间，陆海新通道在重庆的情况又起了大变化。

首次从加拿大进口保税平行进口车。越南电子产品从重庆转口到欧洲。越南的巴沙鱼原箱运抵重庆……从重庆出口的商品，包括汽车整车及零配件、建筑陶瓷、化工原料等300多个品种，发往全球180多个国家。

四

站在高高的果园港上，眼前的景象一派繁忙。

集装箱上下有序。船舶正在靠岸。专列徐徐出站。船只鸣笛开行。

欧洲的汽车、奶粉乘着中欧班列抵达果园港，沿着长江顺流而下。东南亚的服装、皮鞋从陆海新通道运回重庆，再转运上海或欧洲。"内陆开放高地"的气息从四面八方袭来。

重庆两江新区宣传部的杜术林，显得很兴奋。

他说了一串"四"。果园港正在实现东西南北"四向"连通、铁公水空"四式"联运，人流、物流、资金流、信息流"四流"融合。

他提了三个问题，又回答了这三个问题。

如果真要给"一带一路"和长江经济带找到一个地理连接点，应该是哪？

"果园港。"因为长江黄金水道、中欧班列（重庆）、陆海新通道在这个"点"上实现了无缝衔接。

如果找个词为今天的果园港定位，应该是哪个词？

"国际物流中转站。"因为它已让遥远的距离变短。

知不知道果园港的规划调整了几次？

"七次。"因为发展太快。5 年前吞吐量才 350 万吨，2018 年就增长到了 1600 万吨。

果园港已经实现信息化操作，所以工人不多。

碰巧遇到了陈师傅，他是果园港的一名普通工人。听说他的上一辈，曾在著名的朝天门当过工人。

于是我们攀谈起来。

我问果园港与朝天门有何不同？

一个是"港口"，一个是"码头"。

我问立德乐千方百计想"进"重庆，你们千方百计想"出"重庆，为啥？

他有利可图，我们是"一带一路"。

我问果园港跟"国际村"有啥关系？

"国际村"让我们知道世界很大，果园港让我们知道世界很近。

见他总是乐呵呵的样子，我们都禁不住问：你为啥这样开心？

他指给我们一排大字。那是新时代领袖视察时的一句话："这里大有希望！"

（原载《重庆晚报》，该报"两江杯"征文获奖作品）

大路朝天

李菊洪的 24 只小板凳

《欲望城市》里说：如果让她在一双鞋和男人之间做抉择，她一定会选择鞋。

但李菊洪不会这样。她从不要鞋。

她跟老公说：我要板凳。

老公寻了几座山，找到合适的木头，交给木匠。

他告诉木匠：凳高 30 厘米，长 15 厘米，宽 8 厘米，同一规格，要两只。榫头不能用楔子，否则时间略长，楔子松动，就会夹肉。

木匠一斧子劈下去，那木头差点溅出火星，才发现这是山里最结实的枣木。木匠便说，木头硬，外加不用楔子，做工精，至少多耗一个工，你要多付一天工钱。

她老公爽快地答应了。

板凳到手，老公还是担心磨损太快，特地找来橡胶，为每只脚"钉掌"。李菊洪掂掂重量，比以往的重了许多，相信这回的板凳一定耐用。

于是她一手拎着一只，愉快地朝村民家中"走"去。

一

李菊洪本来也是用脚走路的。

1983 年 3 月，命运发生了改变。

她好好地走在路上，一辆疾驰的大货车"呼"把她卷入车底。醒来的时候，小腿、大腿，全没了。

那时，李菊洪只有 4 岁。

8 岁，她学会了一手撑只小板凳，"走"到邻居家和小伙伴玩。

此后，她就这样走进小学、中学。

1997 年，通过考试，她走进重庆江津特殊教育学校。

在这里 4 年，李菊洪学了中医。

毕业之后，何去何从，她细细思量：若去外地，就算人家不是歧视，就算人家当作好奇，总会多看自己两眼。不如回到家乡，村里老少，看着自己从小长大，心里接受的就是没有腿的李菊洪。

　　从此，重庆市合川区清平镇瓦店村，有了一名无腿女村医。

二

　　正如盘算的那样，李菊洪没有腿，乡亲们早已接受。

　　但她没盘算到，一个无腿的人，能够治疗四肢健全的人，乡亲们打了问号。

　　村里李姓人家居多，排行下来，李菊洪辈分很小。腿脚不灵便，李菊洪嘴很甜。见面打招呼，尽管李菊洪"姑姑""婶婶"不离口，但在求医问药上，大家还在考量。

　　李菊洪说：我身体不便，得到了大家很多帮助，现在我要尽力回报你们。我经历了九死一生，你们的病痛，我感同身受，我会努力减轻你们的病痛。乡亲们觉得此话对头。

　　一天黄昏，村里一位老伯，突然不省人事。村里老人判断老伯"中邪"，请来端公道士，作法驱鬼。

　　李菊洪据理力争：老伯是脑部出血，如不及时抢救，会有生命危险。

　　她径直呼叫了"120"。

　　经过治疗，老伯康复出院了。

　　李菊洪让大家长了见识，她的名声也叫响了。

三

　　乡亲们不断上门就诊。

　　李菊洪不但给他们看病，还供他们吃饭。

　　行医伊始，她定下三条规矩：无论谁来看病，都要笑脸相迎、耐心细致；到了饭点时间，必须挽留看病的老人和孩子吃饭；困难户来看病，只按成本收费，特困者全免。

李菊洪的 24 只小板凳

问她为啥要定这样的规矩，她反复讲一件事：

小时每年都渴望春游秋游。每次出游，老师和同学总会一人背她一程，从未将她落下。

就这个理由，三条规矩，从 2001 年开始，至今已毫不走样执行了十多年。

当然并不是每次都是乡邻送上门来求治。

尤其是近年来，村医要承担国家 11 项基本公共卫生服务项目，任务要求她必须天天出门"走走"。

村卫生室的墙上，贴着一张大表："家庭式"签约服务 130 户，高血压病人管理 91 人、重性精神病管理 9 人、预防接种 106 人……

李菊洪一口气背完了这些数据，随后跟了一句：这些人分布在哪个位置，我全都心中有数。

我们不禁惊诧起来。

瓦店村地处华蓥山麓，山峦挺拔，沟壑纵横，林木幽深。于常人，这些都是风景；于李菊洪，这些全是陷阱。

然而，她就这样每天坚持上午坐诊，下午出诊或深入村民家庭开展"随访"，竟然坚持了 15 年！

15 年来，无腿的李菊洪走遍了这里的沟沟坎坎，走遍了全村和附近村庄的 700 多户人家，累计行程 8 万多公里，行医 6000 多人次。

镇卫生院院长说，全镇开展村医医技医德测评，李菊洪已经连续 5 年排名前三。

院长还说，2014 年，电脑"摇号"，"摇"到瓦店村公共卫生服务项目接受国家验收。专家实地调查，结论为瓦店村"走在全国前列"。

李菊洪说，这不算啥，就是太费板凳。以前的松木板凳，几个月就"走"坏一对。行医 15 年，已经"走"坏了 24 只小板凳。

"谁有我这么多腿？24 只板凳 96 条腿。"李菊洪说。

"乡亲们的召唤，就是我行走的力量。"李菊洪还说。

四

有人关心她走得远不远，有人关心她走得累不累。

她的丈夫刘兴堰，既关心她的远，又心痛她的累。

2002 年，李菊洪的坚毅乐观折服了刘兴堰。

他决定：放弃一生说走就走的旅行，拥有一场不管不顾的婚姻——入赘李家当上门女婿。

"我要背你一辈子。"

当初的一句承诺，刘兴堰已坚守了 14 年。

雨雪天随访，半夜里出诊，到镇上参训学习……丈夫并不宽阔厚实的背，便是李菊洪安稳晴朗的天。

即使坐在从不离手的小凳上，李菊洪身高也不足 1 米。

于是，家里所有电器的开关，离地不到 1 米。家里每扇门的锁，离地不到 1 米。家里凡是伸手能及的高度，严格控制为不到 1 米。

有一处设施，算是低调的奢华。

她的家里，有两个厕所。其中一个，是丈夫为她量身定做的。

考虑到李菊洪的特殊原因，当地"特事特办"，尽力为她提供方便。

李菊洪从家里去村卫生室，每次都要穿行公路，存在安全隐患。大家便商量，直接把她家的底楼，改造成标准化卫生室。配置药架药柜的时候，特地将储药层改到上面、常用药层改到下面。大伙给李菊洪配置了专门的轮椅，镇卫生院为她单独制订培训计划……

五

2016 年 2 月 26 日，星期五。

临近下班的时候，我接到国家卫生计生委通知。

"你们重庆无腿村医李菊洪，行医 15 年走坏 24 只小板凳的事迹，刘延东副总理批示表扬了！"

此刻，远离中南海从未走出重庆市的李菊洪，正被老公、儿子簇拥着出诊归来。

李菊洪的 24 只小板凳

宁静幽远的大山里，是一家三口欢快的对话。

"一块木牌五寸长，一条红蛇在中央，天热抬头往上走，天冷缩头往下降。"

——妈妈的温度计。

"橡皮管，挂耳旁，小圆块，贴心房，它对医生把话说，心脏跳得怎么样。"

——妈妈的听诊器。

"一匹马儿四条腿，没有脑袋没有尾，一生只会供人骑，永远不用草和水。"

——妈妈的小板凳！

（原载《重庆晚报》，获得重庆新闻奖一等奖、重庆晚报文学奖特等奖，被收入《中国报纸副刊优秀作品集萃2016》）

返乡记

兔年正月初九。

河北省香河县仍然天寒地冻。清晨，小城还在寒意包裹中酣酣沉睡，谭祖培顶着凛冽北风，早早地出了厂门。他要在小城苏醒之前，赶到机场，飞回故乡。

此时此刻，1800公里外的广东深圳，天际瓦蓝，东风和煦，一派春意正在尽情装扮南国风流。余景海昨夜没有睡好，有些小兴奋的他也早早起床，赶乘飞机，回到老家，出席活动。

而在重庆开州区，凤凰山张开双翼，汉丰湖脉脉含情。因为不用赶路，涂德军不紧不慢，对着镜子，穿好西装打好领带，轻车熟路赶往酒店。

距离开州城区40公里的花果山上，往常这个时刻，潘小超会带着苞谷、红薯，上山引诱新近闯入的那群猴子听懂自己的号令。然而今天，渐入佳境的猴子们发现潘小超缺勤了。他已驾上爱车，直奔城区而去。

天南地北的开州人，本来各不相关的生命轨迹，在这一天，在这一刻，神奇地交会到一处。

活动现场，开州区委、人大、政府、政协主要负责人齐齐迎候。

会场前方，醒目的会标，硕大而热烈——

"开州区乡情大会"。

一

出开州城区不远，便来到德凯实业公司。

进入董事长涂德军的办公室，首先映入眼帘的是书法横幅："发上等愿，结中等缘，享下等福；择高处立，寻平处住，向宽处行。"宽大的办公桌上放着新购的古籍读本，正翻开在"大学之道，在明明德，在亲民，在止于至善"一章。

于是问他："你大学学的中文？"

"大学？前学历初中。"

涂德军话匣子由此打开。

15 岁，初中毕业，他一手提着母亲准备的"蛇皮袋"，一手捏着父亲筹措的 100 元路费，经过五天五夜跋涉，到达广东东莞。

打工过程中，干过各种工作：制作烟花爆竹、电镀工、五金厂工人、送货员、货车司机、小商小贩、模具开发……

"人生没有白走的路，每一步都算数。"

10 多年的南国闯荡，让他视野变宽、人脉变广、胆儿变肥、野心变大。10 多年积攒起来的各种收入，不再是鸡零狗碎，而是支撑得起他野心的资本。起初，他租赁厂房，生产电子配件。后来，发现电路板市场需求量大，又办起电路板厂，用工 600 余人。

这时，"涂德军"三个字，已不在人们口中常见，取代它的，是"涂总"或"涂老板"，只有盖章签合同的时候，人们才反应过来：哟，原来他叫涂德军。

看似不经意处，其实藏着更大转机。

开州农村剩余劳动力富足。全国"打工潮"初起，党委、政府就提出一个响亮口号："减少农业人口就是增收。"

于是，城里迅速成立多家"劳务输出公司"，乡镇书记、乡镇长亲自护送成批村民外出务工。"开州打工仔一年寄回 10 个亿""开州打工仔一年寄回 20 个亿"等新闻遍布大报小报，农民务工收入远远超过地方财政收入。

几年过后，人们惊奇发现，常年 50 万名在外务工的开州人并非散兵游勇，而是通过亲帮亲、邻帮邻，自发形成了北京开馆子、上海拆房子、广东建厂子、海南造房子、新疆包场子的"五子登科"现象。

以北京开馆子为例。

"每次到北京去，只要有空，就要去开州人开的小吃店转一转，尝一尝。开州人在北京开小吃店超过 3000 家，有上百人成了百万级老板。"在一次全市农村工作会议上，重庆一位市领导讲了自己的见闻感受。他举例说，北京城里党校附近的几条街道，有 800 余家"成都小吃"，然而老板全是开州人。他们建立了小吃"联盟"，统一采购、统一供货、统一质量、统一标志标识。北京烤鱼，也是开州人在北京做红火起来的。

审时度势，开州地方党委、政府又提出一个响亮口号："输出劳动力，引回生产力。"

于是，当初浩浩荡荡护送村民外出务工的那帮人，摇身一变，成了党委、政府派出的"乡情招商团"成员，又浩浩荡荡出现在北京、出现在上海、出现在广东……

赴广东"乡情招商团"攻势凌厉，说服了 5000 万元身价的涂德军回到家乡投资建厂。

首批返乡创业企业"德凯实业公司"在开州亮相。

"走嘛，带我们看看你的工厂。"

边走边聊，来到一期工程，有说有笑的涂德军突然脸色凝重。

一期工程施工近两年。刚刚投产，突遇全球金融危机。流动资金短缺，货款收不回来，公司开工不久就要停产。涂德军自己毫不放弃的时候，政府也是毫不抛弃，协调银行为德凯公司注入 1000 万元贷款，让机器重新奔跑起来。

德凯公司的产品叫覆铜板，被称为"工业之母"，是手机、电脑、汽车等必不可少的高端配套产品。不愁销路，市场前景广阔，一旦机器开动，便是财源滚滚。

政府投以木桃，公司报之以琼瑶。

涂德军立即着手投资二期工程。

来到二期工程，涂德军又是面露难色。

原来，投资心切，计划不周。

本以为进口设备耗时较长，设备到时厂房也已建好。

孰料，设备说到就到，打他个措手不及。

眼看上亿元的设备一天天立在风中，立在雨中，立在骄阳之下，涂德军心如刀割。

棋走险着，奋力一搏。他直接找到区委书记。

书记二话不说，带领一班人马，现场办公，定下了一二三四条，解了燃眉之急。

孰料，2021年，正是区县换届之年，一纸令下，前任区委书记说调走就调走，新的区委书记从外地调来。

此时，二期工程遗留问题解决正处在关键阶段，涂德军傻眼了。

再次棋走险着，奋力一搏。他直接找到新到任的区委书记。

新任区委书记说：覆铜板是好产品，返乡创业是好方向，扩大投资是好事情。

涂德军吃了定心丸，再次投桃报李，决定上马三期工程。

走到投资1.2亿元正在建设的三期工程，涂德军脸上一直洋溢着欣喜之情。

这时，一位女员工迎面走来。

"她叫刘远琼。"

刘远琼1982年出生在开州农村，大学毕业后在沿海务工。2018年，因为大娃成绩下降，不得不回到家乡，进入德凯公司，一边上班，一边照顾小孩。去年，大娃以优异成绩考入了重庆主城的中学，今年，二娃即将小学毕业。

"在家乡上班好不好？"

"我家在城里买了房，双方父母都住进了城里，我在公司还有18万股股份，您说好不好？"

"公司现有员工400多人，绝大多数是家乡人。"被自己员工的情绪感染，涂德军高兴地说，公司已在"新三板"上市，不少员工也是股东。

中午时分，涂德军领着我们到公司食堂用餐。食堂阿姨显然认出了他，勺子深深挖进菜里，狠狠给他盛了一勺荤菜。他连忙说：多了多了，吃不完吃不完。

尽管食堂几乎满座，但并无多少员工发现涂德军的到来。

他们的目光，集中在那壁墙上。

墙上嵌着巨大的影视屏幕，正在播放经济报道。

"早餐时刻播《朝闻天下》，午餐时刻播《新闻 30 分》，晚餐时刻播《新闻联播》，这是我亲自规定的。"

他解释，公司员工平均年龄 30 来岁，大学毕业以上占了一半，这么年轻，未来可期，必须要求他们风声雨声读书声，声声入耳；家事国事天下事，事事关心。

"你如今到底是啥学历？"听他语出有典，我再次忍不住好奇。

"MBA，工商管理硕士。"他答。

二

从余景海的家乡开州南雅镇到开州浦里新区，直线距离不过 20 来公里。然而，命运旅途，却让他中转了深圳。

我们在浦里新区迎头撞上。我风风火火抵达，他风风火火正要外出。两个着急的人在一起不容易把事情说得清楚透彻。

风风火火进入重庆海通环保科技有限公司大楼，显而易见，他保持了一些南方的生活习惯。

他没有走向办公桌，径直走向又厚又长的原木案头。

掺水、烧水、温壶、洗茶。

惠风和畅，茶气氤氲，两个人的对话不再仓促。

"我最初的理想，是为父亲买套像样的房子。"

那年，他 8 岁，弟弟 4 岁，母亲去世了，刚过 30 岁的父亲没有再婚。父亲借钱让他上完大学。所以他要回馈父亲。

他大学信息技术专业毕业，南下深圳。

动身之时，他有些小得意。第一代打工人，是带着一身劳力外出打工，而自己这一代，是带着计算机出去寻求机遇。

现实很快让余景海明白，"计算机"未必比"蛇皮袋"幸运。因为毫无工作经验，到达深圳 20 多天后仍然找不到工作。他囊中羞涩，连续睡了一周公园和桥洞后，同行的五个同学星散，只有自己无处可去，留下继续寻找工作。

返乡记

91

现实击碎了曾经的心高气傲，但他没有败下阵来。他放下拿高薪当程序员的想法，从最底层的杂工做起，月工资 600 元。

"一直做杂工，我这大学不是白读了吗！"

一路反思，一路奋发。从杂工起步，到流水线工人，从车间主管到总务管理。当他成为董事长助理后，他的野心暴发了。

他拿出自己打工多年的积蓄，再向董事长借了 8 万块钱，草创了自己的塑料薄膜公司。

一年，在一次大型展会上，他敏锐地观察到，有种"RO 反渗透膜"。

"表面上看，塑料薄膜是膜，反渗透膜也是膜。实际上两种膜有天壤之别。"余景海感慨。

"什么是 RO 反渗透膜？"

"知道你会这样问。蒲书记（开州现任区委书记蒲彬彬）也是从这里问起的。"

时代的表情，有时刻在某些人的命运深处。

为尽孝心，余景海将父亲接到了深圳。

然而，父亲偏偏不习惯深圳。

不习惯也就罢了，嘴上偏偏不说。

父亲快要憋出病的时候，余景海也要憋出病了。

他毅然决定返乡创业，带企业回家，为的是带父亲回家。

想啥来啥，要啥来啥。

他很容易从"乡情宣传"中捕捉到关键信息：开州区正在构筑返乡创业"栖息地"，以浦里新区为中心，赵家、临港、长沙三个镇街为组团，白鹤、临江、大德等 23 个乡镇为支点，布局创业平台。

他迅速找到成功案例：开州区因地制宜发展电子轻纺产业，取得显著成效，相关做法被国家发展改革委作为全国返乡创业试点工作典型经验予以宣传推广。

"重庆海通环保科技有限公司"就这样落户于开州浦里新区。

"浦里新区管委会对我公司开展了'一对一'联系服务工作。我们需要专业人才,他们就与高等院校对接。我们遇到研发困难,他们就与科研单位建立联合实验室。他们的帮助,让我扎根家乡、反哺家乡、贡献家乡的愿望更强烈。"

2018年,公司引入工业卷膜设备,制造工业RO膜,自主打造RO膜组件品牌。

当年,引入第二条生产线。

2019年引入第三条生产线。

2022年冬天,开州区委在广东举办乡情座谈会,余景海被安排坐到蒲书记旁边。

蒲书记反问什么是RO反渗透膜时,余景海举了一个例子。比如:航天员太空用水怎么办?自销自产。通过RO反渗透膜技术,可以把人体排出的液体净化成可饮用水。

书记对此兴趣浓烈。午餐的时候,余景海又被安排成邻座。

于是,余景海滔滔不绝。

讲现状:公司大力实施科技创新,RO反渗透膜整套技术自主研发,所有生产设备包括软件控制均为自主设计,成功解决了行业痛点,取得发明专利30多项。

讲市场:工业污水处理领域,在东江环保、捷晶能源等有合作运用案例;钢铁污水处理领域,在攀钢、山东钢铁、达钢等有合作运用案例;火力发电及污水处理领域,在神华集团、国电投、吉利集团等有合作运用案例;市政自来水处理领域,在小米集团、安吉尔集团等有合作运用案例。

讲影响:广州水展、上海国际水展、北京水展、欧洲荷兰国际水展,均有海通公司的席位。

讲格局:公司以科研成果助力工业和市政领域的国产膜替代进口,填补国内空白,有效解决海水淡化、特种分离膜被国外"卡脖子"状态等问题。

于是,书记被余景海讲得连连点头。

乡情座谈会结束返回开州,书记直奔海通公司现场办公,既为公司排忧解难,又证明了余景海所言不虚。

返乡记

2023 年 1 月，重庆两会召开。

人们发现，余景海的名字首次出现在重庆市人大代表名单。

他老家南雅镇的村民张弟文，给《开州日报》记者打了一个电话，要记者夸夸老乡余景海。

原来，像不忘为父亲买套像样的房子一样，余景海不忘默默造福桑梓。他为村里集中供水点免费安装了反渗透膜净水器设备，解决了书香村 280 户 900 余人、蛮洞村 230 户 600 余人的安全饮水问题；捐资 60 万元，修建了老年活动中心和休闲广场；捐资 10 万元，为村里硬化公路；捐资 5 万元安装路灯，捐资 10 万元帮助困境儿童和特困户，捐资 30 万元修建村活动室……

三

谭祖培出生于开州区义和镇。

扈月文也出生于义和镇。

老乡见老乡，不是在义和镇，而是在河北省香河县。

见面之时，谭祖培是香河美亚塑胶有限公司董事长，扈月文是开州区临江镇党委书记。

扈月文有备而来，对谭祖培的情况很是了解——

高中尚未毕业，17 岁的谭祖培便被如火如荼的"打工潮"席卷。他怀揣梦想，东出夔门，跟随同村的叔叔伯伯，走南闯北，盖房子、修公路，逢山开路遇水架桥，搬砖取石钻炮眼。

风餐露宿、腰酸背痛最终让他停止了东奔西走的步伐。

他加入了河北香河一家家具厂。

从做流水线普通工人到做销售员。

香河能够牵住他脚步的有两点。一是家具业发达，集中了许多开州人。二是开州人中，有 40 多位做了老板。

当普通工人让他熟悉了生产流程，跑销售让他积累了人脉资源，一群开州人当老板激发了他开办家具厂的欲望。

2010年，谭祖培拿出多年积蓄200万元，借资100万元，创办了自己的第一家企业——香河美亚塑胶有限公司，常年销售额近1亿元。

2016年，他的老乡扈月文，代表家乡人前去"慰问"他。

谭祖培说，自己有三个没想到。

他没想到，扈月文几句话就说到自己心坎上。扈月文说，在外老乡也是"开州精神"的践行者。50万名开州人在外闯荡，为开州创造了价值，积累了人脉，提升了口碑。不论何时何地，老乡都是家乡的宝贵财富，家乡都是老乡的深情牵挂，家乡进步都有老乡的无私奉献，每一位在外老乡都是开州自家人。

他没想到，扈月文随身携带了"大礼包"：返乡创业，用地、厂房、财税等有一系列优惠政策，入驻标准厂房第1年免收租金、后5年给予租金补贴，对购地自建企业发放产业发展补贴，设立产业投资基金，加强企业融资、财税奖补等支持。

他没想到，扈月文帮他们筑好了"巢"。临江镇已经规划好了"重庆智能家居产业园"，将返乡创业人员作为招商引资"一事一议""一企一策"对象，将以"产业链招商""集群招商"等方式，打造具有区域影响力的家具产业集群。

扈月文说，自己也有三个没想到。

他没想到，远在他乡的开州老乡，能够如此紧密团结，抱团发展，把企业搞得那么红红火火，把一方经济支撑得那么红红火火。

他没想到，远在他乡的开州老乡，即使事业有成，对家乡的依恋感、归属感仍然那么强烈。谭祖培说回来就回来，2016年当年就回到临江镇，创办了开州谭来商贸有限公司和泰旭套装门有限公司。

他没想到，谭祖培的返乡创业的示范性、影响力那么大。谭祖培自告奋勇，带领香河县的48家企业负责人回到开州考察。让大家亲见重庆智能家居产业园那一排排标准化厂房，了解开州一系列招商政策，号召大家一起返乡创办企业。在他的感召下，48家企业全部来到产业园投资兴业。

而今，重庆智能家居产业园集聚企业60多家，年产值30多亿元。带

返乡记

动 5000 多名老乡就地就业，人均年收入达 9 万元。

"让老乡们能在家门口上班，白天在公司创收，晚上回家享受天伦之乐，人人心里感到快乐，个个脸上保持笑容，我感到体现了自己的人生价值。"谭祖培说。

四

空山新雨后。

一只斑鸠在这山唱，一只斑鸠在那山和。

一条大黄狗汪汪叫着迎上前来。

潘小超一边对着电话说着"孃孃，今年的李子苗卖完了，确实没有了"，一边用脚阻止着大黄狗，一边用眼神和手势跟我们打着招呼。

放下电话，他解释：自从开通电商，时时都有来电。

做电商的人，话自然多，不用多问。

他始终把握着话语主动权。

"人生三大苦，撑船打铁卖豆腐。"

其实我们这里的村民也很恼火。你看，山高坡陡，土地瘠薄，不适合种庄稼。老一辈人说：乱石旮旯地，牛马进不去，耕种几大坡，收入两小箩。

所以年轻人都外出打工。

他是在舅舅的召唤下，跟着父亲潘光华一道到达石家庄的。

在石家庄晃了两个多月之后，看到 100 多名开州老乡在这儿开饭馆，生意都不错，尤其是烤鱼店生意火爆，父子二人就萌生一个想法，在石家庄开个小吃店。

"重庆鸡汤砂锅米线"就这样开张了。

石家庄北方汽车专修学校旁边，整个夜市一条街，只此一家土鸡砂锅米线，生意好得了不得。店里人少活多，潘小超功多艺熟，两手能同时提送四个滚烫的砂锅。见他腾不出手收钱，顾客就顺手把钱掖在他的裤腰上。

辛苦是辛苦，然而累并快乐着。一年纯收入有七八万元。

眼看买卖越来越好，谁知一场大雪结束了他们的生意。

"那年雪太大，蔬菜供应都成了问题。砂锅米线配料的莴笋，六七块钱一斤。本来才卖两块五一锅的米线，这下卖不成了。"

　　父子二人原路返回，回到谭家镇花仙村。

　　"回家之后，父子二人天天张和尚望李和尚，不知能干啥。"

　　迷茫之中，恰好开州区农业服务中心举办"青年农场主"培训班，潘小超被镇里推荐进入了这个班。

　　专家一席课，胜读十年书。农学专家的授课让他耳目一新，原来种地不光是脸朝黄土背朝天，还是一门大学问。

　　兴趣是最好的老师。所以潘小超学得特别用心，特别用力。

　　培训期满，重庆市"青年农场主"培训班择优深度培训，潘小超榜上有名，坐进了重庆社会主义学院讲习班。

　　学成归来，山还是那座山，梁还是那道梁，然而在潘小超眼里，它们似乎开始闪闪发光。

　　花仙村那些乱石坡，虽然不适合成片种植庄稼，但适合种植一株一株的果树。几座山的海拔处于 400 至 550 米之间，适宜果树生长。山上阳光照射充分，果子结实格外香甜。

　　开餐馆攒下的几十万元，全部投入承包了 360 亩果园。

　　这一年，是 2014 年，潘小超 20 岁。

　　他觉得自己像悟空一样，"占山为王"，于是为果园取了一个名字："花果山"。

　　几年培育下来，花果山已经四季产果。三月到五月沃柑，六月春桃，七八月李子，十月冬桃，十一月红心柚。

　　2018 年，谭家镇公路硬化，修到了潘小超家门口。顺丰和圆通快递网店趁势设置站点，潘小超开始网络直播，做起了电商。

　　乡邻眼见他家一山一山的果子，播着播着就卖完了，心头跟着发痒。于是有的央求他帮忙卖果子，有的央求着他买果树苗。

　　潘小超实在照顾不过来，他的父亲潘光华动了心思，连忙成立了"种植合作社"。合作社把树苗分给农户，又把果子收回集中网售，吸引了本村邻村农户纷纷入社。

"果园年收入达到了 150 万元。带动周边各户乡亲年均增收 2.5 万元以上。"

2021 年的一天，潘小超清晨上山，总觉得有些异样。

他凝神静气仔细一看，奇迹发生了。

不知从哪里跑来的 100 多只猴子，正在他的果园里嬉戏打闹。

"花果山"名副其实了。

这时，开城（开州区到城口县）高速公路刚好通车，并在花仙村开了路口。

一个新的策划马上跳进脑海。

他要在花果山兴办农家乐，吸引开州城区和城口城区的居民到此休闲娱乐。

于是他为猴子们开设了一项课程。

他天天拿着苞谷或者红薯，吹哨为号，让猴子们听懂自己的口令，可作为即将开业的农家乐的添彩项目。

"农家乐开业的时候，你们一定要来捧场哦！"潘小超盛情发出邀请。

五

"开州区乡情大会"隆重而热烈。

谭祖培在会上遇见了调离临江镇多年的扈月文。谭祖培说，落户在家乡的企业很让人放心，他经常去香河的公司，那是一扇窗口，只要灯光亮着，就可以继续吸引在外的老乡们聚集。

余景海作为代表在会上发言。尽管目前公司总部设到了开州，但深圳的公司发挥着哨点作用，所以他常在那边。

涂德军荣获了开州区委、区政府表彰的十大杰出创业青年、乡村振兴贡献奖荣誉。他担任着广东开州商会会长，身边团结着一大批开州在粤企业家。

潘小超坚信，在乡村振兴战略带动下，在区里返乡创业优惠政策吸引下，会有成百上千个"潘小超"涌现。

作为 50 万在外开州人中的返乡创业代表，他们共同接受了家乡的感激：近年来，开州返乡创业人员约 8.3 万人，返乡创业实体近 3.5 万户，总投资超 330 亿元，对区域经济的贡献率超 50%，带动劳动力就业 25 万余人。主动认领实施乡村振兴等公益项目资金 3000 万元，实施项目 109 个。

他们离开会场奔赴各自岗位的时候，开州本土词作家赵远坤专门为他们创作的那首《一缕乡愁在心上》久久萦绕在心头：

告别故乡奔远方
牵肠挂肚是爹娘
脚下纵有万里路
一步一步向前蹚
告别家乡奔远方
一腔深情唤老乡
开弓没有回头箭
汗水流干把业创
…………

（原载《当代党员》）

返乡记

99

长江送来一片湖

读开州，说开州，写开州，绕不过汉丰湖。

开州甘愿以它1800岁的泛黄历史做基座，托起不到18岁的青葱汉丰湖，仿佛一条河流风行万里，不为归期，只为大海；

一个微笑跨越千年，不为远方，只为遇见；

一缕晨光穿过长夜，不为观照，只为信念。

我曾多次凝视汉丰湖。

汉丰湖风平浪静的时候，我知道它在沉思。微风簇浪，满湖泛银，我知道它有话要说。当它像庄稼地里的麦浪一浪盖过一浪的时候，我知道，它是想放歌了。

一

面对汉丰湖，思绪也会变得潮湿。那些过往，那些心事，会沿着岸边水草，湿漉漉地爬上心头。

16岁的时候考到开州城里求学，20多岁的时候考到城里工作，前前后后，我在这里度过了将近10年时光。

日子向前推移，我跟小城一起随着季节流转。过了春天，过了夏天，过了秋天，过了冬天，城里九街十八巷的石板路已然全部走过；十字街的卤菜，得月楼的锅贴，内西街的老亲娘包面，黄桷树下阿庆嫂的土菜馆，我闭着双眼都能走到；所有能够精准定位的地名，诸如老关嘴、西津坝、滴水岩、绣衣池、福音堂，早在心里把它们盘出了包浆。

开州城确实很小。

小城自有小城的简单与温情。长年枕着巴山宽阔厚实的胸膛，任日升日落，千峰竞秀，看帆影点点，百水汇流，小城的日子就像缓缓东流的三里河一样波澜不惊，小城的节奏就像青石板街上老叟的步履一样不疾不徐，小城的心态就像户前日光下老太的神情一样宁静祥和。

没有高楼林立，视野不被遮挡。城里任何一栋楼房，几乎都能一眼望到郊区，都能望到碧绿的菜畦。晨光之中，总有菜农，担着水桶，持着水瓢，到东河、南河舀水浇灌菜地。菜农种菜，孜孜矻矻，形如往版面上摁字，剔除杂草，便是挑出错别字，浇水施肥，是润饰文字。

连接郊区与城区的是南河大桥。进城出城仅此一桥，是实至名归的咽喉重地。然而并无多少车辆来往，将两岸风光和俗世生活渡来渡去，成为大桥的重要职能。城里的子曰诗云风花雪月需要向外散布，乡间的陈芝麻烂谷子想来感染市民，都须在此万踪归一，擦肩而过之后，再各赴前程。

曾经的居所叫绣衣池，我的楼栋是这片区域唯一的高楼，得以居高临下。俯视四周，从晚清的木板房到民国的砖墙房，从菜市口到旧教堂，屋檐接着屋檐，瓦片挨着瓦片，连成青灰一片。公鸡打鸣的声音，大人呵斥小孩的声音，锅铲翻炒碰到铁锅的声音，外加淡墨的蜂窝煤轻烟，不时透过房顶瓦片，一阵一阵一股一股，向天空弥散。

简单朴素的人事都能自带光芒。

出门上街，五步一点头，十步一寒暄。那个声音很大、鼻上缀有几颗雀斑的女屠户，又一手拿着刀一手在肉扇上比画，反复征求老年主顾的意见：从这里划要不要得？那位驾着嘞嘞车声音沙哑叫卖凉粉凉面豆腐脑的，还是不用手收钱，估计他是怕钱脏手，老用一双筷子夹钱，大钞小钞轻车熟路地在两根筷子间梭来拣去。那位智力多少有些缺陷口齿不太清楚的中年男子，还是坐在自己的旧书摊边认真看书，每当顾客淘好了旧书并叫一声"收钱"，他才会抬一下头。三角坝那位"罗汉肚"依然一边拍着自己的肚皮，一边吹嘘：有次去红旗缝纫社做裤子，量完尺寸，走出几百米了，裁缝师傅气喘吁吁地追上来，说"对不起，刚才量错了"，当街复核，量出的结果跟此前一模一样，还是腰围三尺一、裤长二尺七。木柜台又高又长的中药铺，那位老先生手中的戥子秤其实可有可无，无论甘草白芍还是沙参贝母，他都是一抓准。

南山、迎仙山、凤凰山、铁峰山，开州城四周被山包裹。被山包围久了，不少人想冲出包围。最能激起开州人征服欲望的，是东面的铁峰山，俗称大垭口。大垭口高深莫测，然而翻过这道高高的"门槛"，就能到达万县，到达长江，去见证"万县有个钟鼓楼，半截插进天里头"，去感受"滚滚长江东逝水，浪花淘尽英雄"。交通不便，翻山很难，然而开州人前赴后继，"大垭口，大垭口，开州男儿往外走"。

山外来风不时席卷小城，外出闯荡的越来越多，抵达的里程越来越远。在外务工人，亲帮亲、邻帮邻，竟然形成北京开馆子、上海拆房子、广东建厂子、海南造房子、新疆包场子"五子登科"的现象。

我能做到的，就是不断发现和发表"开州打工仔一年寄回 10 个亿""一年寄回 20 个亿"。一年，把笔下的老亲娘、阿庆嫂、嘚嘚车、中药铺整理成集，拉上长长的横幅，"本土青年作家签名售书"，居然当街卖掉 8000 余册。

二

山不转水转。石头不转磨子转。

祖祖辈辈翻山越岭去看长江，有谁想到，有朝一日，长江会以如此独特的方式前来，还捎带一份大礼。

如果设置为一段剧情，布景应该是黄昏。

落日余晖，倦鸟回巢，牛羊归栏，烛龙之手划过长空，"咿呀"一声拉下天幕。

白日的喧嚣就此谢幕。一天的时光就此谢幕。一段历史就此谢幕。

现实却是午后。

2007 年 11 月 15 日午后 3 时，短促的爆破声起，前后不足 5 秒。凤凰山蓦一回头，只见一股烟尘冲天而起，开州城应声倒下。随着这"最后一爆"，开州城只留给市民一个"开州故城"的名号，以及与之相关的无尽念想。

一米、两米……水位一点一点上涨，淹没了老城遗址。水位继续上升，凤凰山脚已为泽国。

因为三峡工程，因为平湖蓄水，长江水顺着支流逆行倒灌，神奇地造成开州城全迁全淹。

长江母亲送给开州一片湖，水域面积 15 平方公里，相当于两个西湖。

上天如此慷慨，馈赠之时定然隐藏了价格。

果然，三峡成库，库区水位年年周期性涨落，临水地带形成了世界上面积最大的水库消落带。开州沿线必受困扰，城区所在困扰尤甚。

如何破解环境难题，专家学者都在苦苦追问。

有些事也许追问一生，然而答案或许不在远方，而在问题本身。

开州人就这样找到了答案。

"长江深情，转山转水前来看望我们，我们也深情，挽住它消落的脚步。"

——筑坝。

坝筑好了，水拦住了。以生态涵养治理消落带的问题解决了。汉丰湖诞生了。

青山隐隐，绿水悠悠。汉丰湖从此见证了一座环湖之城的新生，见证了一座美丽之城的长大。

它看见马路横贯东西，楼宇拔地而起，白日车水马龙，夜间流光溢彩。依大山，拥大湖，大开州打开格局，新城已成长为面积超过42平方公里、人口超过45万人的宜居、生态、绿色新城。

它看见城在山中，湖在城中，人在景中。亭台楼榭，曲径通幽，滨湖公园、月潭公园、明镜石公园、南岭公园、盛山公园……相继落成。

它看见帆影翻飞，人影幢幢，以自己名字命名的国际赛事、国内赛事一茬茬举行，汉丰湖环湖马拉松、龙舟赛、桨板赛、摩托艇赛……一系列大型赛事每年轮番上演。2022年，汉丰湖接待游客600余万人次，旅游综合收入30亿元。

它看见红嘴鸥翩然飞来，珍稀斑嘴鸭永久"落户"，"鸟类熊猫"中华秋沙鸭频频现身。每年冬季，2万余只鸟儿从北方迁徙到这里"安家"，开州城成了鸟的天堂。

它看见诗人游兴正浓，情不自禁吟哦：三峡碧水自东来，汉丰平湖一鉴开，俨然旖旎风景画，水墨丹青比蓬莱。

当夜游汉丰湖成为必选项目的时候，我迫不及待，专程返回开州，只为一游。

华灯初上，星月初明，画舫欸乃一声，犁开一条水带，碾碎了山影，惊艳了星光，霎时满湖灿烂。顷刻之间，顿感山奔人而来，水奔人而来，风雨廊桥、文峰塔、举子园全奔自己而来……

友人说，其实，当初是没有这种体验的。

全新之城，一切都是新的，本该是欢欣的，但也是轻飘飘的。

感受不到厚重，会不会是因为根植于地底的开州文脉、浸润于周身的开州精脉失去了依托？

被湖水淹掉的，要打捞起来，让它重新立在岸边。

恢复文脉，厚植根脉，把沿湖最好的地段让给文化。

东汉末年，刘备以汉土丰盛赐名开州为汉丰县。彰显文化，从长江母亲馈赠的这片湖出发，汉丰湖因此而名。

元和十三年，唐朝韦处厚出任开州，寄情山水，托志云月，吟咏出宿云亭、隐月岫、流杯池等盛山十二景诗，白居易、张籍为此"诗和长安"。"远澄秋水色，高倚晓河流"等盛山十二景诗，镌进了汉丰湖四周亭台楼阁。

"开县举子云阳盐，梁山坝子新宁田，万县烘笼双沿沿。"公车上书，开州六举子慷慨陈情，数居全国前列。"文峰耸秀、科举文盛"，开州举子园应运而生。

大丈夫当仗剑拯民于水火，手持青锋卫共和。刘伯承19岁从开州到万县，参加辛亥革命学生军，从此戎马倥偬，成为共和国一代元戎。元帅纪念馆的倒影，仿佛让人望见旌旗招展，虎吼雷鸣。

故城九街十八巷中的代表，巴渝民居、老城墙、盛山堂、培俊堂，次第复建，纷纷登场……

岁月本已清寂，所有的优美、壮美或是凄美都已隐入历史。谁曾想到，上下1800年历史，沾染了水汽，悠悠然复活，悠悠然转身，悠悠然走向今天，在汉丰湖岸团团围坐。那些遥远得渺茫的微光，历史风雨中刀光剑影后的静谧，文人士大夫踏花归来马蹄香的翩翩风姿，故乡的田土山野的庄稼扑面而来的乡愁，化身永不熄灭的火把，凌空照拂着这湖这船这人。

如果有一天，你到开州，看见汉丰湖，碧蓝得如此浓郁，清澈得如此单纯，恬静得如此深沉，灵动得如此轻盈，你一定会似我一样惊呼：呀，这多像眼睛！

眼睛是会说话的。

所以汉丰湖也会说话。

跟它聊天，我们会问：年年岁岁，湖里的水像悠悠白云聚聚散散，世间的人像花谢花开去了又还，开州城像传说中的凤凰已经涅槃。如今聚拢的水还是旧年的水吗？如今回来的人还是旧年的人吗？如今重生的城还是旧年的城吗？

四

因了汉丰湖，开州通江达海，融入21世纪海上丝绸之路。因了库区建设，国家大力扶持，两条高速路直达开州。因了故土翻天覆地之变，那些开馆子、拆房子、建厂子、造房子、包场子的开州人，接续回流，扎根重生，枝繁叶茂。

历经万水千山，依然心有挂念，便是爱。

我一次次地返回开州。白鹭飞来的时候，去看汉丰湖；夏荷初绽的时候，去看汉丰湖；秋清风宁的时候，去看汉丰湖。看朝霞满天时的汉丰湖，看日上中天时的汉丰湖，看月明星稀时的汉丰湖。

我凝视汉丰湖。在与汉丰湖的长久对视、对话中，我越来越读懂了开州这座城，读懂了开州之"开"的内涵。

开州之"开"，是开明，是开放，是开拓，是开创。

（原载《人民日报》）

长江送来一片湖

悦来，那片庄稼

绿树掩映，光影婆娑。

进入大门，道旁两行小叶榕，茂盛稠密的枝丫拢在一起，交织成天然隧道。天气晴好，阳光从枝叶的缝隙间飘落下来。

此刻，穿过这段斑斑驳驳的灰白老路，仿佛穿越了一段历史的天空。

一

这是一截失去原有功能的钢筋水泥残桩。

它有粗粝朴实的灰色肌肤，上下一般齐的方正身段。顶部率性裸露的几根钢条，是它或卷或直的头发，显示着它性格的执着与倔强。

1958 年，或许叫安娜或许叫某某斯基的友人，一定抚摸过这根柱梁。那时它还是它的前世，是一根顶天立地的完整柱子，它和它的同伴一道，撑起了这座由兄弟友邦援建的焦炭厂厂房。1969 年，在此筹建重庆江北化肥厂，它见证了重庆的第一包碳酸氢铵、第一滴四氯乙烷、第一粒尿素的诞生，它记住了所有与它擦身而过的工友的模样。2016 年，化肥厂完成使命，易地搬迁。2018 年开始就地打造文旅项目，一位工程人员挥舞手臂，用大红油漆，在齐人高的位置写下"梁下不拆"四字，哒哒的改造施工声中，这根柱子下半段得以保存。2021 年春天，那位就读四年级的小男孩，和他的同学一道，携带画笔颜料，在残存柱桩的空白位置，画上了一位头发直立、衣着鲜亮的青葱少年。

"悦来庄稼"，就这样走进我们的视域。

面对这根残桩，听它无声的倾诉，我忍不住默默鞠上一躬，为它的涅槃，为它的蝶变，为它的前世今生。

时光轮回，它已活成它的转世，它能让你分明感到，传统的基因从光阴深处款款走来，一寸一寸，浸润过小男孩的画笔，植入到他童年的记忆，同他一道成长，一道芳草成茵，一道花繁叶茂。

二

天高地大。

天空之下，是重庆悦来。

遥想当年，乾隆治下，嘉陵江涛卷霜雪，悦来场十万人家，烟柳画桥，风帘翠幕，悦来客栈骡欢马叫，商贾腰缠万贯，商女云鬓歪斜，庭前的黄桷老树，街间的青石板马道，石缝中的青青苔藓，一切一切，全都诠释着圣人教言："近者悦，远者来。"

五四运动，狂飙突进。热血男儿，为心爱的祖国燃烧成炉中煤的形象。时年 15 周岁的邓小平，怀揣梦想，乘舟东下，从广安出发，途经悦来，到达重庆，由此踏上上下求索的漫漫征途。

日寇入侵，全民抗战。大中华烽烟四起，嘉陵江百舸争流，保障"陪都"供给的往来船只，在悦来川流不息，重庆燃煤总量的百分之五十，都须经过这里。

在此期间，少年余光中随家人迁居悦来，一住 7 年。悦来场上的阑珊灯火，内迁而来的南京青年会中学的琅琅书声，日夜流淌的无尽江水，融入血脉的俚语歌谣，伴随诗人一生，时时让他才下眉头却上心头。多年以后，嘉陵江涛声远去，岁月洗净人世铅华，他为悦来量身定制，把中国人人人心中有、个个口中无的情结，凝练为世人传诵的《乡愁》。

儒家文化，红色文化，抗战文化，乡愁文化……

在奔腾不息的历史长河中，它们各自为悦来的扉页写了浓烈厚重的一笔。

这，是生长悦来庄稼的土壤，是滋养悦来庄稼成长源源不断的营养。

三

悦来庄稼，是悦来首日封上的一枚邮票。

"万里风云三尺剑，一庭花草半床书"。这枚邮票，浓缩的是"望得见山，看得见水，记得住乡愁"。

悦来，那片庄稼

如果有一天，一位江北化肥厂的老职工，带着他的儿子或者孙子，故地重游，来到这里，情形将是怎样的？

我想他会点一杯清茶。茶气氤氲，他一边眯缝双眼，细看茶叶浮浮沉沉，一边自言自语，细说当年点点滴滴。

42米高的一段炉、64米高的造粒塔还在。

车间、宿舍、烟囱、生产设备还在。

一幅幅泛黄的旧报纸、一帧帧沧桑的老照片还在。

黑板报还在，墙壁上红字标识的"Ag"（银的元素符号）还在……

我想他的儿子或者孙子，会点一杯咖啡。咂摸一下，咖啡略带苦味，他再细嗅，那是纯正的浓香。

他刚刚走过绿荫掩映的老旧水泥路，亲手摸过斑驳墙面以及墙上爬满的青藤，看过无声矗立的老厂房以及静默肃穆的高大设备。他甚至从老人眯缝的双眼及其自言自语中，领悟了当年挥汗如雨战天斗地的工厂场景。

当然，吸引他的，更有老厂房焕然一新的生气：那些现代建筑元素，那些新潮装饰，那些青葱画作，那些匠心独运的细节，那些隐隐渗透却无处不在的文化因子……

他的感受，仿如饮了一杯香甜的果汁，进而对长出这枚水果的果树发生了兴趣；仿如吃了一勺鲜嫩的蛋羹，进而对生产这枚鸡蛋的母鸡产生了好奇。

于是，他就这样迫切地走进了他父辈或他祖辈的内心。

于是，他就这样自然地理解并传承了上一代人血脉中的精神。

于是，他自问自答了他正处在的位置为什么叫悦来庄稼——

悦来庄稼，是以保存完好的化肥厂工业遗存为基础打造的文旅项目，通过保护性开发，完美融合了自然、科技、人文。过去，这里生产化肥助力庄稼，为人类生存提供粮食。今天，迎来重生的它产出精神食粮，成了滋养人们精神世界的精神庄稼。

如月之恒，如日之升，悦来庄稼初露头角，方兴未艾。不久的将来，它将成为集文化艺术街区、文化特色展览馆、博物馆、美术馆、特色民宿、艺术消费等于一体的文化艺术新高地，并与毗邻的四川美术学院产业设计学院珠联璧合，相得益彰，共同打造中国西部艺术港。

文化为桨，扬帆远航。

载一船星辉，向青草更青处漫溯，在星辉斑斓里放歌。

四

"大门朝西，对着嘉陵江的方向，门前水光映天，是大片的稻田。农忙季节，村人弯腰插秧，曼声忘情地唱起歌谣，此呼彼应，十分热闹。阴雨天远处会传来布谷咕咕，时起时歇，那喉音柔婉、低沉而带诱惑，令人分心，像情人在远方轻喊着谁。"

这是 2000 年，余光中先生在台湾高雄回忆悦来母校时写下的文字。

即将离开悦来庄稼，我正要迈出大门，一眼瞥见，坝子中间，当真有一片庄稼。定睛细看，当真是一方秧田。田中秧苗蓬勃生长，苍翠欲滴，触景生情，你能迅速想象，艳阳之下稻子扬花灌浆、风来稻浪翻腾的丰收景象。

对庄稼最好的祝福，应该是人人可以脱口而出的诗句：

春种一粒粟，

秋收万颗子。

（原载《重庆日报》，获评该报年度优秀作品）

悦来，那片庄稼

铺张的爱情

一

去西湖，正是荼蘼花开时节。

月下的西湖，分外高贵、典雅、淡定、从容。在这人神共居的地方，思想和呼吸一并澄明顺畅。

清风徐来，水波不兴。

西湖，馈人如此春风沉醉的夜晚，涤荡灵魂，涤荡爱情。

遥远之地，必有诱惑。不诱惑以美丽，便诱惑以传说。几处早莺争暖树，接天莲叶无穷碧，秋月浸三潭，冬雪疏红梅，四时之景不同，西湖美态各具。然而，如若没了诗文，没了传说，没了美人，是否还能称为西湖？

燕引莺招柳夹途，章台直接到西湖。

春花秋月如相访，家住西泠妾姓苏。

苏小小，生于南朝，貌绝青楼，才空士类，却年少早卒，香消西泠之坞。因了这首诗，千年之后，她23岁的青春，依然穿透时空，翩跹成西湖的一枚粉蝶，于湖光柳色中翻飞。

传说中的四大美人——西施、王嫱、貂禅、杨玉环，外加一大批名妓——李师师、关盼盼、陈圆圆、柳如是，载名于正史野史，无不附庸于政治，或粘连于男人。唯有诗妓苏小小，特立独行，以青楼为净土，以山水悦性情，蔑视着精丽的朱门，将美色呈之街市，于繁华世间享尽爱恨，给历史一抹亮色与灵动。

岁月并非无情，它不会让很多故事褪色。那些倾心相许的爱人，那些回肠荡气的往事，都可以永远沉寂在心底。心里的爱，与传说无关。后人每每哀叹红颜薄命，颇多悲凉，其实，悲凉的，只是后人揣测的心。才子佳人，鸳鸯蝴蝶，都不过是深藏于中国文人心中的一个不愿醒来的痴梦。

此地曾经歌舞来，风流回首即尘埃。

王孙芳草为谁绿，寒食梨花无主开。

郎去排云叫阊阖，妾今行雨在阳台。

衷情诉与辽东鹤，松柏西陵正可哀。

有句歌词曾经风靡：西湖的水，我的泪。千年等一回，断肠也无怨。

入住西湖刘庄的当晚，我有幸瞻仰了张艺谋的《印象·西湖》。一场浪漫的悲剧落下帷幕，盈满西子湖的爱恨得以平复。梁祝化蝶去了，而今的西湖也没了白娘子与许仙的宿世情缘。

世间历来藤缠树，许仙偏遇树缠藤。许相公撑着油纸伞，为白娘子遮挡一方风雨的时候，江南的杏花春雨，正在他俩的伞面溅出爱情的花来。

许仙，一介怯懦平凡的江浙小男人，却鸿运高照，命交桃花，让白娘子如获至宝，遗爱千年。白娘子这蛇妖，本将得道成仙，却偏羡鸳鸯不羡仙，千年道行，毁于一旦。这本不般配的爱情，偏又遭遇上法海的不公允，而白娘子九死其犹未悔，恐亦无它，直叫人间情为何物，竟让她生死相许！

断桥。

见证白蛇和许仙爱情之地，竟然叫断桥！

白蛇虽然被雷峰塔镇住，但劳动人民是不会让故事这样结尾的，他们与生俱来的善良美好天性，让"断"了的故事得以"续"上。后来的后来，白蛇的儿子高中状元，塔前祭母，将母救出。白蛇一家团圆不在话下，连青蛇都找到了如意郎君。

化化轮回重化化，生生转变再生生。

断桥不断，孤山不孤。不知多少家伙还将前仆后继，放弃成仙得道，堕入这苦海无边的世间轮回？

走过西湖，有太多的困顿，希望回去之后有个抉择；有太多等待着的抉择，希望回去之后有个了断。如果许仙能和白蛇交换一天心脏，那么，他是否能体会到她的情她的爱她的眼泪她的痛？

相传，玉龙雪山终年云雾缭绕，只有秋分时节会有一米长的阳光照下来，凡被这一米阳光照到，就能拥有美丽的爱情。"一辈子无法成就的永恒，或许在某　点便凝成；一辈子无法拥有的灿烂，或许只在那一米之内。可是，错过了便是错过了。短暂的一米阳光，只会偶然地照射在人们的身边，而不会必然地覆盖在大家的周围。"

万丈阳光，你要几米？

弱水三千，我只取一瓢饮。

人生不能一夜白头，免不得有分有离。紧要的，是在一起时，做了回烈酒相酬、生死互托的真性情汉子，或是拼将一生、尽君一日欢的真性情女人。"生平只有双行泪，半为苍生半美人"，草木一秋，夫复何求？

古来圣贤皆寂寞。许多唯美的爱情，都是用来凭吊的。

比如，苏小小与阮郁、梁山伯与祝英台、白蛇与许仙、牛郎与织女、孟姜女与范喜郎……

比如，鱼玄机等李亿的"枕上潜垂泪，花间暗断肠"、薛涛盼郑佶的"雨暗眉山江水流，离人掩袂立高楼"、陆游念唐琬的"春如旧，人空瘦，泪痕红浥鲛绡透"。

如此，倘有一天，某人从你的世界消失了，你不必痛哭流涕六神无主就像迷途羔羊，不必发疯似的遍地找寻不放过任何大街小巷，也不必紧跟着一个背影只为确认那是不是某人的模样。你要明白，一切高贵终会衰微，一切丰盈终会枯竭，爱情也会解构重生。当然，你还要明白，有时，一转身可能就是一世，一离别就可能是一辈子。

荼蘼花开，春天结束。

荼蘼花开，青春将逝。

荼蘼花开，繁华已过，只余无奈与苍凉。

爱到荼蘼，刻骨铭心的爱即将失去。

二

从大兴安岭出发，一路潺潺淙淙，流至鄂温克旗，已蓄势汪洋。逐水草而居的人们，称此水为伊敏河，叫这草原为巴彦呼硕。

"额沃（女性长者）低声演奏着口弦琴，合克（男性长者）游走林间寻找驯鹿的脚印"。草原就是音乐的喷泉，喷涌曲曲天籁，源源不断。三天不唱歌，太阳不落坡，悠悠蓝天之下，青青原野之上，酒歌情歌犹如袅袅炊烟一浪划过一浪，鸟兽动容，行云止步，林海扬波。

巴彦呼硕那个宽敞明亮的蒙古包里，几乎没有装饰，醒目的地方，赫然挂着毛笔誊写的两首巨幅歌曲。一首词为：

十五的月亮升上了天空

为什么旁边没有云彩……

只要哥哥耐心地等待

心上的人儿就会跑过来

这首情歌，家喻户晓，尽人皆知。这个地方，只因这一个"商标"，驰名宇内，蜚声海外。一张手抄"海报"，低调而骄傲地提醒，你已置身《敖包相会》的故乡。

经典的经典之处，在于不著一字，尽得风流。情歌《敖包相会》，处处无"情"，字字无"爱"，仿佛一条小河，无心从你身旁流过，却久久荡起心底的柔波，波光潋滟七十年，成为爱情长河里的一道烛火，经久不息。

距蒙古包不远，有块石碑，上书"天下第一敖包"。它的后面，一溜敖包，彩带招展。四方风动，骄阳正浓。此时的天空，没有云彩；此时的草原，海棠花开；此时的伊敏河，一咏三叹。一切沉浸于一首悠长婉转的民谣。

"天下第一敖包"，距今已300余年，草原人民，在此祭天祭地祭英雄。祭祀结束，月上中天，青年男女，眉目传情，心生情愫，耳鬓厮磨，敖包相会。

图娅的爱情，起因、经过、发生、发展都在敖包。

"图娅很胖，图娅很抢手"，图娅这样介绍自己，说自己上坡的时候，身上像扛着半扇猪肉。草原以壮实为美，所以她的追求者络绎不绝。

图娅亮出一把牛角梳。"幸福的女人都有一把牛角梳。"众多的追求者中，一位小伙用牛角手工磨成了这把梳子，她送给对方一把小刀，"死生契阔，与子成说"。

草原上的爱情，朴素单纯，澄明干净，如同《诗经》。那个到城墙角落约会静女的男子，不过收到了恋人赠送的茅荑，却如获至宝，"匪女之为美，美人之贻"。

铺张的爱情

时光跟草原一样浩渺辽阔，我们无法打开诗经时代的爱情。一把被岁月与心事打磨得油亮闪光的梳子，能梳尽恋人从怀念到相见的三千烦恼，一把意义虚无人为赋予相思解药含义的茅荑，能缠住爱人一生从青丝到白发。秘密到心底的精神乐园，懂的人才懂，不懂的不必探寻，答案是流水落花春去，似曾相识燕来，徒增怅惘，终归无解。

游牧民族，有出人意料的能力，草原无垠，森林无边，踏遍千山万水，不曾有人迷路。凭借大自然的星辰草木，他们能够解开道道密码。他们的叙述里，通篇是这样的：落叶为我敬礼，绿色的针叶指着蓝天白云；鸟儿为我指路，森林发出暧昧的语言；樟子松列队欢迎我的到来，雪山为我敞开胸怀。

人是如此，马又如何？

草原与马，息息相关。"爱上一匹野马，可惜没有草原"，"别因为没有草原，就忘了自己是骏马"。

我曾在虎门工作两年。除开虎门销烟，当地人还为一匹马骄傲。1840年，第一次鸦片战争爆发，虎门守军陈连升的战马被英军掳至香港，渴不饮盗泉水，饥不受嗟来食，日日向北悲鸣，贞节不改，宁死不从，被称"虎门节马"。

呼伦贝尔的马，是匹枣红马，从巴彦呼硕卖去了福建。

然而，数月之后，一天清晨，牧人惊奇发现，枣红马跑回了草原！

枣红马见到牧人的时候，泪如泉涌，牧人被感动得大哭，就像见到走失的孩子。

从此，他放任枣红马纵情草原，再不让它干活。枣红马死后，葬于敖包山下，伊敏河畔。

它的头，被做成马头琴。日日陪伴的，是"长调"，是《敖包相会》，是《万马奔腾》。

一匹蒙古马思念草原的传奇，成就了一部《乡愁》。

"春心莫共花争发，一寸相思一寸灰。""春蚕到死丝方尽，蜡炬成灰泪始干。"思念是决堤的海。无论多少河流，多少山脉，多少人心险恶，挡不住蓝天白云的深深吸引，挡不住枣红马重回草原的梦想。

"鸟飞反故乡兮，狐死必首丘。""胡马依北风，越鸟巢南枝。"思念是一张网。强大的基因密码，强大的生物密码，强大的爱情密码，将我们一网打尽，并隐藏于你我之中。

"曾虑多情损梵行，入山又恐别倾城。""曾因酒醉鞭名马，生怕情多累美人。"思念是一种病。因为人群中多看了一眼，从此开始孤单思念，人生的解药，有时只需确认一下眼神，便是风林秀木，心花绽放，花雨满天。

三

西域是化外之邦，教化的捆束鞭长莫及。正如作家所言，在这片土地上，一棵草可以放心地长到老死而不被刈除，一棵树可以随心所欲地活到天赐地赏的年纪。

原生态的田野，生长出原生态的爱情。这里的爱情，恣肆汪洋，灿烂浓烈，浪漫奢华，铺张甚而嚣张。

鸳鸯双栖蝶双飞／满园春色惹人醉／悄悄问圣僧／女儿美不美／女儿美不美……

殿宇巍峨，清香袭人，四目轻撞，心尖一颤。眼前分明是外来客，心底却似旧时友。女儿国国王初见唐僧，一见钟情，从此柔情似水，佳期如梦。

御弟哥哥，你看那鸳鸯戏水，双栖双飞，何等快乐！

御弟哥哥，不去取经行不行？

御弟哥哥，请观赏国宝吧！难道在御弟哥哥眼里，我还算不得国宝吗？

贵为女王，放下威仪尊严，倾诉衷肠，频频示爱。奈何唐僧双眸紧闭，四大皆空，默念佛经，放马西去。

这是电视剧《西游记》里一段令人千回百转柔肠寸断的爱情。一个款款深情，奋不顾身；一个默默无语，戒律在身。

这段故事的发生地，西域女儿国，就是新疆库车的苏巴什故城。此故事之前，情节为唐僧、八戒误饮子母河水，腹中有了胎气。子母河，即库车河。

铺张的爱情

文学作品是现实生活的镜子。新疆是东方文化的尽头和西方文化的开端，同时拥有莽莽草原和浩浩大漠。时空的苍茫辽远放纵了感情的无拘无束生长。因为这里是不一样的中国，所以会产生不一样的爱情。

小说《西游记》里还有一桩霸道婚姻。高老庄高太公有三个女儿：高香兰、高玉兰、高翠兰。猪八戒下凡，抢了三女儿高翠兰做媳妇。

高老庄，传说位于南疆温宿县境内。

对于能歌善舞的民族，如果不让他们把爱大声唱出来，那无异于月光照进沟渠里，无异于一把粉打在后颈窝上，无异于逼迫春情勃发的姑娘、小伙在黑暗中互送秋波。

关于新疆的记忆，第一时间跳出来的，就是情歌。无论天晴天雨，它们都能像阳光般洒落一地。

为了十年前二道桥你迷人的一笑，十年后我徘徊在这无人的街道。我从寂静冷清的夜里等到了黎明，不知第一缕晨曦能否点亮我的爱情。这是忧郁婉约型。期盼，等待，折磨，失落，惆怅，遗憾，凄美。满心向往，擦身而过。虽不能至，而长住在心。这让人自然对应《诗经》里的"所谓伊人，在水一方。溯洄从之，道阻且长。溯游从之，宛在水中央"。

为她黑夜没瞌睡，为她白天常咳嗽，为她鞋底常跑透。今天晚上请你过河到我家，我俩相依歌唱在树下。为你不停地牵挂，爱上了你请你嫁给我吧。这是直白豪放型。趁天真年轻，轰轰烈烈恋爱一场，痴狂执着，毫无保留，全心付出，不言后悔。《诗经》有云：窈窕淑女，君子好逑。寤寐求之、寤寐思服，琴瑟友之、钟鼓乐之。

克里木参军去边哨，临行种下一棵葡萄，果园的姑娘阿娜尔罕，精心培育绿色小苗。这是浪漫主义型。一句承诺，信守一生，一次牵手，胜过一切。表面云淡风轻，内里深海静流，看似平淡无奇，实际暗香浮动。可与之媲美的，是《诗经》中"死生契阔，与子成说。执子之手，与子偕老"。

达坂城的姑娘辫子长，两个眼睛真漂亮，你要是嫁人，不要嫁给别人，一定要嫁给我。这是现实主义型。爱情没有那么多弯弯绕绕，坚决不搞眉来眼去那一套。直接，大胆，明火执仗，霸气侧漏。《诗经》写道："之子于归，宜其室家"，"以尔车来，以我贿迁"。

有人说，走很远的路，去看一个人，是爱情。

有人说，不管走多远的路，心里想念的都是同一个人，才是爱情。

新疆自古就是大丈夫纵横驰骋的沙场，它既是男人的征战地，也是男人的温柔乡。婉约、豪放、浪漫、现实，适合自己的，都是爱情。

有位出生在重庆的女作家，足迹遍布天南海北。她的文字，阅遍滚滚红尘，收纳万水千山，道尽人间痴爱，她写了首非常著名的歌词《橄榄树》。

有位出生在北京的音乐家，一生命运多舛。世人评价：他的歌像骏马一样奔放，如月光一样柔情，比泉水还要甘甜，比陈酒还要醇香。

命运，让新疆把毫无交集的两个人攒到了一起。

不知道三毛在西班牙、在撒哈拉的时候，是不是经常会唱《在那遥远的地方》《达坂城的姑娘》，也不知道王洛宾之前会不会唱《橄榄树》。总之，三毛特地去新疆拜访了这位西部歌王。

三毛说：橄榄树不是代表和平，那是一个人一生的追求，每个人都有自己的梦。1990 年 4 月，她与王洛宾第一次相见，便以橄榄树为桥，亲自向王洛宾献唱《橄榄树》。

是年 8 月，三毛再到新疆。这回，她带来了大量衣物和生活用品，径直住进了王洛宾家中。三毛扮成《在那遥远的地方》中的藏族姑娘"卓玛"，希望借此永葆西部歌王心之年轻。

半月不到，三毛打点行李，回到台湾。47 岁的才女，作别了 77 岁的男神。

何曾料想，生命有时比感情更加脆弱。

1991 年 1 月，三毛自缢，香消玉殒。

痛彻肺腑之中，王洛宾写下此生最后一首情歌：

你永远不再来／我永远在等待／等待等待／等待等待／越等待／我心中越爱！

这是怎样的感觉？

恰如浩劫之后，面对家的废墟，明明知道那是自己的归宿，而你再不能回去。

铺张的爱情

四

算起来，居然七八次去过海南。

南中国海的这片岛屿，有着与生俱来的魅惑与神奇。最吸引人的地方，是两块巨石。学问家说"一切景语皆情语，一切情语皆景语"，如果心境不同，驻足两块石头，眼里的风景心里的风景大不一样。

一个人，春节去，最贴切的心境是"流浪"与"放逐"。春节是回家的节日。关山万重，冰天雪地，挡不住回家的脚步。但是那个春节，人在天涯，身心俱在。不为逍遥为逃离，不为厌世为躲避。

"天之涯，海之角，知交半零落"，面对无边波涛，这时的石头是孤独的，人是孤独的。

据说，世界上有两个桃花源，一个在心中，一个在重庆。正是揣着这个"桃源"情结，我选择新年去了酉阳和天涯。祈愿一脚踏进新年，便能一脚踏进桃源。

大潮汹涌，流浪的何止一人。真真切切，这是个流动的时代。全国流动人口，2.3亿以上。为给梦想找到方向，为给生活找到出路，人们不甘现状，怀揣理想，打包行囊，背井离乡，浪迹天涯。

那时，我正受命一个关于"流动人口"的课题，取题即为"心安之处是故乡"。其中打头的有几句：人言每个人都有三个故乡，一是生于斯长于斯的故土，一是祖辈的栖所，一是心底的家园。

然而，他们之中，他们之外，又有多少人心在流浪，爱在流浪，以至无法寻到家园，无法找到桃源，安置肉身，安放灵魂？

能把他乡当故乡，能把放逐当远游的，千古只有一人。

"崎岖万里天涯路，野草荒烟正断魂。"海南作为朝廷流放逆官叛民的蛮荒之地，一去一千里，千去千不回，曾让多少英雄气短，闻之色变。然而这位大学士、大文豪谪迁此地，竟能乐在其中。他的流放之地，距三亚不远，现名"中和镇"，与我老家的镇名一模一样。艰难苦恨，生活潦倒，何止停掉酒杯，而是卖光了酒器。酒没了，米没了，到当地百姓家蹭吃蹭喝，

大地慈祥

暴饮暴食，而至沉醉不知归路，依稀记得自己住地有个牛栏，于是一路寻着牛粪摸回家去。无一箪食，无一瓢饮，人不堪其忧，他不改其乐，写下"他年谁作地舆志，海南万里真吾乡"的诗句。

每一颗心生来就是孤单而残缺的，多数人会带着这种残缺度过一生。只有真正内心强大的人，才能做到埋骨何须桑梓地，人间有味是清欢。比如，上文里的苏东坡。

在天涯，不能不谈爱情。

人言爱到天涯海角，爱到地老天荒，爱到海枯石烂。传说"天涯""海角"确是一对恋人，因爱受阻，跳海殉情，便有了后来的"天涯海角永相随"。

在爱的世界里，初心和出发点都是美好的。传统的爱情，是两情相悦，坚韧相守，至死不渝。执子之手，与子偕老；君当作磐石，妾当作蒲苇；在天愿作比翼鸟，在地愿为连理枝。

现实是一个娑婆世界。

有的一厢情愿。汉有游女，不可求思；玲珑骰子安红豆，入骨相思知不知；山有木兮木有枝，心悦君兮君不知。

有的出场顺序错误。君生我未生，我生君已老；使君自有妇，罗敷自有夫；还君明珠双泪垂，恨不相逢未嫁时。

有的半路散伙。千里孤坟，无处话凄凉；信誓旦旦，不思其反；人生若只如初见，何事秋风悲画扇。

还有一种悲催，叫世界上最远的距离不是天涯海角，而是在你眼前你却不知道我爱你。

如此，便有了咫尺天涯。

悲剧就是把美好的东西毁灭给人看。不能拥有所渴望的，最大的价值是教会珍藏珍惜。"没有遗憾，给你再多幸福也不会体会快乐"。

与椰风海韵共舞，在阳光沙滩虚度时光，听过的一句广播意味深长。

"在世界行走，为三亚停留"。

生活的车轮快得让人跟不上节奏，成年人的世界里没有"容易"二字，生下来活下去，生容易活容易生活不容易，多少人还有一首诗、一杯酒、

铺张的爱情

一曲长歌、一剑天涯的情致？没有必要苦苦硬撑，没有必要永远逞强，在某个节点某个地点，为值得的某件事某个人，停留一下，想想陪你骑马喝酒走四方的人，想想中山古镇在生活的悬崖峭壁上开凿六千步"爱情天梯"的人，想想终南山里离群索居谈玄论道的人，想想自己的德才到底能够匹配多大的福报。你会发现，大海能够带走哀愁，就像带走每条河流。

一夜春风度，十里线柳扬。而今的天涯，并非浪迹"天涯"，也非咫尺"天涯"，而是"天涯"共此时，沧海月明，心海泛舟了。

从海口到文昌再到三亚，满眼都是操着重庆话的度假人。光荣退休的詹老师就是"候鸟"中的一位。她在海南拥有自己的小房子，每年春节到此享受充沛的阳光、新上岸的海鲜，谆谆教导当地人应该销售机麻。她知性的眼里，一花一世界，一叶一菩提，空间的词典里没有天涯海角的距离，只有航班舱门的一开一闭。

伫望天涯，相信一切都是最好的安排，最美的时光就是眼前，最爱的人就在身边。

祝福漂泊的人都有酒喝，孤独的人都能唱歌，相爱的人都有未来，守候的人都有结果。

五

碧云天，黄花地，西风紧，北雁南飞。

在这样的季节，去重庆江津四面山，朝圣"爱情天梯"，自觉不自觉地，心中耳中都充满了刘国江爱听、徐朝清爱唱的《十七望郎》："初一早起噻去望郎，我郎得病睡牙床。衣兜兜米去望郎，左手牵郎郎不应，右手牵郎郎不尝。我又问郎想哪样吃，郎答应：百般美味都不想，只想握手到天亮……"

山歌声如泣如诉，急促处密如雨脚，慵懒处不绝如缕，余音袅袅，竟然一路跟随缠绕到四面山下。

站在常乐村口，站在爱情天梯起步的路口，刘国江、徐朝清携手进山的背影仿佛就在前面石梯的转弯之处。躲避流言的张惶、私奔成功的窃喜、毅然奔赴爱情的决绝，让他们一边狂奔，一边回望。

每前进一步，每上一级石梯，都能想象，大小伙刘国江为方便大他10岁的"俏寡妇"出行，日日为徐朝清凿路的坚韧神情。他在刀耕火种的原始生活中凿路。他在撵跑拱乱庄稼的野猪后凿路。他在《十七望郎》的咿呀声中凿路。他在先后长大的7个孩子的注视中凿路。他在黎明中凿路，在黄昏中凿路，在阳光下凿路，在风雨里凿路……

整整50年，钢钎凿烂20多把，他在悬崖峭壁上凿出了6028级石梯。

6028级台阶，打通了联结山上山下之路，打通了通往徐朝清心中之路，打通了世间日益稀缺的经典爱情之路。

自从户外探险者探到了这对深山夫妇，爱情天梯从此遐迩闻名，不少游客慕名而来。

游客喜欢，何不趁势把"爱情"文章做足？

周天银2004年起担任常乐村村主任，2021年，当选村委书记。他没能见到徐朝清凿路，但他见证了村子如何从前人的避世之处，蜕变成如今的旅游胜地。

"政府统筹，一揽子地干。"

扩宽并油化了前往常乐村的公路，连通了常乐村的自来水、天然气。

"天梯"险峻，为安全起见，修建了防护栏。

上山的台阶，每步都是爱的历程。0步，爱情开始的地方，种上玫瑰；520步，爱要大胆说出来的地方，种上玫瑰；1314步，山盟海誓的地方，种上玫瑰；3344步，不离不弃生死相依的地方，种上玫瑰……

如果爱有位置，那就是这些生长着玫瑰的"卡点"。每一对情侣、每一对夫妻必然在此"打卡"。

"玫瑰，代表爱。你们把正确的花，种在了最正确的位置。"

"玫瑰，不只代表爱，还代表信仰、美丽、热情以及我们村民的期盼和希望。"

两位老人居住了半个世纪的小屋，建成"爱情博物馆"。博物馆里，有刘国江打凿爱情天梯的钢钎、铁锤，用了半个世纪的煤油灯，发黄的《毛

铺张的爱情

主席语录》，还有媒体关于爱情天梯的报道。

除开种玫瑰，还以"七夕"为契机，打造了一年一度的"山盟海誓"七夕东方爱情节。

接着，还将建成全国首个"汉式婚礼基地"……

爱情天梯，尽管是徐朝清老人的"专用"道，但踮着一双小脚的她一生并未走过多少回。她一定没有想到，成千上万的游客，会怀着虔诚的心情，纷纷远道而来，就为走走这条道路，爬爬这 6028 级台阶。

游客一天天增多，吃住的需求一天天加大。

"天梯客栈"等 15 家农家乐、民宿应运而生。

"游客少的时候，每天不会少于 300 人；最多的时候，小车一字长蛇停在路边，不下 2 公里。"民宿、农家乐的生意因而应接不暇，营运年收入最高的达到了 80 万元。

"小时的愿望，就是下山；长大后的梦想，是走出大山；而今，大家都争相回到四面山。"两位老人的后人，代言着村民的心声，其中的老三，也在爱情天梯之下，开办了农家乐。

四面山，东面是山，西面是山，南面是山，北面是山。

山还是那座山。

曾经，关山重重，道阻且长，阻隔了山区的发展愿望。

而今，绿水青山就是金山银山。

周天银说，如今，爱情天梯并不是一个单一的旅游景点。它已与望乡台、土地岩、龙潭湖、洪海、珍珠湖等一道，构成了"四面山风景区"。

四面山风景区辖区面积 213 平方千米，横跨数个镇，区域内森林资源十分丰富，动植物种类在 4000 种以上，被国际生态学会专家誉为"天然物种基因库"。旅游资源富集，林莽苍翠，峰岭环合，流云奔涌，群瀑飞泻，清流急湍，形成数十个独具特色的旅游景点。

为综合运用这些资源，当地打破镇域界限，成立"四面山管委会"。近年来，相继成功打造了国家级风景名胜区、国家 5A 级旅游景区、国家生态旅游示范区、全国文明旅游景区等。

"所以，爱情天梯明天更美好，四面山的风景明天更美好，四面山的百姓明天更美好！"

从周天银憧憬而坚定的眼神中，我仿佛看到，爱情天梯的玫瑰，正在一株、两株、三株……开出满天繁花。

为一朵花壮烈

（外二篇）

七月八月，是青海湖最热烈灿烂的季节。

苦等了一月又一月，油菜花终于开了。青色的湖边，金黄一圈又一圈漾开，漫山遍野，势成燎原。

养蜂人的脚步，一直踏着油菜花的节点。年初在云贵，三月到成都，六月到青海。那些蜂，便以此为节拍，追逐着对一朵花的爱情。

命运总是在不经意处，埋伏着一个个危险。

车过花海的时候，突然，一阵轻微而密集的噼噼啪啪。驾车人痛悔地捂上双眼，嘴里只道一声"蜂"。

一只只蜂，只为与一朵花的约会，结伴从公路这边，奔赴那边。然而，幸福比死亡晚了半拍，它们粉身碎骨，斜挂在飞驰的汽车玻璃上。

小小的蜂，为一朵小小的花，朝思暮想，寻到天南海北，最终功亏一篑，因意外而壮烈。

这是爱的一种态度。天大地大，世界很大，我只爱你，虽九死其犹未悔。

但愿，来世轮回的路上，蜂，能够拈花一笑。

马坚持不懂普通话

碧草如茵。

小汪翻身上马，喝令一声："驾！"

马低眉顺眼，四蹄却纹丝不动。

如是再三，小汪惊唤马的主人。

主人一声："嘚儿架！"

马便信马由缰，款款前行。

主人说，马是蒙古马，它不懂普通话。

它不是拾荒者。不会捡拾出那些祖先的铁蹄，如何伴随成吉思汗成功踏遍万里河山。

它不是殉道者。不会像死鱼一样翻起白眼，漠然无视世间一切。

它就是它自己，青海湖边草原上的一匹蒙古马。

它内外兼修。高兴的时候，会敞开四蹄，纵情草原。

它对过江之鲫般的南来北往者，见惯不惊。它不是蒙娜丽莎，不会对每个人微笑。它不是人民币，让每个人都欢喜。

它坚持不懂普通话。

它只等一个人解开驱使自己的密码。

它只等某个人的一句话。

青海湖，借你一碗水

岁月是个说书人，满嘴夹杂藏蒙汉话，叫你错温波，叫你库库淖尔，叫你青海湖。

我们到来之前，二郎神从天上来过，西海龙王从水里来过，文成公主从地上来过。

"不负如来不负卿"，仓央嘉措到此雪遁。

"明镜似的西海"，已飘荡萦回一个花甲。

"在那遥远的地方"，王洛宾抛弃了财产，跟好姑娘去放羊。

三千年传说，八万里山河，孕育成你的惊世骇俗。一时亢奋，一柱擎天，顷刻成就"龙吸水"。一时内敛，波平如镜，瞬时成为"镜面水"。

水成镜面，取一碗，将幸福一生。

于是，我想借你一碗水。

你别找我还，我永远不会还。

只为开借的一刻起，你我从此有了关联。

你贷给我碎碎念，我欠下你一世情缘。

山城的屋檐

重庆别名山城。它的性情，名副其实地诠释着"山"字。重庆城坚硬阳刚，重庆人肝经火旺，重庆话直接敞亮。

父亲对重庆城的印象，大多停留在电视剧《山城棒棒军》上。我跟他说，三千年江州城，八百年重庆府，不仅仅是"高高的朝天门，挂着棒棒的梦"。

2009年秋天，我陪他溯江而上，逛了一回重庆。

来到朝天门，眼前的嘉陵江清秀澄碧，长江莽苍浑黄，清浊汇流，泾渭一体，滔滔滚滚，挟势东去。父亲感慨，这是多大一席鸳鸯火锅呀！

他想看重庆大礼堂。直辖之后，重修这座礼堂，重庆人民有钱出钱，有力出力，上下一心，完成了这座宏伟建筑。而今的她，俨然一种气氛、一种象征、一种精神。父亲当年曾经为此捐款。他特意在此留影。

著名的中山四路，黄葛树遮天蔽日，树影斑驳，低调沉静。石砖、青瓦、灰墙、拱窗，铺叙成历史长廊。但凡眼见的物什，都在诉说沧桑往事。经过桂园、周公馆……我都轻声告诉他，这段路有哪些人走过，父亲因此脚步迟重。

傍晚遇雨，手忙脚乱回到酒店。我问父亲当天感受，他只悠悠回了一句：好多的楼，好多的房，就是不见屋檐。

我感到震撼。

鸟向檐上飞，云从窗里出。乡村的屋檐，并不只是住着方便。匆匆赶路的行人，无家可归的路人，白日里突然遇雨，暗夜中无力赶路，都可以随便躲进一个背风的屋檐。春天来临，燕子双双成对，来到檐下筑巢，燕语呢喃，生儿育女，乡邻都会艳羡，因为这被视为祥瑞。

屋檐承载了如此温情，父亲特别在意，岂止是害怕天上下雨？

2011年秋天，因工作调动，我来到重庆城里。先行"进城"的熟人朋友，免不了轮番"接风洗尘"。

第一天晚餐，重庆火锅。

第二天晚餐，重庆火锅。

第三天晚餐，重庆火锅。

我说，每天一锅，实在吃不消。

朋友一本正经告诫我，如果感到干不好，睡不好，归根结底因为吃不好。饮食有真意，融入一个团队，融入一座城市，当地味道是最好的媒介，接受当地味道，便是最好的开端。

碰巧那时正在读着梁实秋的大著。梁先生在重庆的住地名为"雅舍"，《雅舍谈吃》，满纸人间烟火，字字温存岁月，那些味道力透纸背，穿过时光，沁人心脾。

我认同了朋友的见解。周末只要不加班，我便跟着他们，闻香识路，穿梭于重庆的大街小巷。由此我知道，九园的包子，有搪瓷碗那么大；黄泥磅的小龙虾，有五种味道；解放碑那家串串香，须得带着凳子排队；跷脚牛肉里，不能加肥肠；水煮鸡杂，可以做面臊子；南岸区的小餐馆，有火爆毛肚；开车三小时到达的巴南区那家菜板肉，其实是发给食客刀和菜板，自己切肉……

一路追寻味道，我邂逅了牛角沱、大石坝、谢家湾、读书梁、花园一村、洋河二村、嘉陵三村……大城市里的这些地名，就像乡间的那些孩子，长大了，出息了，穿皮鞋了，打领带了，但仍然是乡邻口中的"蛮牛""狗剩"——如果父亲还没离开，能够了解到这些，他会不会像回到生养他的天城村那般亲切？

此后，我仿佛一滴墨汁，落进一片宣纸，融入这座城市，赞许这座城市。墨汁赋予宣纸以灵魂，宣纸赋予墨汁以烙印，身体的节奏，分明地感应着山城的爬坡上坎与四季脉动。

最近两三年，山城的"8D""魔幻"，让整座重庆城成了"网红"。

洪崖洞的吊脚楼与璀璨灯火，李子坝轻轨穿楼，停在二十三楼的公共汽车，鹅公岩立交让导航失灵……外地人眼里许许多多的不可思议，吸引着一批批游客前来"打卡"。

我是多么担心这位新晋网红，红得飞快又忽而黯然失色。我担心她微

山城的屋檐

醺之后飘飘然，担心她变得头重脚轻，担心她终究失去山的稳重……

"莽子"事件出现，我的一切担忧释然。

市区公园有口鱼池，池里有条大鱼，名叫"莽子"。因为体重过重，行动笨拙，无法与别的鱼抢食。市民疼它爱它，单独喂它，无论大人小孩，站在池边唤声"莽子"，它便应声而至。十多年里，它给无数孩童以快乐，给无数老人以欢欣。

然而一夜雨后，"莽子"消失了。网络之上，网友为它祈愿祈福；电视新闻里，老人们泣不成声；电视机前，小朋友哭喊："我要莽子！"

山城人粗糙刚毅的内心，被一条鱼击中最柔软的部位。

谦谦君子，卑以自牧。失去莽子的时刻，夜是黑的，然而人心的窗口，却透着亮光，"吱呀"一声，心窗洞开，急切地呼唤着"莽子"快快躲进心底的屋檐。情为何物，"莽子"的灵魂一定知道。

2019 年国庆期间，重庆市民的手机，不时跳出一条短信："请本市市民，错峰出行，为外地游客提供游览方便，展示重庆市民良好形象。"

此间，重庆的大街小巷，解放碑、磁器口、朝天门、来福士、大剧院、长江索道……外地游客爆满。

游客实在太多，可以瞭望洪崖洞夜景的千厮门大桥挤到无法通行，重庆当机立断，"封桥迎客"，对千厮门大桥实行汽车限行。为方便游客拍照，重庆两江四岸，灯饰夜景每日延长亮灯两个小时。玩得太晚，怎么回酒店？重庆全力调度，公交、轻轨推迟收班，再晚也要把你送回住地。

跟所有居民一样，我也自觉"禁足"。天天闷在家里一言不发，毕竟不是重庆人的性格。于是大家纷纷发短信"开涮"，回复调侃"10086"：

"好的，好的！我已经在家躺三天了，祝外地游客在重庆玩得开心！什么时候可以出门您给我回个短信。"

"为了对外展示形象，天天待在家里打麻将，都输了三千多了！您又不给报销。我就想问多久才可以出去嘛？"

"我都宅家好几天了！外地游客想看重庆美女，再不让我出去露个脸，怎么展示重庆的良好形象？"

"我在外地，家里钥匙放在消防栓那里的，你们拿去把门打开让外地游客住嘛。"

　　那几天，我时常想起父亲说的"屋檐"。

　　重庆的楼房确实没有屋檐。

　　重庆城真真切切有了屋檐。

　　它是这座城市的情商与格局，就在城市的上空，抬头可见，触手可及。

　　腾出一座城来"宠游客"之后，也没忘记"宠市民"：重庆的国庆灯饰，一直亮到月底，留给市民欣赏。

　　2020年的秋天，我的孩子小汪，通过自身努力，成为这座城市里的一员。每到"长假"，她都会说："爸爸，我们回乡下去吧，把重庆城腾出来给外地游客。"

　　她能这样，我很欣慰。

　　希望下一代，活得都比我们从容。既有避雨的地方，又有看雨的心情，还有能力为人筑道屋檐。至少，在自己的心底有道屋檐，心怀天下，悲悯苍生。

山城的屋檐

风流漫卷太白岩

太白岩，素称"万州第一山""白岩仙迹"。山间现存历代名人、老道高僧题刻 43 件。

它坐拥长江黄金水道而遗世独立。俯则万川毕汇、万帆云集，居则松涛清泉、峰高月白，仰则阴霞远岫、天人合一。

这样的去处，山间的每一次轻风拂过，都是文人雅士的窃窃私语，那是千年积淀的风流在卷起微澜。

一

世间好语书说尽，天下名山僧占多。

太白岩原来叫西山。我的一位诗人朋友，有事无事，是晴是雨，忧愁或是欢喜，爱上西山，一年登顶几百次，有时一天两次。在他看来，这样的地方，一次进山、出山便能完成出世、入世之间的轮回，自是适宜悟道、修禅。

东晋有位道人，叫卓庵，便来此修道。结庐之处，名"绝尘龛"。

世间缘来缘往，由是因缘际会。

李白早年好道，夜发清溪向三峡时，闻听有如此去处，太白非去不可。于是过天生桥，寻仙道，登西山，访"绝尘"。好语、好道、好酒者而遇好山好水好地方，当然的结果是"谪仙醉乘金凤去，大醉西岩一局棋"。

李白一生传奇，千古风流，所过之处，诗酒流芳。他在万州上游，拾句"峨嵋山月半轮秋"，在万州下游，铸字"朝辞白帝彩云间"，独独在万州，似乎留下的是传说。

李白是浪漫的，传说也很浪漫。传说他豪饮对弈，时值黄昏，五彩云霞之中，忽有金凤口衔金壶，翩然降临。李白取壶饮浆，之后乘风而去。

鸟儿已经飞去，天空没有痕迹，地上投有影子。

李白三过三峡，必经万州。大醉西岩一局棋之后，西山更名"太白岩"，太白岩及其附近，一批相关地名产生：棋盘石、诗仙路、白岩路、天仙桥、歇凤山、太白街道……

天地氤氲，万物化淳。那只金凤栖息的歇凤山下，果然有家酒厂。厂内矗立有小山一般高的酒瓶，瓶身大字书写：诗仙太白酒。此酒为重庆名酒，酒名为前国家领导人题写，曾为人民大会堂接待用酒。

近年，万州一批学者，不废卷帙，潜心钻研，觅得李白有关万州的诗两首：《与诸公送陈郎将归衡阳》《赋得白鹭鸶送宋少府入三峡》。

二

曾国藩有个学生，叫冯卓怀，1857 年，出任万州知县。

他从"惟楚有材"之地来，在万州做了两件有关文化的事。一件是建造文峰塔以振万州文风，另一件是让《西山碑》骤然升值。

事件的源起，仍然与西山和酒相关。

1100 年，被一路迁贬重庆彭水、四川宜宾的黄庭坚久旱逢甘霖，原罪被赦，重获重用。次年早春，生机萌动之中，他买舟东归，当时的状态，大抵与李白"轻舟已过万重山"相一致，与杜甫"漫卷诗书喜欲狂"相仿佛。

船到万州，南浦太守高仲本盛情款待，置酒西山。境由心生，又酒逢知己，黄庭坚对太白岩风景大大点赞，认为上至宜宾，下至夔门，"林泉之胜，莫与争长"。乘兴登船，行至夔州，禁不住脑洞大开，心胸豁然，挥毫泼墨，笔走龙蛇，书就《西山南浦行记》，俗称《西山碑》。

高仲本是个有文化的人，也是个有心机的人。黄庭坚说他"才如不羁马"，"心似后凋松"。他将《西山碑》带回万州后，便找来工匠，将它镌刻到一块大石上。

时间流逝，转眼到了清朝咸丰年间。好文化懂书法的冯卓怀出任万州，一眼看到此碑，如见尤物。好东西必须分享，于是将拓本送给了老师曾国藩。曾国藩对此评价："海内存世，黄书第一。"

曾国藩的眼力，不断在当下和后世得到验证。

黄庭坚本是牛人，诗坛位居江西诗派鼻祖显位，书法方面，"黄书"

位列"宋四家"之一。而《西山碑》，被认为是"黄书"巅峰之杰作。据说曾国藩鉴赏之后，当时进京赶考，需托人送友者，必带一幅《西山碑》拓本。其拓本价格，可达 4 两银子。

黄庭坚去世 900 余年后，2010 年 6 月 3 日，同为他晚年书写的《砥柱铭》，在北京保利五周年拍卖会上，一举拍得 4.4 亿元，创造了中国艺术品成交最高纪录。

如今漫步万州高笋塘广场，每每见到西山碑亭，我心里便有一丝惆怅。曾经有一个机会，我没好好珍惜。

因为文物保护需要，《西山碑》严禁再拓。在此之前，我得到过一幅《西山碑》拓本。

搬家时，竟然弄丢了。

三

不知是否因为冯卓怀建了文峰塔的缘故，到了现代，万州果真出了个大文人——何其芳。

此人与卞之琳、李广田并称"汉园三诗人"。我幼时入学，即按课本要求，背诵他的"我歌唱早晨／我歌唱希望／我歌唱那些属于未来的事物／我歌唱那些正在生长的力量"。至今，仍有一篇他的《秋天》留在教材中。

现代文学史有载：何其芳，重庆万州人，现代诗人、散文家、文学研究家。

他说，在你眼睛里我找到了童年的梦，如在秋天的园子里找到了迟暮的花。1926 年，何其芳曾就读于太白岩下白岩书院旧址万县第一高小。

从这里出发，他去了上海，进了北大，走过天津，奔赴延安，入住京城。

他走过的土地，在他的脚印之上，总是开出一串串文字之花。

《生活是多么广阔》《预言》《夜歌》《刻意集》《还乡杂记》《星火集》……

1976 年，何其芳回乡探亲，拟故地重游，再上太白岩。他深情回忆：少年时余曾登太白岩多次。此次回万县，因石梯废圮，未能重寻旧迹，仅在山麓"高山仰止"而已。

在《太白岩》《忆昔》《夜过万县》等诗中，他不惜笔墨，咏赞太白岩。

1997 年，何其芳再回万州。这回，是在他女儿何三雅的护送下，他的部分骨灰回到万州，并安息于太白岩。

消失了，消失了你骄傲的足音！

呵，你终于如预言中所说的无语而来，

无语而去了吗，年轻的神？

1984 年，马识途到万州，特地拜望太白岩、流杯池，在太白岩下的太白宾馆里饮了太白酒，之后一声叹息：惜哉太白，其芳皆长逝，空持金杯照月影难共。

梁平的胎记

梁平的个性，在于一个"平"。

打小知道"开县举子云阳盐，梁山坝子新宁田，万县烘笼双沿沿"。俚语里的梁山，就是梁平。因为与"水泊梁山"重名，取了"高梁山麓平畴远"之意，更名为梁平。

巴渝第一大平坝——梁平坝子方圆 1000 余平方公里。置身偌大的坝子，让人能分明地感受到天高地迥，时光流变。初晨梦醒，清风拂面，明月入怀，有许多细微的声音窸窣而来，仿佛青石板驿路上的嘚嘚马蹄，仿佛西南祖庭里的声声木鱼，仿佛柚乡田畴的抬工号子，仿佛百里竹海的穿林打叶，仿佛双桂湖畔的嘤嘤细语。过去与现在，当下与未来，全都融汇交错在这些咏叹调里。

梁平坝子中的一块坝子，曾与中国命运紧紧联系在一起。

二战时期，中、美、苏联合空军部队战机集中入驻梁山机场，与敌展开殊死搏斗，立下赫赫战功。因是援华苏联空军驻扎地，让人自然想到飞行大队长库里申科。他长眠在万州西山公园，一对母子，接力为他守陵。2008 年北京奥运会后，作为政府代表团一员，我拜访了他的故乡切尔卡塞。因是飞虎队主战基地，自然让人想到陈纳德。2018 年初，我奉命在外学习，车过华盛顿，来自北京的一位纽约客突然指着车窗外，说那里是陈纳德墓。纽约客解释，他曾陪同一位中国人，专程前往寻找此墓，见到墓碑正面是英文，背面用中文书写着"陈纳德将军之墓"，这是公墓中唯一的中国字。后来，他们对着墓碑，恭恭敬敬行了三个礼。我无法确定，我现场请教了梁平当地官员，他也不能果断确定，当年的库里申科和陈纳德，是否在梁平逗留，是否在某个假日，或是某次任务之后，惬意地坐在梁山的街巷，像今天在梁平采风的鲁奖获得者李元胜或是老作家许大立一样，吃得兴起，大声吆喝"老板，再来一份土豆泥"。他们的许多行动，至今都是秘密，包括当年飞虎队及苏联飞行大队的人员名单。然而如上所述中国人、如今所在梁平博物馆，无不昭示："你的名字无人知晓，你的功勋永世长存。"

毕竟梁平是一个文化积淀深厚、历史遗迹富集之地，除开抗战风云和战地沧桑，还涵养了许多历史名人、传统文化。当地人说来知德，是继孔子后用象数结合义理注释《易经》取得巨大成就的唯独学者。说邓平寿，是"新形势下基层干部的杰出典型、新时期共产党员的优秀楷模"。说非遗，列入国家级的就有一长串：梁山灯戏、梁平木版年画、梁平癞子锣鼓、梁平竹帘、梁平抬儿调……

梁平的非遗，大多数来自既种庄稼又搞创作的农人，题材无非山乡风情、田园牧歌、家庭趣事、民间逸闻，主人公无非村姑、农夫、樵夫以至懒汉、算命先生……庄稼人用这种特有的方式告诉你，现代文明走得越远，便有越多的人到乡土中去寻根。只要父辈们还在那片土地上播种、收获，乡土世界就是我们的精神纽带和精神家园。

爹妈生我人一个

一个脑壳两个脚

两只脚儿闲游逛

游游逛逛骗吃喝……

这是梁山灯戏里的一段，戏谑、自嘲、幽默。在乡音里，这一段是合辙押韵的，所以我很想听到一次这种纯正的乡音。到达猎神村的时候，我便努力寻找。然而，猎神村却以另外一种声音示人。

猎神村地处梁平百里竹海的核心区域。东望是竹，西望是竹，南望是竹，北望是竹。竹子漫山遍野，满目苍翠，涌上心头的，也全都是竹：凌云劲竹真君子、衙斋卧听萧萧竹、竹杖芒鞋轻胜马……

当一群美女围着一个地洞叽叽喳喳，而终于忍不住风情万种留影连连的时候，我们读懂了猎神村的前世今生。

那个地洞，是一个幽深的矿洞。沿着洞口走进时光深处，你能触摸到猎神村的过去：社社开矿，人人采矿，山山面目全非，个个灰头土脸。站在洞外，你能嗅到猎神村的现在：在"两山论"的实践路径中，矿山停采，洞口被包装成了取景地，旁边的小洋房叫矿山遗址咖啡，举目四望是百里

梁平的胎记

竹海。

像猎神村的竹子一样，梁平的一些植物，注定会成为传说，甚至被穿凿附会，成为神话。

据说，梁平的贝叶经失窃后，原本成对的金桂银桂树中，金桂一夜凋零。来年秋天，银桂树开花，神奇地开出半树金花，半树银花。再后来，植物专家与僧人一道，千般尝试，想尽办法，才在老金桂的位置，成功植活一株新金桂。

这个传言，发生地在庙宇，所以有争议，有人认为是玄化，有人认为是自然现象。无须考证，我情愿相信是真的。在未知的世界里，我们有许多无知，在神奇的土地上，自然会发生许多神奇的事情。大地上的禽兽草木，以至一滴晨露，一粒微尘，它们自有自己的基因，自有自己的理由，自有自己的秩序。

坝子，让梁平走进历史烟云里。

调子，让梁平走进精神家园里。

洞子，让梁平走进时代洪流里。

树子，让梁平走进宇宙无穷里。

它们是梁平的胎记。

每滴水，都是海

曾经路过海，一次，再一次。多次之后，你能感到，并非曾经沧海难为水，而是每滴水，都是海。"每一滴水都曾经沧海，如今依旧珠圆玉润，如同新生。"

一

我去过一次黑海。

面朝大海，春暖花开。

如果没有那些缠缠绕绕的经历，雅尔塔的黑海之夜足以让人惬意和销魂。当地的红酒就着故土的榨菜，一串串前尘旧事湿漉漉地爬上岸边，恍若伤痛中横亘在刘翔面前的道道跨栏，纵然硌得人两腿发麻，但仍无法选择跨越或是退却。

浊酒一杯家万里。欧洲的这张餐桌，相距重庆的那所房子已然数万公里。再远的旅程，家都是唯一的目的。懵懂之时，家是父母；风华正茂，家是爱人；垂暮迟迟，家是子女。任凭关山万重，而思念之情尤甚，心会让遥远的距离变短。纵是行期已定而归期难料，只要爱在，家就无时不在。那远离真爱或了无亲情的栖身之所，最多叫房子。而许多人，只有房子。

在第聂伯河岸边的那座城市，我们经历了一场最为别开生面的对话。一位向往故宫和长城的德国学生，眉飞色舞地表白着对中国的崇拜。但他只会讲德语，须得通过一名瑞士学生翻译成俄语，再通过一名乌克兰人翻译成中文。尽管语言转换的管道实在太长太长，相同的话题和彼此的尊重却让我们坐得好近好近。我们每每遇到的，恰恰是相反的例子，很多时候，共享同一语种的两个人，却不能拥有共同语言，甚至须得凭借第三方才能交流沟通。这，算不算悲哀？

我会永远记住四位二战老兵。切尔卡塞的市长宴会上，五位黑头发黄皮肤的中国人格外醒目。突然，四位胸前挂着累累勋章的二战老兵围了过来，他们热泪盈眶地为我们敬酒，照相时直挽得我们胳膊生疼，我生平第一次在众目睽睽之下接受了同性的拥抱。他们通过翻译反复表达：你们办了世界上最好的奥运会，你们中国特色社会主义很好，你们一定会超过美国！

我突然心生崇敬，为他们之于信念，即使破了碎了片片都是忠诚。多少二战将士拼死奋战，六千万苏联红军捐躯沙场。这些战胜的幸存者正要安度晚年，一夜之间却被自己的同胞突然告知：他们誓死捍卫的政权已经解体，他们誓死追随的主义宣布解散，忠诚战士顷刻之间无所皈依，失魂之痛情何以堪！然而，多年以后，他们小心翼翼地捧出雪藏多年的灵魂，却依然如此光彩夺目！

我明白，只要伤痛尚未麻木，挣扎就不会休止。除非有一天，我或我们能够完全从心底驱逐那些不快的阴影，抑或在屡战屡败中证实，这将是个永远无法企及的幻想，而终于放弃。在此之前，必须继续承受撕裂之痛。

总有一些词句，能触动心底最柔软的位置。黑海边收到的这条重复了两遍的短信，足以点亮我从今往后无数或晴或雨的夜空：

"何时归来？"

二

车过理塘，前面出现两条路，一条到拉萨，一条到稻城。无论向左，还是往右，都会想起一位诗人，理塘有他一生的念想，他想借仙鹤的双翅，飞一趟理塘就回。

我们选择了去稻城。

有些地方有些人，无意得知，一遇倾心。那部电影，在重庆取景，也在稻城取景。最经典的桥段，留给了稻城。日夜思念理塘的人，是因为他的恋人，他的思念，是一种痛，一呼一吸，时时伴随。初秋的时候，男女10余人，从山城到稻城，似乎跟诗人有点沾边，大概就是与有情人做快乐事的意思。

稻城的核心景区在亚丁。仙乃日、央迈勇、夏诺多吉是三座神山，它们做了件神奇的事情，把三个海子藏在自己的怀里。

山中看海，自然没有平坦的大道，只有不畏劳苦，沿着陡峭山路攀登，才能一睹海的芳容。

洛绒牛场有一条长长的木头栈道，山雨朦胧，流水潺潺，野花盛开，肥硕的马匹，在旷野里悠闲地吃草。用这样的方式开启看海的路程，许多人非常欣喜，以为晨间酒店遇到的万州人吹牛。他说昨天一行7人，只有2人到达山顶，天冷、缺氧，停下来，冷得浑身哆嗦，动起来，上气不接下气。此时的我们，觉得他是《小马过河》里的松鼠，我们是牛伯伯。

"牛伯伯"进山不久，山气散开一块，形如隧洞，隧洞这头，是一片惊呼的人群，隧洞那头，是簸箕大的一块雪山。从路旁大树间隙望去，仿佛望远镜里遥不可及的仙境。

雪山惊鸿一瞥，山雨越下越大。行步艰难，有人开始吸氧。途中浓荫遮天的地方，地上一滩殷殷红汁，随着雨水蜿蜒流淌。听说一位骑马进山的游客，被树枝刷下，身负重伤，被抬出去了。

有人开始吸第二瓶氧。行至舍身崖，悬崖绝壁横在眼前，量力而行的警示牌赫然在目。一对母子，开始头晕，撤退了。山中海子溢出的水，婉转凄清地从悬崖下流过。

向前是风景，向后是归途。于母子而言，到不了的就叫远方，我们的征途是星辰大海。漫漫长路，天高地阔，人类都是山间微尘，沧海一粟，千年以后，繁华落幕，风景还在这里守候，路上将无我们的影子。

斗折蛇行3个小时，海拔接近4700米。同行的队伍早已星散，我开始冲刺人们口中的"最后300米"。虽然没曾吸氧，但鼻血流出，这是高原反应之一种。

"最后300米"又窄又陡，沿途歇息三程。我坐着猛喘的时候，惊觉旁边有个奶娃，问那大人，答说小孩才6个月。又问不会"高反"，大人说，就是从小锻炼他的。再疑惑着细看抱娃的大人，应在70岁高龄，不禁当场跪服！

一山又一山，海子终于出现。水似不深，薄薄的一层，天光之下，色如琉璃。琉璃海实在太小，一眼便能望完。天空有声音咝咝作响，一架无人机正在航拍。有薄衫红裳女子，千娇百媚造型，老何老吴的目光，瞬间

每滴水，都是海

被吸引过去。地上躺坐着两男两女，青春作伴，欢声笑语。一问，重庆来的，再问坐着干啥，答等天光放晴。看看满山烟雨，我说不知要等到何时。他们说，不急，等都等两小时了，千辛万苦来，一定等到雪山露真颜。

古书讲，二月二，三月三，穿上新缝的大布衫；大的大，小的小，一同到南河洗个澡；洗罢澡，乘完凉，回来唱个"山坡羊"。

佩服他们四个的，正因这种心态。有一份执念，更享受过程，"莫春者，春服既成，冠者五六人，童子六七人，浴乎沂，风乎舞雩，咏而归"。天地何处不可乐，唯有灵魂空旷者，才能受用高情雅致。

沿山脊不出百米，是五色海。雪山倒影，湖面如镜，透出五色幻彩，海子因此而名。相传此海能"返演历史，预测未来"，但我只能匆匆走过。也许，身为海子，却把自己藏进深山，压根就是对俗人俗世不屑一顾的。遥想约瑟夫·洛克发现它们，并公诸《国家地理》之前，泱泱数万年，无人激赏，更无人朝拜，它们都能坚守，做一湖水，静静发呆。沧海桑田，于它何干，它只属于幽静空远的山色，以及悠然自得的鸟兽。

还有一个边沿乳白中间碧蓝的海子。一段缓缓的斜坡，把人群引到牛奶海。"抖音"里有位外国人，惊叹"在中国从没看到这样的美景"，在他身后，就是此海。没有腥咸咸的海风轻爽爽地刮，没有白浪逐沙滩椰林醉斜阳，更没有浪奔浪流万里滔滔永不休。牛奶海只有一份内敛与沉静，白得苍凉，蓝得忧伤。

山中看海，梦寐以求，千般辛劳，万般折腾，无非为了得到她。一旦得到，又觉得不过尔尔。一生奔波劳碌的，其实是无法安放的心。

亚丁全程无法上厕所。凄风苦雨，满怀疲惫，内急不堪。所有人，只剩一个信念：走，走，走，早点出山。

下午五点，豁然开朗，流水潺潺，繁花点点，洛绒牛场重新进入视野。胜利在望，心情大好。走在我前面的是蟠蟠，刚被大学录取。我便打趣他：以后还来不？"再不来了。"山顶有大奖，等你去拿，去不？"坚决不去。"

但我严重怀疑他会再来，就跟在山顶等天晴的人一样。

那时他一定是有了心上人。

140

因为有部电影就是这样说的：

有个地方叫稻城，我要和我最心爱的人一起去那里。看蔚蓝的天空，白色的雪山，金色的草地，和一场秋天的童话。相爱这件事，就是永远在一起。

三

去深圳百余里，有镇名曰南澳。

是日，天高云淡，渚清沙白。南澳海岸背靠青山，面朝大海，形如弯月，柔若处子。凭海临风，心旷神怡。有联云："山情海韵，无限风光齐收眼底，雀鸣涛语，万般柔情尽涌其中。"此情此景，很适合携手心上之人，来此喂马、劈柴，做一个幸福的人。

我们即将出海捕鱼。

上得船来，船工发放救生衣，醒目的橘黄色，众人七手八脚，一番穿戴。到得船尾，抬网、理网、放网、下网，人人亲力亲为，个个煞有介事。机动船隆隆开动，拖起大网在海面犁开道道白浪，甲板上欢声一片。

岸，越来越远。一方小岛映入眼帘。沧海无边，潮汐相浸，小岛茕茕孑立，弱不禁风，令人担忧。船上有张报纸，刊有一文：俄罗斯一小岛，大约4公顷，河水大风推动，竟然顺水漂流"叛逃"至爱沙尼亚国境。小岛"入侵"，爱沙尼亚政府深感震惊；俄罗斯领土损失，深感"受害"；专家则祈祷，小岛快快被冲毁，以期化解出其不意的"领土纠纷"。

我的担忧一出口，船工大笑杞人忧天。于是又生好奇，央他把船开近岛去，上岛游玩一次。船工称是香港。问他岛上是否住有居民，船工称只有几户。又问是否曾夜间潜上岛去，船工立而不语。回时查了资料，南澳，的确位居高雄、厦门、香港中心之地。

渔船行了一个多小时，仍无停下之意。碧海茫茫，一望无际，鱼在网里，人在船上。一长者无话找话：汪渔，今算圆你一梦。于是正襟危坐，听他下文。长者道：汪渔，汪洋大海捕鱼。我笑答，当初取名，并无深意；我有堂弟，名叫汪洋；另有数人，则叫汪渔洋；还有数人，叫汪洋渔；我之网名，则叫网鱼。长者笑问，作何解释？我答，网与鱼，对立统一，古人临渊羡鱼，知退而结网，曾江河湖海，有网箱养鱼。网鱼若为动词，意同汪渔。若是名词，颇多歧义：入了公门，处处有禁地，时时有雷池，循规蹈矩，如同网上之鱼；偷奸使懒，三天打鱼两天晒网，如同漏网之鱼；结庐在人境，心远地自偏，调素琴，阅金经，则网于鱼何有哉！长者再问，如今网鱼收获有几？答：僧多粥少，网多鱼少，漏网之鱼多，上网之鱼少，漂泊至今，竟难启齿，徒惹长者笑。

长者答：好一个欲望如海！

又过了一个多小时，船终于靠岸。收起网来，检视成果，各类小鱼、螃蟹、水母、龙虾、海螺、尖螺、寄居蟹，足有数斤。然而终究人多鱼少，恐不够吃，于是又到海鲜市场，马鲛、真鲷、鲳鱼、鱿鱼、墨鱼、章鱼、巴浪、松乌贼……林林总总，琳琅满目，一通尽情挑选。

午餐选了海鲜长廊，首先加工劳作所获，店家一番葱姜烩炒，其味之鲜，妙不可言。帆影点点，笙歌阵阵，海风拂面，鱼香袭人，就着老家带去的"盛世唐朝"酒，佐了现购的时令海鲜，一时乐不思蜀。

四

"枕中云气千峰近，床底松声万壑哀。要看银山拍天浪，开窗放入大江来。"（曾公亮《宿甘露僧舍》）

深圳大梅沙的这家酒店，穿过大堂，即入沙滩；不出二十米，海浪便能吻上脚背。开窗放入大海，这里有这个条件。

一夜头枕波涛，感受十万军声半夜潮，无法抑制胸中涛声，波澜壮阔。大潮横秋，人在高楼，皎皎明月，辚辚而行，涛裹千军万马，岸生吞并八荒之情。

这样的海边，这样的夜晚，适合想起一些故事，想起一些句子，想起一些童话。

乱石穿空，惊涛拍岸，鲁彦《听潮》所写：战鼓声、金锣声、呐喊声、叫号声、啼哭声、马蹄声、车轮声、机翼声，掺杂在一起，像千军万马混战了起来。

这样的涛声，自然让人想起大风起兮云飞扬。

这样的涛声，自然让人想起力拔山兮气盖世。

这样的涛声，自然让人想起不破楼兰终不还。

这样的涛声，自然让人想起难酬蹈海亦英雄。

老渔人圣地亚哥，乘着这样的涛声，走进海明威，直达人的心灵。老人天天出海，四十天毫无斩获，当他的大鱼被鲨鱼吃得只剩下骨骼时，重压之下的倒霉汉子，表现出的却是硬汉的优雅风度。

老人自问："是什么把你打败？"

"什么也不是……是我走得太远。"

沧海月明珠有泪。

歌里说：听，海哭的声音……

如果海真的会哭，那么那些碰上海岸的浪花，一定是海的心碎成了一片一片又一片。

美丽善良的小人鱼，爱上了王子。为了爱情，不惜忍受痛苦，脱去鱼形。然而，王子却和人间女子结了婚。巫婆说，只要杀死王子，让王子的血流到自己腿上，就可回到海里。小人鱼，自己投入海中，成为被淹死的鱼。

武则天，史上唯一一个正统女皇。母仪天下，二圣临朝，平定边患，晋升天后，在任期间，政通人和，位列唐朝"七圣"之一。而当垂垂老矣，她手抚丈夫李治陵墓的石头，口放悲声："还是想睡在你身边，踏实。"

一开始我只相信，

伟大的是感情；

最后我无力看清，

强悍的是命运。

茫茫人海，人只是沧海一粟。人生百态，不过水之三态。蒸发之时，则为行云，无羁无绊，天马行空；凝结之时，可为行雨，载舟覆舟，可弱可强；凝结之时，玉壶冰心，随遇而安，可圆可方。

故而，关于感情，君子之交，其淡如水；

每滴水，都是海

143

关于修为，高山仰止，景行行止，虽不能至，心向往之；

关于男人，大气不在霸气，而在举重若轻的内力；

关于女人，柔而不弱，君当作磐石，妾当作蒲苇；

关于生活，与其在天堂做侍从，不如在人间做飞鸟。

《战国策》有云："王独不见蜻蛉乎？六足四翼，飞翔乎天地之间，俯啄蚊虻而食之，仰承甘露而饮之。"

蜻蜓，内无硬骨，外无硬甲，不似蝴蝶招摇，不似蜜蜂劳碌。仰承天恩，俯得民怜，畅游天地，而得善终，生若如斯，自得境界。

怀特之外的纽约

去纽约，是 2 月。"炸弹旋风"暴风雪刚走不久，相传美国的东北局部比火星表面还冷，包裹纽约的是厚厚的严寒。初到之时，隔窗望去，丽日晴天，阳光灿烂，仿佛纽约热情似火，一旦走出门去，寒气彻骨，拒人千里，方知误判。

不知这样的天气，是否代表纽约的性格。

当年大提琴家王起明和妻子郭燕，信心满满地从北京来到这里，在这里祈祷，在这里迷惘，在这里寻找，在这里失去，相信他俩一定经历过对纽约的误判与幻灭。不然，《北京人在纽约》不会开篇便是金句：如果你爱他，就把他送到纽约，因为那里是天堂；如果你恨他，就把他送到纽约，因为那里是地狱。

纽约市所在的曼哈顿岛，恍惚之中，老被记忆置换成渝中半岛。对比它俩的鸟瞰图，都是两江缠绕，都是高楼林立，尤其夜晚，火树银花，万光竞放，一样的异彩纷呈，一样的乱花迷人，让人难辨伯仲。

我在山水之城万州生活了 10 年。万州有条著名的"华尔街"，满街的法国梧桐，一到夏天，遮天蔽日，煞是壮观。纽约的华尔街在曼哈顿下城，以金融中心久负盛名。如果要论两条华尔街的交集，一定是走过万州华尔街的路人，多半会惦记大洋彼岸的街道，走过彼岸华尔街的，偶尔有人惦记万州。更大的区别在于，如果华尔街打哈欠，"华尔街"会瞌睡；如果华尔街打喷嚏，"华尔街"会感冒。举例而言："9·11"的时候，位于华尔街的纽约交易所停止交易，这一刻，美国经济乃至世界经济几乎停摆。

岛上土地资源有限而趋之者若鹜，建筑空间顺势"向天再要五百年"。曼哈顿的高楼，有 5000 多座，摩天大楼比比皆是。跟我们的很多楼盘一样，某某"花园"、某某"国际"仅仅是个命名，纽约时代广场没有"广场"。但"时代"二字是名副其实的。它的风向，它的潮流，它的时尚，它的绚丽，一定能代表时代。某个单位、某件事情、某首歌曲，如果亮相时代广场，或与时代广场沾边，便可成为新闻。

说到地标性建筑，当然首推帝国大厦。个高三四百米，建于 20 世纪 30 年代，不仅是令纽约激动的所在，也堪称世界奇迹。从它高高在上俯瞰众生的一刻起，注定了它的博闻与孤独。所有的人间喜剧、悲剧、正剧，诸如大萧条、飞机撞上、闪电击中，都不过是它连续剧中的一个桥段。它看到参加爬楼梯比赛的人们，奋力从 1 层登至 86 层，也看到某个人生失意的过客，像张纸片一样从楼上飘落。它看到世贸中心的双子塔噌噌噌高过自己，也看到它俩烂泥般倒下。

影视作品之中，几乎曼哈顿所有的标志性建筑，毫无悬念地成为外来生物的猎物。文艺作品的敏感，与其说是对大楼的忧患，不如说是对城市生存的恐惧。曾经的双子塔，现在叫"归零地"。它的倒下是帝国尊严的重创，这片遗址是帝国心灵的疤痕。2001 年"9·11"之后，美国人重温了作家在 1949 年写下的预言："这座城市，在它漫长的历史上，第一次有了毁灭的可能。只需一小队形同人字雁群的飞机，立即就能终结曼哈顿岛的狂想，让它的塔楼燃起大火，摧毁桥梁，将地下通道变成毒气室，将几百万人化为灰烬。"

人，大多不能免俗，忍不住会对比。纽约的交通似乎常被诟病，比如说地铁上有老鼠。它的地铁当然不如重庆的轻轨，火车当然不如我们的动车。它的地铁网建于 1907 年。那时，中国处于清代，稍前几年，中国有了铁路，但因害怕损了龙脉，不许火车使用车头，因而是马拉火车。从这一点看，落后不可怕，不发展最可怕，我们的后发优势何其明显。

当然要看看唐人街。紧邻百老汇的数平方公里区域，招展着熟悉的中文店牌，流淌着地道的中国方言，弥散着浓郁的中国菜香。美国独立 100 周年的时候，法国人送了自由女神像。美国建国 200 周年的时候，纽约华人捐赠了一尊孔子铜像。谦逊高大的"大成至圣孔子像"屹立于孔子广场，他的身后，是气派的华人学校。学校使用双语教学，办学质量颇有影响，孔子站在这里，不仅能天天听到他的子民习诵他不懂得的外语，还能听到白皮肤黑皮肤的外国人在这里习诵他的"有朋自远方来"。

怀特说，大体有三个纽约：土著民的纽约，给这里以坚固和持久；通勤者的纽约，给这里以潮涨潮落般生生不息；迁徙者的纽约，给这里以激情。在"联合国餐厅"，遇到一群寒假游纽约的中国孩子。我问，纽约好玩吗？一个男孩干脆地答，不好玩。我问，自由女神像不好看吗？其中一个回答，我家河边也有。我笑了，万州的长江边也有，而且是两座，功用为"天王盖地虎，宝塔镇河妖"的镇妖塔。

　　我突然感到，孩子的率直与机智，定义了怀特之外的纽约——存在式纽约：纽约很好，与你何干。走在纽约繁华的大街，却揣着故乡河流的乡愁。认得清别人的强大，也了解它的脆弱。对它精美绝伦的写字楼不痴迷，对它不忍卒看的贫民窟不嗤之以鼻。在它得意狂躁时不给它初恋式的热切拥抱，在它败落肃杀时能用眼眸为它祝福。

落在时间里的雪

喜欢雪花的另一个称呼：未央花。

无根之水，从天而降，无休无止，不尽不灭。

"昔我往矣，杨柳依依。今我来思，雨雪霏霏。"先民唱起这首歌的时候，一场雪落在了春秋。

"孤舟蓑笠翁，独钓寒江雪。"寒潮裹挟着万千孤独，柳宗元的这场雪落在了唐朝。

"好一似食尽鸟投林，落了片白茫茫大地真干净！"曹雪芹自己的名字里也有一个雪，当他写到这场雪的时候，红楼梦尽，一个王朝只剩下一个背影。

三千年的时光顺流而下，雪花未央。

落进生命中、人生中的风花雪月，有时无感，有时惊觉，有时洞见。或以它过冬，或以它生暖，或以它佐酒，全凭乎心。

一

二十来岁，正是为赋新词强说愁的年纪。

躁动的青春，无处安放的灵魂，不停催促动身。这年冬天，寒假之中，春节前夕，我趿着一双白球鞋，从学校出发，步行两天，去宣汉、开州交界的赫天池看雪。

一脚踏进赫天池的莽苍雪域，脑里什么也没来得及想，一段话却自己冒了出来：有这样的地，天才叫天。有这样的天，地才叫地。在这样的天地中独自行走，侏儒也变成了巨人。在这样的天地中独自行走，巨人也变成了侏儒。

进山已是午后。斜阳慵懒地挂在天边，仿佛正要收拾下班，猛地来了游人，它不胜娇羞，只得轻道一声"沙扬娜拉"。光影朦胧，群山惺忪，目之所及，万千气象，恣肆汪洋。先前枯瘦肃杀的峰岭，含情脉脉，任由

148

积雪植上晶莹流光的肌肤。牧歌式的院落和村舍，全被哄摇得安谧恬然。不闻鸡鸣，不闻犬吠，不见鸟迹，不见人踪。天高地迥，野旷人稀，天有多大，心有多大。此刻天地之间，只此一人，仿佛自己是主宰，自己是全世界，自己是神仙。结着雪团子的松，覆着雪被子的草，挂着冰凌子的石……只不过是随手一笔的写意。

气温至低，即使有太阳，雪也不融化，粉妆银砌，玉树琼枝。山中遇到水塘，捡起一块石头，往塘里扔去，没有听到预想中的"扑通"之声，只见石头掠过冰面，嗖地滑到池塘另一边，发出一串碎玉裂帛、雹打屋瓦、清冷悦耳的脆响。偶有啸声，那是有风过耳，摇得树颠颤颤地啸，雪簌簌地落。松风吹来冷尘心，凛冽之中懔然一紧，扩张于血脉的躁动瞬间退却，游走在全身的狂野瞬时降温。凝神伫立，静心感悟，清风雅静之中，空蒙隐约之处，庄严厚重，静穆幽远，淡泊宁静……如白云轻拂远山，如烛光探进幽微，袅袅娜娜，浸染心头。茫然，无我，沉静，空灵。于是省悟，高人隐者，名庵宝刹，偏偏藏于深山野岭，远避尘寰，只为捕捉四大皆空、天人合一的机缘。

除了白，还是白。将这遗世独立的白，翻来覆去地读，终将读出岁月飞逝，天地悠悠，人事流转，沧海桑田。匆匆过客的宠辱悲戚，在宇宙洪荒面前，是如何的短暂卑微。"我所居兮，青埂之峰。我所游兮，鸿蒙太空。谁与我游兮，吾谁与从？渺渺茫茫兮，归彼大荒。"

一场雪，会了结多少恩与怨、是与非、美与丑、善与恶。深沟高垒，芳草芜秽，腐朽神奇，全被它填平补齐。还与乾坤的，是一份一统的原始和空白。

踏着淹了脚脖子的雪，到达山寺。传说此寺是光绪御赐给镇山神龙的名寺。

寺里无人，供桌上的香油已经冻结，水桶水盆里的冰泛着匀匀的银光。签筒就在眼前，神秘而充满诱惑。信手摇动，占得一签。打开看时，出现四字签语："宝镜重磨"。

宝镜既需重磨，定然曾经生锈。

何时生锈，何地生锈，何事使之生锈？

何时磨锈，何地磨锈，何事促成磨锈？

宝镜磨去锈蚀，定然重放光华。

跟雪一样，雪遮盖了许许多多，但它终究会消失。

雪一化，便是春天，地上就会冒出新芽。

二

三十多岁，天时人事相催，生出劳累，生出疲惫，生出急迫，想解脱出来。

因缘际会，这年冬天，我进入齐鲁大地，瞻仰了汶上佛牙，拜谒了三孔，之后去爬泰山。

天空飘着小雪，稀稀拉拉零零散散，雪花刚一触地，便化成了水，道路泥泞。

站在山脚仰望泰山，冰天雪地，莽莽苍苍，烟涛迷茫。君子性非异而善假于物，说笑之间，缆车助人一步登天，转瞬即达南天门。天街之上雪如酥，泰山挑山工迎面而来，我们坚持要他放下担子，奋力一试。担子上到自己肩头，方知并不如眼羡的那般洒脱适意。课文中挑山工的一些句子依稀记得，"一步踩不实不行，停停住住更不行。那样，两天也到不了山顶。就得一个劲儿往前走"。不禁叹服，圣人故里，教化之地，其言其语俱是登堂入室。

到达碧霞祠，雪已纷纷扬扬。梯上一人，灰色道帽道袍，虽是道貌岸然，然而浸身漫天雪花，正在张牙舞爪。见我们来，他朗声说道："你们运气好啊！这是今年第一场雪！"

受他感染，与他攀谈。我们有缘啦！道生一，一生二，二生三，三生万物。情不自禁，被他逗笑，出家人也有如此嘴贫的。

碧霞祠顶，堆堆叠叠，一派银白。殿外悬着一匾，"赞化东皇"，乾隆御题；殿内一匾，"福绥海宁"，雍正御笔。导游独独指住旁边一匾，道是某年某月，祸起萧墙，某君到此，心中忐忑，见过此匾，如得神谕，信心满满，赴任去了。细细观之，匾书"弘德泽民"。

踏雪行至"五岳独尊",放眼望去,"山舞银蛇,原驰蜡象"。此刻铃响,接到电话,说是万州城郊施工,岩层竖直脱落,壁上显出佛像,貌似唐僧。我心下惊异:昨日所瞻汶上佛牙,亦名悟空佛牙,《大正藏》卷五一圆照《悟空入竺记》记载确凿,佛牙乃释迦牟尼真身舍利,而佛牙之来,源自悟空;今晨在泰山脚下,见过一峰,名曰"傲来",亦是《西游记》里行者悟空出生之地名。天下事巧合如斯,真是巧得不能再巧。

到玉皇顶,无字碑碑顶白雪皑皑,仿佛戴了白白的帽子。"袖携五色如椽笔,来补秦王无字碑",明代张铨说是始皇帝所立;"磨抚碑无字,回思汉武年",郭沫若说是汉武帝所立;此碑为何无字,各人自有揣度。

急急上了最后几级石梯,试图一步登临泰山极顶。眼见玉皇庙就在跟前,不料同行邱总一把将我拉了回来。正自狐疑,邱总说道:"年轻人,尚未到顶。"再观众人,的确无一人欲到顶者。由是明白,尚未到顶,未尝不是不可到顶!泰山不可到顶,只能仰望泰山;人生不可到顶,只能仰望人生;观于海者难为水,游于圣人之门者难为言,也只可仰望圣人。

中午,就餐于泰山神憩宾馆。有一雅间,名曰"虫二",旁人正自琢磨,心下一笑,此二字书上见过,"风月无边"。

下山途中,想起一位山东人的调侃:山东没有什么山,只有泰山还凑合;山东没有什么水,只有黄河还凑合;山东没有什么人,只有孔子还凑合。我不禁哑然。

孔子登东山而小鲁,登泰山而小天下。只有上过泰山,头顶苍天,脚踏大地,重如泰山、稳如泰山、安如泰山之后,方可超然物外,云淡风轻。

调侃自己没有山没有水没有人的,是一种胸襟,一种格局,一种洒脱,一种自信。

三

年过四十,许多情况发生变化。已知的已经发生,未知的正在到来。

"忽如一夜春风来,千树万树梨花开"。岁末的十二月五日,迎来当年的第一场雪。书房朝西,隔断开州万州的大垭口银装素裹,正应当日心

落在时间里的雪

情，"窗含西岭雪"。

异日，雪化，改心情为"我问佛：那过几天还下不下雪？佛说：不要只盯着这个季节，错过了今冬，明年才懂得珍惜"。句子是仓央嘉措的。它的前两节是——

我问佛：为什么总是在我悲伤的时候下雪？

佛说：冬天就要过去，留点记忆

我问佛：为什么每次下雪都是我不在意的夜晚？

佛说：不经意的时候，人们总会错过很多真正的美丽

然而紧接着的这场雪不是下在夜晚，也不是下在山上。那天下午，万州城里，说下就下。初则羞羞答答若有若无，继而纷纷扬扬如泣如诉，终于洋洋洒洒如歌如颂。如此蔚为大观的白日飘絮，只在上个世纪见过。那是1990年的春天，我参加工作不久，在一所庙里教书。春季开学不久，一个上午，雷声大作，鹅毛大雪漫天而降，顷刻铺天盖地。雪过，长在学校侧门的两株洋槐开出白花。歌曰：高高山上一树槐／手把栏杆望郎来／娘问女儿你望啥子／我望槐花几时开。就是那个雪花和槐花开放的季节，爱情开始萌芽。

此后颠沛流离，南北辗转，多年不见白日下雪。天地一笼统，井口黑窟窿，黄狗身上白，白狗身上肿，只偶尔出现于游戏调侃之间。因为刘掌柜，结识一黄总，戏谑之中，我等常吟"黄总身上白，白总身上肿"，每到此时，黄总不置可否，更不辩驳，大抵因他是南方人，不明就里，不知打油诗里黄总即为黄狗。

那帮终日坐在机关的家伙，浸淫于这场漫天飞絮之中，手之舞之，足之蹈之，兴奋不已。下班车中同车的一位美女，突生慨叹：这样的日子，只适合在家里坐月子、烫火锅。

当天天黑，房前屋后，积雪满地。"因雪想高士，因花想美人"，伫立窗前，总企望这样的夜晚，这样的雪地，发生一些故事。诸如，饥饿的猫科动物奔袭牧人农场，孟姜女为范喜郎赶制棉衣，仓央嘉措轻叩情人门环。当然还有古人那首"绿蚁新醅酒，红泥小火炉，晚来天欲雪，能饮一杯无"。

明了这样的雪夜，应该有炭火、有酒、有诗、有美人。于是我吩咐温一壶酒，就着一些旧事，浅斟慢酌，以至微醺。趁了酒劲，翻出1997年初春发表在《四川日报》上的句子——《心跳为谁》

在冬季　聆听世界的空虚

只需撷下　老唱片那段忧郁美丽

接受传染般软卧

感动自己

鹅毛雪　只顾一飘千年

窗玻璃　凭借冰凌儿的缀饰御寒

我把手　捂进胸口

温暖时　牵带出满满一把往事

就往事佐酒

心事　被浇灌得烂醉如泥

我扬手　播撒一笆篓种子

幻想　来年的雪地

疯长　茂盛的爱情

但我　不信奉广种薄收

掌作师老秦

采访老秦，我事先做了功课。

祖母在世的时候，听她说过，我家开过作坊，酿过的酒糟，喂猪猪肥，喂鱼鱼壮。等我出生的时候，养过猪的猪槽还在，养过鱼的鱼塘也在，可是酿酒作坊不在了。

然而老秦自出生就与酒为伍，最多一次饮酒二斤半后正常工作，最高职位做到管理700工人的掌作师傅，据说还自创一本酿酒秘籍。若要与他在酒上"硬拼"，显然不是对手，然而在酒文化方面，总得能够搭讪两句，于是我收集一堆名人逸事或是诗词歌赋，希望采访时不至于很快败下阵来。

一

要说酒，当然得从酒的前世——粮食说起。

我说《诗经》有载：八月剥枣，十月获稻。为此春酒，以介眉寿。

他问："你认为作为一粒粮食，一生的最高境界是啥？"

我说："当然是被选为种子，从此传宗接代，生生不息。"

他说："错。成熟的粮食，只有经过烈火高温，再经过窖池滋润，再上甑蒸煮，萃取精华，成为液体，而烈可当穿云响箭，柔可克凛冽北风。这，才是粮食一生的最高境界。"

你准备好跟他谈诗歌，他却跟你谈哲学。面对这样的老头，干脆实话实说，不懂就问。

老秦在长江边长大。当别人还叫他"小秦"的时候，他的父亲就是远近闻名的酿酒师。酒厂就在老家黄岭坪，那口老窖池，成为后来以诗仙李白命名那家酒厂的发祥地，也是品牌白酒"百年老窖"的来源依据。

"小秦"学会走路的时候，就屁颠屁颠跟在父亲身后，在黄岭坪酒厂东瞧瞧西望望。稍大之后，抚摸着那些红灿灿白生生黄澄澄的粮食，他总觉得它们是一个个精灵，眼望着暗香浮动热气腾腾的甑子，他总觉得里面

154

正在上演转世轮回的大戏，待到玉液琼浆清澈透亮汩汩而出，他总觉得这便是造物主给人世间的巨大恩赐。

"小秦"上学之后，每逢放假，便到酒厂帮工。那是20世纪60年代，"小秦"的工钱，已达到8毛一天。那时的鸡蛋，论"分"卖，那时的白酒，论"角"卖。

冥冥之中，似有注定，机会总是钟情有准备的人。

"小秦"正上初中，忽然得知，诗仙李白酒厂扩大规模，正在招工。顺理成章，"小秦"当上工人。划分工种，酿酒师，他当仁不让。

岁月不居，时节如流，如今"小秦"已是老秦，春节刚满70。70岁的老秦，仍然记得自己十几岁时酿造出的人生第一甑酒。

"江湖"规矩，三斤粮食一斤酒。

但他的出酒率，居然达到每斤粮食出酒四两五。

一甑而红。此后一路飘红。

升职的道路，梯次铺就：灶长—小车间主任—大车间主任。

全厂唯一指标，临时工转正式工，非老秦莫属。

"一口窖池酿15甑酒，一个车间104口窖池，全厂总共9个车间。总掌作师傅，就是大车间主任。"

掌作师是啥？

全面负责技术，还得管理别人，既要技术服众，还得管理服众。

哦哦，原来相当于酿酒"总工程师"。

说话之间，午时已到。

我留在老秦家中吃饭。

菜已上桌，秦家小女儿盯着一只玻璃罐问：爸爸，那里面的酒，是哪年的？

老秦说："不记得。"

"少说也有30年了吧！搬家，换罐，都好几次了。"老秦的夫人秦老太太在旁边搭腔。

我瞄了瞄那只罐。放在客厅高高的橱格顶上，那个高度，一般是张贴"天地君亲师"的位置，由于久未动过，罐体有一层淡淡的油腻，还有一层薄薄的灰尘。但是整体看上去，判断得出酒呈浅黄色。

秦小妹说："今天中午就让老汪尝尝这个酒。"

不等答复，小妹径直端了凳子，要去取酒。奈何够不上那高度，我连忙过去帮她一把。

老秦让我自斟自饮。因为心存好奇，倒酒的时候，手抖了一下，面前的高脚杯，满满当当不说，竟然高出杯口差不多半粒米，而那酒却不往外溢。

"这酒，表面张力真强。"我自我解嘲。

杯太满，不能端，只能伏下身去喝第一口。

"有点药味，浅浅的中药味。"我说。

老秦没说话，用指头沾酒，轻捻一下，还是没说话。

因为这药味，接下来我喝得比较潦草。

回到重庆主城，某个场合，我讲述了这次喝酒经历。

一人突然瞪大了眼，说："你个傻儿！存放了30年的基酒，若有药味，便是硬货。只需勾出那么一丝丝，就能让一瓶酒点石成金，身价倍增；你喝的那一大杯，原本可为一大堆酒画龙点睛！"

我感到自己有点暴殄天物。

二

酒是粮食精。

酿酒史就是粮食史。

粮食是酒的命根，也是酒厂的命根。天南海北，大江两岸，举凡出产米酒、黄酒、白酒，何处不是五谷丰饶之地？

老秦所在的诗仙李白酒厂，酿酒原料为高粱、大米、玉米、糯米、荞子。粮食酿造的白酒，大体分为浓香、清香、酱香、米香及其他香型五类。

新中国成立不久，诗仙李白酒被确定为人民大会堂专用酒，粮食跟不上，运酒车的喇叭在酒厂嗷嗷直叫，可酒产不出来。遇上大饥荒，粮食不够吃，酒虽然有，但变成了红苕白干。

这正应了一句：天若不爱酒，酒星不在天。地若不爱酒，地应无酒泉。天地既爱酒，爱酒不愧天。

凡间都喜此物，酒厂工人自然靠酒吃酒。

下班"夹带"的，花样百出，开水杯、饭盒、竹筒……毕竟是液态之物，须以硬物包装，保安稍一认真，就能查出。于是"夹带"升级。工人缝制了新棉袄，穿着来上班，酒厂温度高，顺手脱下，浸进酒缸，下班时捞出，用塑料袋提回去，一拧，十来斤白酒得手。

反"夹带"的过程是斗智斗勇的过程。该厂朱厂长是我熟人，受命到任时，深恶此风屡禁不绝，便开了一次全厂大会，上台宣布：把长期夹带的张三李四，给我拉出去"嘣"了！众目睽睽之下，张三李四被押出会场，隐约听得两声脆响，此后二人再没在工厂出现。

制度不健全，又是临时工，大多没文化，只能出此下策，杀鸡儆猴。"两声脆响，其实是炸了两个雷管，两个工人，被辞退回村。"多年之后，秘密得解。

老秦挥汗如雨的季节，出现在土地联产承包责任制后。

仿佛一夜之间，大地丰盈，粮食丰收。春秋冬三季，酒厂几乎不熄火。

"为啥没包含夏季？"

酿酒需要合适的温度、湿度、水源、风向……夏季出酒率低，不划算。

但是人没闲着，夏季制曲。

酒曲的原料只有一样：麦子。

老秦带着工人，硬生生把一粒粒粗硬的麦子，在阳光下，在潮湿中，变成"曲药"，那是粮食变成白酒的媒介。一个夏天制成的酒曲，足够来年一年的用度。

"养猪大如山，老鼠头头死；酿酒缸缸好，造醋坛坛酸。"如果酒曲有问题，酒就一定会出问题。

甩开膀子，扬眉吐气，开足马力，大干一阵。酒厂第一次面临"酒好还怕巷子深"，销售成了一门大学问。

"嫦娥姑娘下凡来，硬要和我喝一台。"

掌作师老秦

157

这段"月儿明月儿亮，月光照在酒瓶上，某州酒好没法说，不喝硬是睡不着"，开启了许多农村孩子的童谣时代，也开启了白酒销售的广告时代。

当时还有反广告。比如"喝了某某醇，丧失性功能"，迅速让那个牌子的酒卖不出去。

老秦他们，第一次参加了全国糖酒交易会。为证明酒好，也为显示热情，糖酒会上，老秦以勺代杯，一连喝了48勺，至少两斤半酒。

市场经济浪潮汹涌，检验着参与者的游泳水平。老秦说："有一回，一大车酒，千辛万苦运到东北，交货时一点，酒少了一半。不是被人偷了，而是瓶子漏了。"

后来的市场竞争，似乎更加激烈。身边的不少人，见识港币，不是在香港，而是在诗仙李白酒盒里。那是运气，是鼓励，是新奇，酒瓶一开，"哇，港币！一元！"有一回在"心连心"广场吃烤鱼，邻桌猛地轰然而起，一阵欢呼。原来他们不是中了港币，而是中了一台笔记本电脑。

大生产时期，是老秦技艺的巅峰时期。北京领导莅临视察，老秦是解说者。电视刚刚出现在人们的生活里，他就走进了四川电视台的新闻联播。

他练就了多种绝技。

蒸煮粮食的软硬程度，直接影响出酒状况，最难把住。但他只需手指轻轻一捻，即能当机立断。

原料入窖控温，别人凭温度计，他凭直觉。

出酒时火力重要。人家控火，他控蒸馏冷却的"量水"。

判断酒质好孬，一般靠"品"。5米之外，他只用眼看，近得身前，他只用指头捏。

退休之后，老秦把粮食配比、操作流程、细节把控等写成"秘籍"，引得多人上门求购。

三

老秦说，酿酒，需要调动眼耳鼻舌身意；喝酒，也要调动眼耳鼻舌身意。

我说不对，耳朵与酒无关。

他说，酒酣耳热。碰杯发出叮当之声，嘴里还会讲些"杯里乾坤大，壶中日月长"的酒话，都为满足耳朵功用。

李白酒厂有一款"流杯酒"，老秦说了来历。

公元1100年，黄庭坚原罪被赦，重获重用，返程之时，路过万州，南浦太守高仲本置酒款待，在西山流杯池"曲水流觞"。黄庭坚豪情迸发，书就《西山碑》。清朝时期，《西山碑》朱拓，即值银四两。

《西山碑》墨拓我有一卷。

流杯酒的记忆则更深。

第一次喝酒，即是此酒。那时尚未入学，家中来了客人。屋外漆黑一片，室内暖意融融。四方桌上团团围坐，正中倒扣了量米的木升，置煤油灯一盏。一只大土碗，满满一碗酒，上家喝完，递给下家，称"转转酒"。酒碗每一次轮过，我均未客气，于是很快醉去。

长大之后，每被大人奚落小时醉态，我便要找些注脚。

比如，李白叫酒仙，欧阳修自号醉翁。比如，知章骑马似乘船，东坡把酒问青天。比如，丘吉尔说水是不适合直接饮用的，要让它可口，必须加点威士忌；黄永玉说喝不喝酒，是人与兽最大的区别。

我很好奇，曾经海量的老秦，为何十年前宣布戒酒。

因为酒池肉林，助桀为虐？因为穷途之哭，死便埋我？因为贵妃醉酒，义子作乱？

都不是。老秦说，仪狄作酒醪，杜康作秫酒，不是让人滥饮的，适可而止，知福惜福。人生自有定数，假使人生80年，能饮1000斤，你一定要用80年喝完，不可以提前到60年，更不可以50年。因为年轻时喝过许多，因此老来应该节制，如今酒不入喉而知其味美，也是上天恩赐。

大年初二，老秦做了件让人意想不到的事。他携一双儿女，回到人生出发起点黄岭坪，为自己选定了百年归宿之地。他甚至收齐了墓园将用的条石。

　　他说要以清醒的方式，与人生"干杯"。

一船明月一帆风

毕竟是 8 月，毕竟是夏天，西湖的知了同样在树上吵嚷着热热热。

毕竟是西湖的 8 月，毕竟是西湖的夏天，总该与别处有些不同。

站在西湖孤山西麓，透过"西泠印社"匾额，看见竹影摇曳，一遍一遍点头弯腰，明白西湖的风，具有自己的形状；望见湖中细浪一漾一漾，矜而不争，明白西湖的水，具有自己的思想；瞥见蓝天白云淡妆素裹，去留随心，明白西湖的季节，无须凭借东风而桃花有信。

一

对印的最初印象，是小时闲翻大人的杂物箱柜，翻出一些"地契""抱约"之类，其中一枚印章，上刻"韩公亮"三字。现实生活中并没有对应此名之人，猜想应是某朝某代的了。长大之后，对石头有了些许认识，突然想到那枚印章材质，外色黄红，石皮油润，半呈通透，手感细腻，莫非就是以"克"论价的田黄石？回头要去印证，然而时过境迁，印章不知所终了。

工作之后，我多次采访一名成功的乡企名人。见他每次洽谈合同，均是腰间别着一坨物什。合同谈妥，双方画押，他便解下腰间那物，一坨大，一坨小，一坨圆，一坨方，分别蘸了印泥，往合同上摁下——两坨原来是企业公章和个人名章。私下问他秘书，为何不学对方潇洒签名，却道"我们林总从小不会写字"。

及至北京奥运会公布会徽，主体图形是中国传统印章，声明以金石印章为形象，是中国人民对奥林匹克的真诚敬重。此时此刻，我肃然起敬：中国"印"，岂止一枚方寸之物，它是中国印记、中国符号。

机缘巧合，要去西泠印社。

西泠印社所在地名，大致体现了西泠印社气质。

此地名为孤山。

"孤"乃孤高之孤。

自光绪三十年创立至今，西泠印社从事着一门孤高的学问：金石之学。此社素以继承民间传统的同人结社标榜，民间发起，民间创立，传统文人结社，具有传统文人风骨。其中社员，多为骨灰级金石"顽主"，所做之事，匪夷所思。诸如，印社同仁为赎一块石碑，竟然募集大洋 11270 元，以其中 8000 大洋赎碑，以余款在印社内筑成石室，收藏此碑。又如，社员李叔同，成为"弘一"前夕，托人在西泠印社墙壁上凿洞，将珍藏多年的 90 余枚印章藏了进去，之后头都不回，做了和尚。再如，社员傅抱石，得意之作往往成于酒后，闲章名号"往往醉后"，当年与关山月合作人民大会堂那幅《江山如此多娇》，竟然给周总理写信要酒，总理竟然为他特批了酒。

"面面有情，环水抱山山抱水；心心相印，因人传地地传人"。西泠印社走过百年有余，昔日的纯民间学术团体，而今已是国际性学术机构，社员遍布全国及日本、韩国、新加坡、马来西亚、法国、捷克、加拿大。作为"天下第一名社"，不仅是我国现存历史最悠久的文人社团，还是海内外研究金石篆刻历史最久、成就最高、影响最广的艺术团体，在国际印学界享有崇高地位。

二

既然社员十分了得，社长岂非凡人？

社长总共 7 位：吴昌硕、马衡、张宗祥、沙孟海、赵朴初、启功、饶宗颐。首任吴昌硕乃"石鼓篆书第一人""文人画最后的高峰"，二任马衡时任故宫博物院院长，七任饶宗颐与钱钟书、季羡林齐名……

7 位之外，执行社长，仅有一名，名叫刘江。

我们一行，正是奔他而来。

甫一进门，便见一位老者，1.7 米左右个头，白色短袖衬衫，黑色长裤，仙风道骨，形容清瘦，面色红润不见皱纹，点点灰发点缀于满头银发之中，一双睿智的眼睛隐藏在金丝眼镜后面，发出柔和坚韧的亮光。

我以貌取人，心中暗赞：好一位名老中医！

迟疑之间，"名老中医"与我们一一握手，自我介绍：刘江。

刘江先生，1926年7月生，重庆人。

一口地道的重庆口音，带领我们穿越如烟光阴。

先生的传奇，从出生地万州孙家镇出发。

1945年中等师范毕业，考入国立艺术专科学校，学国画、学油画，跟随校长潘天寿学书法、学篆刻。此后参军入伍，抗美援朝。1957年复学，1961年毕业，留校任教。中国美术学院教授、中国书法家协会理事。现为西泠印社执行社长、中国印学博物馆馆长。

先生的书法、篆刻独树一帜。刻师诸乐三、法吴昌硕，追探古玺印之神韵，尝试以卜文、汉金文入印，入古出新，广采博纳，甲骨、钟鼎、汉篆、玉箸、清篆无不精研细琢，别开新貌。多年实践与心得，凝结成十余部学术专著：《篆刻技法》《诸乐三评传》《吴昌硕篆刻艺术研究》……蒋孔阳赞叹其《篆刻美学》："篆刻美学迄今尚空白，尊著的出版填补了这一空白，仅此一点，厥功不泯。"

1997年，先生倡议，赵朴初出面争取，建成中国印学博物馆。这是我国第一座集文献收藏、文物展示、学术交流于一体的印学专业博物馆。

"留得西泠干净土，家风梦篆有斯人。"

先生主张，为艺术立言是艺术家的本职，一个成功的艺术家也是思想家。重视传统、敬重前贤、厚待同仁，艺术成就与人格魅力一齐闪耀。浙江省授予他"二十世纪有突出贡献的文艺家"，中国书协授予他"二十世纪德艺双馨艺术家"，中国文联授予他"造型艺术成就"奖，他还获得"中国书法兰亭奖终身成就奖"，被任命为国家非物质文化遗产传承人。著作《中国印章艺术史》入选首届"三个一百"原创出版工程并获得首届中国出版政府奖提名奖。

先生一贯坚持"艺术的最高境界是让艺术回归人民"。

他这样说，也这样做。80岁时，他将包括40件篆刻在内的100件作品捐赠给浙江省博物馆；81岁时，把精心创作的60件篆刻珍品捐献给中国美术学院、100方篆刻精品捐赠给西泠印社。

先生的乡愁，从杭州出发，不断返回万州。

一船明月一帆风

他先后为万州一中、分水中学、孙家小学等捐款数十万元，向三峡移民纪念馆捐赠书法作品 80 件、篆刻作品 20 件。长江之滨，平湖之岸，有他手书的"和平广场"。

由是感佩，传统文人的风骨，也许早已化入大雅大儒之中，虽然不露痕迹，然而静水深流，其内力无异于化骨绵掌。譬如篆刻，刻刀凿进石头，本是坚硬凿进坚硬，然而成品却是篆体那古朴柔和的弧线。西泠印社 100 余年不衰，凭借的不仅仅是书法金石，更多的是精神上的屹立。

三

《盗墓笔记》里说，西泠印社旁边是古董店"吴山居"。

现实的情况是，西泠印社隔壁是"楼外楼"。

楼外楼、山外山、天外天，都是餐馆的名字。

酒是黄酒，菜是楼外楼的必点菜，如东坡肉、西湖醋鱼、西湖糖藕等。

"相见无杂言，但道桑麻长。"席间话题，全是乡风乡情。先生说话，声音不大不小，节奏不疾不徐。在场后生，敬酒奉菜，他均点头致意，之后浅尝辄止。言出乎心，不加修饰，举手投足，俱是斯文。

当他向我举杯示意时，我突然对他的手心生好奇。

什么样的手，才能既握过钢枪，又握过教鞭，还能握画笔、握毛笔、握刻刀？

那一刻，脑里闪现了课文里的情节：陈秉正的手成了铁耙，什么荆棘蒺藜都刺不破它。手掌是四方的，粗而短的指头都伸不直，硬邦邦的真像个树枝做成的小耙子。

明亮的灯光之下，我细细端详了先生的手。

这双手并不粗糙，更不像铁耙，然而左手右手，各有手指显出老茧，一根手指的指甲缝里，还有雕刻时留下的粉尘印迹。这双手一旦摊开，掌纹里都是时间的样貌，山河的微笑。这双手一旦围绕金石聚拢，立刻变得猛健、浑厚、老辣，刀刀沉着，笔笔厚重，章章奇绝。这是一双领衔中国印坛的手，高擎着甲骨文、叠篆印的旗帜，远绍秦汉，誉满海外。

饭毕，先生意犹未尽，雅致正浓，提议现场挥毫。

我们一行的领队达理，家里珍藏有启功书写的"宁静致远"，于是先生为他题写"澹泊明志"。众人立即意会，启功先生是西泠印社第六任社长，刘江先生是现任执行社长，今日澹泊明志得以配对宁静致远，珠联璧合，佳偶天成了。

其时，我正想结集文字，拟名《渔眼向洋》。先生吩咐在场弟子李子侯，为我书写了"渔眼向洋"。

出得楼外楼时，月明星稀。

西湖之岸，微风习习，仿佛源自春秋的风雅，正携着唐诗宋词，捎一段明清流韵，轻拂而来。

西湖湖面，有舟夜航。

一船明月一帆风。

一船明月一帆风

大地慈祥

地有五土之性，养万物而不言。

大地五行，分时化育，生生不息。

大地慈祥。

木

树，其实是乡村的词典。一圈一圈的年轮，记录着村人的鸡毛蒜皮，也记载着乡村的荣辱兴衰。离乡背井的人，关于乡村的记忆，有时是一树一树的花开，有时是一棵大树的轰然倒下。外地人进得村来，要找张三李四，村人只说，小路直走，门前一棵大槐树的，便是他家。

老家聚族而居。一个大院子，几十号人，户主都姓汪。院里的树木，辨识度极高。第一棵是皂荚，大家都叫皂角，果实弯弯，像树上挂着一串串月亮。成熟的时候，竹竿打下来，洗手洗衣，作用与肥皂相同。本家小孩考试不及格，幺爷爷奚落：叫你认真读书，你偏要爬皂角树。我小时候对此不明就里，稍大，爬过李树、桉树、榆树，但从不爬皂角树。此树周身是刺，根本不敢一试。第二棵是桃树。不光它的果实诱人，更因每到岁末，奶奶都要端碗团年饭，将树干砍些口子，郑重给桃树"喂饭"。来年春天，喂过饭的伤口，总会冒出琥珀样的桃油。而今方知，桃油有个美到忧伤的名字——桃花泪，不仅是餐桌美味，且可抗皱嫩肤、清血降脂。第三棵是核桃树。谷子成熟的时候，核桃也成熟了。比我大些的从树上打颗下来，说：好吃，不信你尝。我以为跟吃李子一样，一口咬向青青果皮，其涩其苦其麻，至今犹记。那棵核桃树干，很是别致，虽只一半，却活得格外顽强，它的另一半，据说被雷劈去。核桃树枯死，一致都说只好当废柴了。父亲拿回来，当中挖空，两半合拢，做成了一个圆形风箱。他说：只要是棵树，总有它的用处。

树木的记忆，能在记忆里生根。母亲吞咽困难，相传无花果可治，吩咐我向亲戚家讨。无花而有果，令我新奇，能为母亲效力，让我感受到价值。一年夏天，外村的一个人到村里收漆树根，说是卖到外地育苗，8分钱一根。"财神"上门，小伙伴们欢呼雀跃，赤膊露臂，漫山遍野挖根。不过两日，生漆过敏，人脸全部肿成猪头，奇痒无比，却不能挠，持续整整一周。由此知道，树也有性格。还有一树，大人称之"闹莲花"，拿来泡酒，可致人发癫。如若故意为之，疯笑而采，食酒者必疯笑；歌舞而采，食酒者必歌舞。

乡村的树，极具灵气。谁家树木茂盛，冠盖亭亭，那家必是人丁兴旺，日子红火。黄莺、喜鹊、乌鸦，以树为家，无论风狂雨暴，枝丫总是紧拥鸟巢，不让风雨打翻鸟儿的家。乡村小儿，昼夜颠倒，白天睡，晚上哭，爷爷奶奶找块巴掌大的红纸，上书"小儿夜哭，请君念读，若还不哭，谢君万福"，贴于路边大树，从此夜夜安生。有更省事的，直接拜个"树干爷"，小孩从此顺畅。

树，活着是风景，死去，便成了木。"他大舅他二舅都是他舅，高桌子低板凳都是木头"，从神龛上的祖宗牌位到家中的床床柜柜，从房上屋梁到新媳妇的陪奁嫁妆，从灶台的锅铲把到农田里的锄把，从舀水的木瓢到挑担抬物的扁担打杵，木，几乎占据了乡村的物质世界和精神世界。

村人60岁，为自己准备寿木，那是另一个世界的家。老人的意愿，大多是副"大料"。祖祖的大料，一直搁在堂屋檐下，她总是乐呵呵地看着我们在上面涂鸦，用石灰涂，用粉笔涂，用毛笔涂。涂"人口手足耳"，涂"李小兰是汪大山的媳妇"。大料被一茬茬小孩涂了20多年，祖祖年近90无疾而终。天天面对自己的棺木而能笑意盈盈，向死而生，开阔豁达，当然寿而无疾。

棺木最终的归宿是土。还有些木，被烧成灰，在田里地里伴着庄稼，也成了土。

木，是树的往生。

土，是木的转世。

大地慈祥

167

火

　　祖辈的口中，有许多洋火、洋油、洋铁、洋碱之类的物什。洋火就是火柴，盒面写着"合川制造"。

　　"发火"不是生气，而是一项技术活。7岁的时候，几乎与灶台一般高，几十秒内要完成一系列动作：洗好锅备用，绾一个草坨，引燃它，盖上煤炭，使劲拉风箱，放锅上灶，锅中掺水。然后，煮好一家九口的饭。"发火"是我最早学会的统筹方法，必须紧而不乱，忙而有序，否则就会熄火。

　　乡村异姓平辈开玩笑，打招呼经常互唤"张烧火""李烧火"。"烧火"当然不是烧火。宁国府老奴焦大，酒后大骂"每日偷狗戏鸡，爬灰的爬灰……"，被小厮用土和马粪填了满满一嘴。烧火大体就是焦大口中的这个意思。

　　小时放学，必经一个养猪场。煮猪食的大灶火膛里，总是烧红苕、烧洋芋、烧苞谷，每过此地，香味勾得人人驻足，痴痴观望，久久不忍离去。养猪场的主人，懂得我们的心思，提出条件交换：扯3斤猪草，换一根灶膛烧烤。这份火中的口福之欲，成了上学下学勤扯猪草的原动力。

　　熟练用火，是乡村男孩到男人的绝好本领。长夏乡村，小孩全身上下光得只剩下一条仅可遮羞的短裤，梭进秧田，瞪圆双眼寻找黄鳝眼眼。等时三刻，四五条黄鳝得手，扒拢一堆柴火，吱吱吱吱烧将起来。黄鳝烧熟，一手捏头，一手拉尾，一嘴啃下去，撕下肉来，吧嗒吧嗒地嚼。啃完，拍拍双手火灰，道："鸡鸭面蛋，不如火烧黄鳝。"除开螃蟹脚生吃了可以帮力之外，虾子麻鱼都要烧了吃。玉米出来时烧玉米棒子，豌胡豆成熟时烧豌胡豆……小屁孩烧东西便形成了技能技巧，火候总把得不瘟不火，食物总烧得不生不煳。从春到秋，田坎上、荒草丛、石坝里，总会不时冒出一股股青烟和清香，仿佛就是在这股股青烟和清香的升腾飘浮中，小屁孩身上的肌肉变得越来越滚圆结实；仿佛就是这样边自自在在地吃着烧烤，边逍遥遥地过渡成了男人。

　　燧人氏钻木取火，火生于木，反过来烧毁草木。乡村茅草房多，每逢高温，久晴不雨，天干物燥，偏偏有那大大咧咧的男子，随手扔了个烟屁股，引燃了阶檐茅草；或是毛手毛脚的妇人，一边烧火一边炒菜，一不小心灶膛的火苗舔着了灶门口的柴禾；或是懵懵懂懂的小屁孩，打泼了煤油灯点燃了蚊帐，就只见一股青烟，在乡邻的阵阵浩叹中，在主人的捶胸顿足中，在肇事者的哭爹叫娘中，几间草房化为灰烬。不久，乡里的广播，地方的小报，村人警戒小屁孩的口中，则会有一则大火无情的报道，仿佛那房子的祭文。

一到冬天，老人扛不住冷，双手捂着一只烘笼，村头见了熟人，将烘笼里的炭灰吹开，现出炽热的杠炭，让对方暖手暖脸或是点烟，顺便问问广东打工的儿子今年是否回家过年，刘家的女婿是否在那边做了老板，你儿媳春后是否要生二胎……话匣一开，似乎天气不再那么冷，冬天也没那么长。

"花喜鹊，叫喳喳，谁来啦，我亲家。"天寒地冻，闲来无事，就走亲戚。七老八十的丈母娘颤颤巍巍去了小女婿家，或是么女儿挺着珠胎暗结已孕身回到娘屋，主人拿出一只沙罐，割下一段腊肉，煨进一堆圪笼火里。第二天清晨，一道异香扑鼻的沙罐煨肉，张扬地呈现在客人面前。

火，不休不灭，永远摇曳着乡村的世故人情。

土

当锄头一嘴一嘴啃向大地，农人面朝黄土一次一次鞠躬，当犁铧深深浅浅在田野划着诗行，老牛低头寻章摘句，此时，泥土的芬芳，恣意浸透山乡。

春日春风动，春人饮春酒，春河春水流，春官鞭春牛。农历二月二，老农都会驾辕扶犁，在一生舍不开离不了的黄土地上吆喝一嗓子，以此宣布春的开始，虔诚祭拜心中的社稷。此后，谷雨芒种处暑，大地上的每一页绿色翻过，每一页黄色翻过，每一页金色翻过，村人心中的喜悦一波接着一波。

七个老汉八颗牙，不能关风的嘴里，酒酣耳热之际，依然是打土豪分田地时代的翻身感，依然是土地"分放到户"时的喜悦感。他们说到某次为争田边地角，两家差点就要动武，某年秋收，稻田亩产首次突破"千斤"，似乎仍然身临其境。

恍惚之间，地没人种了，田没人种了，秧鸡不再叫了，布谷催早嘴角滴血也不见割麦插禾了，野兔又在面前自由奔跑了……于是豁着嘴的老汉们眼里，就现出了些许的浑浊。

妹妹也进城了，但她最愿提及的，还是土，还是地。她感恩大地的慷慨，总觉得自己离开，有些辜负土地的情义。

靠山吃山，靠土吃土。她的家里，以土为本，开了一个砖瓦厂。砖瓦厂的兴衰，就是乡村的变迁。

"新媳妇，回妈屋，一回回到大瓦屋"。大瓦屋，不知曾是多少新媳妇的梦想。有一天，村里人都能吃得饱了，家家户户争先恐后，掀掉茅草房，要盖大瓦房。瓦，一段时间，供不应求，妹妹一家忙得不亦乐乎。

瓦房盖好不久，突然一天，春风一吹，土墙房全都掀掉了，接二连三，村里长出了一座座小洋房。砖，又供不应求，妹妹一家忙得小孩都无人管了。

红火没过几年，制砖制瓦的劳力请不到了，烧砖烧瓦的频率降低了，买砖买瓦无人上门了。妹妹一家寻思：人都进城了，我们也进城吧。

年轻人都走了。有对老夫妻，却始终对乡村不离不弃。

"公公做事公平，婆婆苦口婆心。"

仰观天文地理，俯佑百姓苍生，他们的职责永远在村里。

村人即使再穷，每年总得祭祀一次，即使走得再远，心坎被它占着。

我也是一名游子，早已离开乡村。每逢佳节或是月上中天，对泥土气息、对土地爷爷总有一丝暧昧一丝惦记。惦记久了，似乎也会生疼，翻箱倒柜，总能找到治愈的东西。

那些能止心疼的，有的是这样的：沟湾里胶泥黄又多，挖块胶泥捏咱两个；捏一个你来捏一个我，捏得就像活人脱。摔碎了泥人再重和，再捏一个你来再捏一个我；哥哥身上有妹妹，妹妹身上也有哥哥。

这些年，离开了土地的一些人，终于又回到了乡村。他们是跟着子女随迁的老者，临终一刻，奋力一呼：送我回去！

于是，他们以一步三回头的方式离开了故土，以溢满整幅照片的笑意回到了老屋。

他们当中，有我的父亲。

纵有千年铁门槛，终须一个土馒头。乡村的眼中，人是女娲抟土制造的，一抔黄土作归宿，又把自己还给女娲那里。

金

木匠、石匠、漆匠、篾匠、剃头匠……他们是乡村的工程师、美容师、兽医师，但他们离不开一个人，铁匠。匠们的斧子、刨子、锤子、錾子、刀子，都必须求教铁匠师傅。

镰刀，是乡村最具仪式感的铁器。走下铁匠金墩的第一刻起，它的使命就是割割割。割开黎明，割开初夏，割开稻麦。庄稼是渴望镰刀的。只有经历镰刀锐利刀锋亲吻的庄稼，才算修成正果。开镰的每个日子，都是乡村的节日。镰刀毫无用处的日子，庄稼是忧郁的。

第一次手握镰刀的情形，我至今记得。那天被大人带着收割豌豆，60多岁的万书记（老太太的诨名），突然喊着我奶奶说：大队长（也是诨名，因家里子孙太多），看你孙子！奶奶看了好一阵，终于发现了问题，打掉了我左手的镰刀，告诫我：左撇子，将来说不到媳妇，勒令我现场整改。此后几十年，迫于说媳妇的压力，我都是右手使用镰刀。而一旦碰上菜刀、砍刀、剪刀，左手，义无反顾地冲上前线。

老街的铁匠铺总是地标性的，老街铁匠是极易招惹媒体的。"张打铁，李打铁，打把剪刀送姐姐"中的铁匠一定是乡村的。老家一带，只有一家铁匠铺，一个吴铁匠。春秋冬夏，铁匠铺有永无止境的叮叮当当，有脸永远洗不干净的吴铁匠。铁匠的儿子，比我大些，天天聆听小伙伴的齐唱：养儿莫学打铁匠，脸如狗皮天天炕，一锤打到胯胯上，哎哟哎哟巴倒烫！

后来，即使吴铁匠把儿子当金墩一样打，他也坚决不学铁匠。他跟人学了极轻松的手艺，受用至今。村人前去算命，听他念念有词：甲子乙丑海中金，丙寅丁卯炉中火，戊辰己巳大林木，庚午辛未路旁土……村人觉得，

171

不愧为铁匠的儿子，念词句句都与铁匠有关。

看过一部电影，其中有段唱词：炉火烧得红旺旺，手拉风箱呼呼响，操作要留意呀，当心手烫伤。唱词唱的，是补锅匠。母亲的一位远房堂叔，补锅很有名。乡场"一四七"逢集，火炉、风箱、坩埚、铁块街头一摆，坐等送锅上门。锅多的时候，他不会摆起，而是一口口摊开，仿佛地上仰撑着一把把黑伞。他手不离酒，否则双手不住抖抖抖，极让人担心他手心草灰上已然烧化的铁水，猛然抖到他身体的某个部位。一等家里铁锅漏水，前往补锅就落到我的肩上。亲戚之间，补锅不便算钱，母亲说，你给他打二两酒。待他两口酒到胃，铁水便非常到位，补锅极正极准，不见失手。

"一个老汉儿黑又黑，屁股烧了不晓得"。这位火烧屁股的老汉，做的是村人常用的另一种锅：鼎罐。不吃不知道，吃了吓一跳，鼎罐饭的香味，我只能用八个字形容：沁人心脾，销魂蚀骨。在某农家乐看到一副楹联：好看不过麻花辫，好吃不过鼎罐饭。拍案叫绝，深以为然，深谙其中情怀。

年中有个视频段子，讲中国向美国总统出口"粮食扩大器"。段子中的神器，小时候是非常盼望见到的。无论玉米大米，装入神器，火炉上转动摇匀，只听"嘭"的一声，小孩齐齐扑进白烟，抢出一捧爆米花来。爆米机，爆米花，温暖着童年记忆。

乡村无金。乡村处处是金。

水

乡村的地名，形象，精练，准确，生动。

比如水磨滩、牛滚凼、双堰塘，都与水有关。

双堰塘，坎上坎下两口池塘。

乡村的半亩方塘，不光徘徊天光云影。蓄水保旱，自是水塘。投下鱼苗，便是鱼塘。种下莲藕，便是荷塘。老妇捣衣，少女浣纱，老牛洗澡，少年游泳……全靠这池子水。若逢大旱，山顶人家，清晨下河，午后挑回一担水来，刚要进门，脚下一滑，桶翻了，水没了，其沮丧懊恼，死的心都有。因而，每有少女到双堰塘"看人户"，父母一句"水蛮活泛，地方不错"，这门亲事大抵成了八成。

每到春天，"放鱼的"晃晃悠悠闪着担子，到双堰塘来放鱼苗。鱼苗的数量论"尾"，一两厘钱一尾，其体量与价格成正比，每尾大不过半粒芝麻，放鱼人却能极快地"一五一十"地点数，又极快地从篓中舀鱼往塘中倒鱼。我们在学校里刚刚学会了数数，正好显摆，于是一边当"吃瓜群众"，一边指正他错了，数报多了，或是鱼舀少了。一打岔，放鱼的说：哦嗬，刚才数到多少？又被你们打岔忘记了！

夏天是池塘最性感的季节。乡野小子，没那么多讲究，赤条条下塘，赤条条起岸，跳水，狗刨，打水仗，扎猛子，比游得快，比闷得久。凫水，基本不用学，大的带小的，搞几回就会。妹妹刚会走路，我带她和弟弟及另一位下塘凫水。耍得忘形，突然感觉妹妹不见了，急忙寻找，见她正漂向深水区。那一刻，我明白凫水有用，于是加紧练武，后来果然再派用场。中学时放学途中，一帮同学到大水库游泳，韩姓同学眼看要被淹死，我奋不顾身将他救了起来。

邻村有位老牛，老婆很不省心。无论天晴天雨，冰冻三尺，一句话不投机，老婆"扑通"跳进塘去，要寻短见。起初，乡邻去救；其后，乡邻厌了，老牛去救。后来，老牛也厌了，那回，他抓住妇人头发，来个牛不喝水强按头，按三五次，问一句"还喜欢跳塘不？"，再按三五次，再问"还喜欢跳塘不？"，如是再三，呛得妇人欲生不能，欲死不得，叩头如捣蒜，从此之后再不跳塘。

鱼儿离不开水，庄稼更离不开水。久晴天旱，麦苗转不了青，苞谷戴不出帽，稻子抽不成穗。一些年长的农人，便开始张罗，相约初一十五，到"干龙庙"去。龙王是管水的，到干龙庙，便是求雨。求雨的仪轨庄重严肃，那番交涉致词，煞有介事，尽显威仪，霸气侧漏：太元浩师雷火精，结阴聚阳守雷城。关伯风火登渊庭，作风兴电起幽灵。飘诸太华命公宾，上帝有敕急速行。收阳降雨顷刻生，驱龙掣电出玄泓。我今奉咒急急行，此乃玉帝命君名，敢有拒者罪不轻。急急如律令！

有闲一族，清晨"皮包水"，晚上"水包皮"，朝朝暮暮，与水亲密。

乡村一族，向水以生命的致礼。"人生七十古来稀，未有生来死未知；不信但看天边月，怎好团圆又落西。"太阳落土，月亮落西，人生落幕，生命已结，阳寿已终，如何通报给生养自己的日月山川？乡村自有规矩礼数。第一要通报的，是滋养一生的井："打请水锣"，鸣锣开道，请一份井水回来，以供最后一次享用。请水锣，须根据逝者年龄，一岁一声锣，从家中计数到井边，不多一声不少一声。村人的智慧在于：如若岁数大而路程近，则进几步再退步响一声锣；反之，则进多步后响一声锣。

乡村的水，折射阳光，折射灵性，也折射人情。

农户灶屋墙上，一般都开扇窗。窗内，是灶台，推开窗，是水缸。水缸其实是石缸，系由大石挖空，容量了得，历经岁月，外壁生了些茸茸的苔藓。缸沿外接长长的竹槽，山间涓涓清泉，经由竹槽送进水缸。水缸里面，总是浮着一把木瓢。路过者累了渴了，不必请问屋内主人，拿瓢舀水，一气牛饮。山泉甘冽，润泽心田，透彻肺腑。

水，五行之中，对应着冬季。秋收冬藏，乡村休眠，养精蓄锐，静候着又一个春的轮回。

大地慈祥

大地诗经

河水洋洋，北流活活。

关关雎鸠，在河之洲。

桃之夭夭，灼灼其华。

河流的每一声喧哗，飞鸟的每一次振翅，野花的每一番开放，都是乡邻的用心之作。

那是他们发表在春风大地里的风、雅、颂。

一

没经历过的城里人进山，或许吓得以为遇到了绑匪。

山里人厚道朴实，瞧得起他瞧不起他，全凭你是否"抬爱"吃他那顿饭。你说真的有事不敢耽搁，大人小孩便一拥而出，拉胳膊的拉胳膊，抱腿的抱腿，七手八脚把你绑架进了屋，"嘭"的一声将堂屋门关严。小孩拖把椅子坐镇把守住门闩，切断你逃跑后路；大人一把掳过你的提包，旮旯角角藏个牢实，让你想逃却寻不到随身必带的"武器"。

然后捉鸡撵鱼，铁鼎罐焖饭。边整边问你野兔肉红烧要不要得？松树菌煨汤爱不爱喝？他们都晓得城里人开饭准点，生怕你饿了肚子，便一个劲地催"火烧大点火烧大点"，催得柴灶的火苗子舔了烧火人的头发，铁火钳烫得"火老大"手指头直打甩甩。

"腊圆尾"本就七分酡红瘦，三分黄亮肥。炖到九分熟，一筷子捞出来，切成巴掌大。掀进铁锅，爆到锅底汪一汪油，"扑"地把蒜苗扔进去——即使你在方圆几十米，奇香也诱得你口水直流。至于你决计逃走的意志，早被满屋的异香撩逗得腐化堕落。

菜肴上桌，吃得你差一点吞掉自个儿舌头，便忍不住一边砸嘴一边慨叹："好吃，好吃！"女主人听到赞叹，高兴得一脸春光灿烂，男主人则"嘿嘿，嘿嘿"，停下筷子直望着你傻乐。

　　本已吃得十分饱，但也许为了某种预谋，他们便开始摆"龙门阵"。若干年前，一定是讲王麻子的儿媳不孝敬，被炸雷劈了个仰八叉，或念一段"别人有年我无年，提起猪头要现钱，有朝一日时运转，两条裤儿垛起穿"的理想。如今则讲张老头的四个儿子都考上了大学，只有老二不成器，才上了个大专；或问傅老幺的大女儿你记不记得？那真是小来鼻龙口水，长大美貌动人，某年去广东务工，现在已嫁给一个香港老板了。你正听得出神，冷不防一双筷子在你眼前一晃——饭碗里又钻出了一夹肉。计谋得逞，男主人即时反转话题："莫讲斯文，莫讲斯文，好吃你就多吃点！"如此"斯文"几回，你便抱怨，女娲造人时，为什么没像汽车双缸多缸那样多给人造个胃。

　　饱嗝连天了，大人便将你的提包寻出来，小孩便赶去开了门闩。你正要道声谢，却又有个鼓鼓囊囊的"蛇皮袋"伴着一张羞惭的脸递过来："嘿嘿，你们城里人遭孽，喝水拉尿都要钱。这点土特产，带回去给娃儿尝尝鲜。"你不好意思，双手推托，他就拉长了脸，说伤感情的话："你见外，看不起我们土包子，就不该到山里来！"边说边推你走。你怕他又纠缠很久，只好"委屈"地收下。

　　等你走到山脚，不经意回头看山腰，却发现那家人还在一边朝你挥手，一边吊起嗓子喊："慢慢走哦——下次再来——"

<h2 style="text-align:center">二</h2>

　　"开县举子云阳盐"。

　　老家的灵山秀水不只孕育出了一代名帅刘伯承，它广袤丰腴的沃土更滋润出了一茬茬茁壮旷达的汉子。入夏，总是丽日连着丽日，晴得汉子们的躯壳跟他们的心思一样缺少遮拦。乡邻见面便相互打趣："怪不得今年旱得恁狠，原来这儿恁大一个旱魃！"

　　老旱魃的头总是刮得光光的，肥硕的裤腰在肚皮上褶了又褶。光背上随时别着一把篾巴扇，大老远就"张烧火棒""李烧火棒"地打招呼，羞得张家儿媳李家儿媳红着脸欲骂不能。老旱魃寻个阴凉处坐下来，话匣子随着篾巴扇的轻摇而呱嗒呱嗒地展开。话题无非是甲戌大天干，庚午闹"草口王"，麻雀去台湾了，湖广填四川……每个细节都被他们演绎得活灵活现，仿佛自己就是那段历史的导演。他们当中最近有人下了城，便感叹："啧啧，我在裁缝铺（服装店）看到一个模特儿，挺起一对大厨（乳）房，比两个南瓜还大。"没下过城的便趁机唏嘘，现在的电视广告全是女人的天下，好像大老爷们都死绝了！话题越谈越深入，顺利发挥到药物广告太多，仿佛活着的人从头到脚都是毛病，譬如治秃子的吹××再生精，治脚气的吹××一次灵，医牙病的有什么"针"，医痔疮的有什么"平"……之后"位卑未敢忘忧国"，义愤填膺谴责起虚假广告，说一种什么"液"或是什么"器"，简直使矮子用了长得高，瘦子用了要长膘，驼子用了直起腰，跛子用了下得操……这样从盘古开天辟地扯到地里种的辣椒越来越不辣了，时辰就过了大半天。有人抬腕看表："哟，×点了。"老旱魃们便别起扇子，收起不正经，正正经经去接放学的孙子孙女，去牵滚澡的水牛黄牛，去"叭叭叭叭"扭开电视……

小旱魃都是鬼精鬼灵的，新剃的头皮泛出匀匀的青光，全身上下光得只剩下一条仅可遮羞的短裤。得了空，哧溜哧溜梭进秧田，瞪圆双眼寻找黄鳝眼眼。不一会儿，四五条黄鳝得手，扒拢一堆柴禾，吱吱吱吱烧将起来。黄鳝烧熟，一手捏头，一手拉尾，一嘴啃下去，撕下一块肉来，吧嗒吧嗒地嚼。啃完，拍拍双手火灰，道："鸡鸭面蛋，不如火烧黄鳝。"

除开螃蟹脚生吃了可以帮力外，虾子麻鱼都要烧了吃。玉米出来时烧玉米棒子，豌胡豆成熟时烧豌胡豆……小旱魃烧东西便形成了技能技巧，火候总把得不瘟不火，食物总烧得不生不煳。夏秋两季，田坎上、公路边、石坝里，总会不时冒出一股股青烟和清香，仿佛就是在这股股青烟和清香的升腾飘浮中，小旱魃身上的肌肉变得越来越滚圆结实；仿佛就是这样边自自在在地吃着烧烤，边逍逍遥遥地度过了童年。

壮年旱魃是山乡的主心骨，他们用手上的血泡和肩上的老茧奠祭出同辈之间的血肉情谊。年龄相仿的，叙起来，都是牛年生的，便热络络地打了"真老庚"；年龄相异的，又非同宗同族，也热络络地打了"干老亲"。老庚老亲是一条神奇的纽带，呼啦呼啦把毫无关联的一个个家庭套得近近乎乎。今天我家建房，老庚老亲丢下自己的活，急匆匆都赶来助力；明天你家动土，老庚老亲丢下自己的事，兴冲冲全跑去帮手。相处日久，免不得朱家少了一只鸡，杨家丢了一只鸭，朱家妻杨家妇心痛不已，跳出门来，一手叉腰，一手扬在半空数落，骂："哪个黑良心的偷吃了我的鸡鸭，生个儿子都不长屁眼！"壮年旱魃听不过意，纷纷跳出来，说莫骂了莫骂了，我们当着天老爷说个"狠话"。于是你说谁偷吃了今年过不得年，他说谁偷吃了明晨就肚子拉稀……狠话讲完，隔阂冰释，各家和好如初。

偶尔有城里的人大老远下来钓鱼，壮年旱魃视为荣誉。但鱼儿并不赏给客人脸色，一天半日不肯咬钩。旱魃急了，提出手网，网起一堆鱼来，算替客人解气。末了，将客人拉进屋，大碗喝酒。客人拘束，主人便劝："怕什么，醉了我背你回去！"结果客人醉得浅，主人醉得深，他却硬要摇摇晃晃来背你。你说算了算了，歇会再走，他便口齿含糊地讲，有一回有个城里人被他劝醉了，冲着他家点蜡烛的矮凳拉尿。拉前，蜡烛亮着，城里人说"月明星稀"；拉后，蜡烛全熄，那人说"天变一时"……

这时便不难发觉，壮年旱魃已为过渡到老年旱魃积累了精美的谈资，透过醉态你能窥见他将来背上别把篾巴扇时的影子。

（注：旱魃，传说中能造成旱灾的怪物。热天乡下汉子喜欢光膀子在日光下劳作，据说这样便得罪了天神，降下干旱以示惩戒。这种惹下干旱的汉子便被乡邻谑称为"旱魃"。）

三

梅花开了。雪花开了。腊月到了。

城里不知季节变换，腊月自知是季节的尾声，它让客轮跑得更欢，航班起落更勤，车轮转速更疾。"家无虚丁，巷无浪辈"，旅人被催促提起步伐，赶天赶地，赶车赶船，回家过年。

腊月其实是猎月，也是蜡月。天遂人意，地献吉祥，天地在腊月里握手言和。上天收起雷鸣闪电，大地藏起猛兽狂澜，各以庄严肃穆对视平和辽远，相看两不厌。这样的时节，适合对庇佑一年、赐福一年的神祇们有所敬爱。

各路神仙齐齐打点到位，村人心中瞬间坦然，坚信来年，人神必能守望相助，友好和睦。

乡人有云：婆娘要胖，开水要烫。

烫开水干吗？当然是烫年猪。杀过年猪，吃刨猪汤，是乡村腊月里最盛大的仪程。他大舅，他二舅，七大姑，八大姨，平日难得相聚，此时全都聚在一起。白刀子进，红刀子出，杀猪匠一声"鱼吃跳，猪吃叫，拿去炒！"，一条生抠里脊或是猪肝猪腰飞上了灶台，小娃娃纷纷撇下这边的热闹不管，径奔灶台"望嘴"去了。

此时，杀猪匠手持利刃，高声问主人：安排几块"人情菜"？主人家心里默想，自己的爹娘，婆娘的爹娘，各割五斤坐墩肉才行；姑老表，舅老表，姨老表，明年谁要结婚，谁要生子，谁要贺房，须各准备一块。待主人三块五块报了数，杀猪匠手起刀落，方方正正的"人情菜"分割下来。

凡事也有特例。比如，原则上，猪头是留给自己父母的。若是儿女今年刚好成亲，猪头则要送给媒人。媒人地位为何如此重要？因为天上无云不下雨，地上无媒不成亲。

有钱无钱，婆媳妇过年。乡村的上空，腊月里随时可以听到阵阵惊叫："快看，新媳妇，新媳妇！"

农闲无事的村人，呼啦啦一下聚到路旁，打望，打趣，逗迎亲的，也逗送亲的，逗抬嫁妆的，也逗身边的单身汉。红红绿绿之中，女人们嘴里在"一二三四"地忙着数有多少抬陪嫁、多少床铺盖、多少个枕头；男人们心里在盘算，虽然新媳妇鼻子上有两颗麻子，但脸上有两个酒窝，身体也胖，可能很软和。

不知轻重的"半节老子"们，早就按捺不住，使劲冲着新媳妇撩拨：哟，走得恁快，三步并着两步的，想早点进洞房。

本想早点摆脱围观纠缠的新媳妇只得放慢脚步。

于是"半节老子"又喊：哟，走得恁慢，莫不是肚里有货了哟。

一阵阵"恁快""恁慢"的交替呼喝声中，走了几十年路的新媳妇终于成了惊弓之鸟，最后竟如邯郸学步的那个人，不知到底如何走路了。

偶尔遇到某个性格躁辣的新媳妇，斗胆敢还"半节老子"的嘴，倒勾撩得"半节老子"们血脉偾张，醋劲疯劲一并发作，就像足球宝贝在队长的引领下山呼海啸：老婆老婆，夹个草坨坨；新媳妇儿，夹个烟荷包儿。如是反复，直喊到那新媳妇感到自己结婚对不起国家，对不起人民，红着脸低着头手足无措为止。

腊月是红色的，腊月是喜庆的。腊月是沸腾的，腊月是富足的。腊月是团聚的，腊月是感恩的。

岁末的每一天，乡民都当生日在过，当节日在过。

从腊月初八闹到腊月三十，迎春花开了，礼花开了。一元复始，万象更新，新春到了。

大地轮回

大地是一张报纸。

人是其中的句子、文字、标点符号……

日子一页页翻过。

一眼瞄去，报纸还是那张报纸；然而，一经阅读，便能发现，标点、文字、句子以及故事，已然全部更新。

一

张大炮的高音喇叭响彻黄家坪沟沟坎坎的时候，快乐的春潮就像汛期中发情的鲤鱼，啪啪啦啦直要蹦出村妇村夫的胸膛。

大家心知肚明，又有一台喜酒要喝、一场热闹要看、一次重要活动要参与。

那一声声"妹娃要过河，哪个来推我"，一声声"太阳出来我爬山坡，爬上山坡我想唱歌"，一声声"如果你要嫁人，不要嫁给别人"……仿佛一道道召集令，催得正要去拿柴的婆娘却拿起了扫把，正在撵猪的男客却打中了念书的娃娃，正在观察传宗接代的憨娃放弃了看公鸡往母鸡背上爬。

乡邻慌得像乡村小学集合，挤挤挨挨聚到操办喜事的人家。

有人帮忙四处借来桌子板凳，有人自带菜刀洋芋刮刮到厨房打下手，有人积极张罗协调仿佛义务"支客师"。

喇叭声中，鞭炮声中，吃喝声中，新郎的院子里，迅速摆开十桌八桌。

"流水席"上，几个斗气使狠的家伙，有的轻言细语，有的甜言蜜语，有的豪言壮语，有的不言不语。喝着喝着，火炮翻飞，抬眼看到新媳妇婆到了屋，轻言细语的触景生情，高喊"有钱无钱，婆媳妇过年，喝"。甜言蜜语的深受感染，"腾"地一下升级成豪言壮语，大声开唱"面对大青山，光棍要发言"。豪言壮语的说要上厕所，结果一蹲下就掉了粪坑。不言不语的一分钟前还软不拉叽硬撑在席上，转眼就梭到了板凳底下。

夜幕使山村的空气变得暧昧起来，嗞嗞作响的煤气灯仿佛燃烧着人们蓄谋已久的某种欲望。"公公老汉"的反抗是徒劳无益的。有备而来的种种道具纷纷粉墨登场。红纸糊好的吹火筒、硕大无朋的篾巴扇、夸张的高帽子迅速将他武装成一个"烧火棒"。

"烧火棒"像挨斗的地主一样被勒令绕场数圈，高呼"烧火无罪、烧火有理，将烧火进行到底"，高唱"大月亮、小月亮，强盗出来偷水缸"，亲手在自己的卧室门上贴出"恭喜恭喜公公喜"……夜半将临，闹的人感到十分过瘾，主人家感到面子十足。村人戏谑：老汉受教育，儿子得实惠。

闹热贵在参与，娃娃也没闲着。一个个楞睛鼓眼盯着新媳妇的便桶。一俟时机成熟，男娃子纷纷亮出"家伙"，一股股早已憋急的水龙狠狠朝那里冲去。尿毕，新媳妇懂事地拿出一包东西，娃娃们疯抢着去分"开桶"得来的劳动果实：零钱、水果糖、瓜子米。

自从黄家坪出现了电视，乡村的闹热也与时俱进。那边闹房的节目进行得如火如荼，这边的有线点歌也已开播。"8组蔡包子之子蔡小包子与9队久坛子之女久井法子喜结良缘，叔叔某某、婶婶某某、舅舅某某、舅母某某、七大姑某某、八大姨某某特点某某歌、某某歌以示祝贺"，字幕如开火车，在银荧上快速晃过。歌少亲友多，字幕晃得快，大家就睁大眼睛努力寻找自己的名字。找到自己名字的，那人便一阵惊呼，仿佛比今天结婚的人还幸运。也有因打字员疏忽，把"何严全"打成了"何严王"，把"史天常"打成了"史无常"，那人便一阵懊恼；还有人只顾看冰冰英英唱歌，连自己的名字都没看到，更懊恼。

第二天一早，朱腰子去赶场，隔老远就被游虾扒拦住："昨晚看电视了？""看了，咋了？""没咋了。"

下午赶场回来，又被游虾扒拦住："昨晚看电视了？""看了。"

"看到啥了？""洪七公和黄药师打起来了。"

"没更好看点的吗？""一个男的跟一个女的脱衣服了，后面的没放给我们看。"

"就没看看新闻？""咋了？帝国主义灭亡了？"

"比这好一点，近一点。""台湾解放了？"

"你个猪头！" 游虾扒愤怒了，用高得要让全国人民听到的声音发泄道：

"昨晚点歌台你都没看？我的名字上电视了！"

二

一场电影，几场宴席，就是乡村的结婚广告。

别家的女儿变成了黄家坪的媳妇，当上了"婆婆"的那个女人就平白长出了心思。清早起来，有事无事老爱往儿子的新房串。瞅瞅儿媳不在，就讪讪地蹭一下自家儿子："你媳妇就没说想吃点啥？"儿子平时话就不多，只红着脸回敬："你去问她。"

看到儿媳正在地坝的洗衣台上漱口，就假装吆着鸡娃狗娃，顺道来到儿媳跟前，如唱"关雎"来一段"比兴"："幺妹，你看杏儿都黄了哈。"幺妹不知是计，老老实实回答婆婆："嗯哪。""那想吃点酸的不？"儿媳猛地回过神来，羞得满脸通红，如同地坝里围着母鸡团团转的公鸡的冠子，尴尬得手脚没得放处。看到儿媳脸反正红了，婆婆就又追问一句："那甜的要得不？要就去煮两个荷包蛋。"儿媳更窘了，娇俏地喊一声："妈！我只想吃火锅！"草草地刷了牙，急匆匆地躲回新房去。

这时，当妈的听到平常笨嘴笨舌的儿子在油腔滑调地鹦鹉学舌："幺妹，要吃点酸的不？"接着是儿媳用枕头捂住儿子脑袋打，儿子在枕头下瓮声瓮气叫"天上起乌云，婆娘打男人"。

城里媳妇从医院出来，扬着化验单上的"加号"，恨不得惊动出满城风雨，向世界人民宣告"本人有喜"。乡下婆媳，一个心急火燎地要打探，一个偏要羞羞答答地掖着。想挖这条信息，就得对上暗号：想吃酸，就孕育男；想吃甜，就孕育女。儿媳说吃辣，是不好意思，敷衍婆婆的。

但终究是肚皮藏不住秘密。有一天，新媳妇低着脑袋却腆着肚皮在村道上走过的时候，"过来人"便故意放大了音量议论：

肚皮尖尖的，莫是怀的儿哟！

大地轮回

走路像个鸭婆，一摆一摆的，莫是双双（双胞胎）哟！

男人们本来不敢搭话，看到自家婆娘正在兴头上，便也跟着扯"咸淡"：哟，才结婚恁两天，成效就恁显著，秋生那小子莫是提前做了工作哟？

这种时候，新媳妇深感秀才遇到兵，仿佛自己蜜月里的那点"勾当"被人和盘端上了桌面，只慌得当真像要急着生蛋忙着寻窝的鸭婆，心慌气短地在村道上摇摆出一串八字。

俗谚有云：茄子不开公花，娃娃不说谎话。这时，村里一岁两岁牙牙学语的崽崽们就多了一项工作。他们的父母乐此不疲，指着新媳妇肚子问："崽崽，说，表姨肚里装的是弟弟还是妹妹？"崽崽本来搞不清楚弟弟和妹妹的区别，引起崽崽兴趣的只是表姨到底为什么要把宝宝装进肚子？是怎样装进肚子的？但为早点脱身，还是顺了父母的意思，双眼就像"B超机"一样，骨碌碌在表姨肚皮上搜索一回，预报道："妹妹！"这个答案一般不令父母满意。父母便又颠倒了顺序问："表姨肚里装的是妹妹还是弟弟？"崽崽聪明，也颠倒顺序，回答问话的后两个字："弟弟！"于是众人笑着乐着各自散回家去。

怀儿婆的肚子挺了七八个月，乡邻都纷纷帮忙掐算临盆的日子。七算八算，估计八九不离十了，就提着大篮小篮去"催生"。人缘好的媳妇，老早就被人"催生"，一月两月下来，怀儿婆被"催"了十回八回，还是骄傲地腆着肚子，就不"生"。乡邻就打趣，肚子里的小东西在调皮呢，在等他外公外婆嘞！不久，外公外婆就当真挑着担子，背着背篓，带着崽崽喜欢的小花袄、小毡帽、小肚兜，还有白背心撕成的尿布片片，正正经经来"催生"了。随同带来的坛子盖盖盛着一大盖子熟食，仿佛那意思是："小子，好东西都给你带来了，再不出来，就叫你娘把这一大盖子吞下去，把你小子胀出来！"

这回，腆肚子的和肚子里的都挣足了面子，于是一齐发力，在某个清晨，"哇"的一声，啼破了乡村猩红的黎明，黄家坪又诞生了一条新生命。

外公外婆，只静静地待在家中，等新做了父亲的女婿上门"报喜"。闺女到底生了男，还是生了女，谁都不用问，女婿手上提着的便是谜底——

生的是男，女婿手中便会提只母鸡，丈母娘须收了母鸡，赔一个公鸡回去；生的是女，女婿手中便会提只公鸡，丈母娘须收了公鸡，赔一只母鸡回去。

偶尔，不用看女婿的手，也晓得生了啥。隔得远，只看他的腿，隔得近，只看他的脸。双脚走得风快，就生了男，双脚慢不拉叽，就生了女；嘴巴笑得比脸还宽，就生了男，笑得比哭还难看，就生了女。第一种情况，老人迎上去说三个字——好好好；第二种情况，老人只说两个字——也好。

三

"衩衩裤，偷萝卜；裆裆裤，走人户。"

黄家坪没有尿不湿、衩衩裤，极其省事。小屁孩方便毕，父母手上是篾片就篾片，是扫帚就扫帚，啥也没有，就"黄儿啦黑儿啦"一阵唤，自家的狗闻风而至，屁颠屁颠跑到小主人身后，伸出猩红柔软的舌头，熟练细致地打扫了小屁屁上的卫生，舍我其谁地演示了文明人骂人的某个词汇。

养儿不读书，等于喂条猪。读得书读不得书，有出息无出息，关乎家族，关乎未来，越是神秘不可知，偏偏越是好奇，越要趁早弄个明白。孩子长到手能握物了，大人便急急地找了笔啊，剑啊，烟啊，糖啊，花花绿绿摆一地，让孩子"抓周"。孩子自然不懂，只当好奇，只随手一抓，大人的忧乐便泾渭分明。抓到笔了，文官啊；抓到剑了，武官啊；抓烟酒了，小混混啊！

三岁看小，七岁看老。祖祖爷爷辈的，搂着心肝宝贝，掰着他的小手指头数"锣"数"箐箕"：一锣穷，二锣富，三锣四锣有官做，五锣六锣穿麻布，七锣八锣当干部，十锣全，点状元，九锣十箐箕，不做有吃的。

电影《黑三角》有特务通风报信的情节，是在树上贴张字条："天黄黄，地黄黄，我家有个夜哭郎，行人念上一百遍，一觉睡到大天亮。"其实这是黄家坪治疗小儿夜哭的"秘方"。方法相同，内容稍异："小儿夜哭，请君念读，若还不哭，谢君万福。"

"掮"走灾病，还有一绝。某日途经山道，行至人迹少处，林间或是忽地冒出个人来，你以为中了埋伏碰上了剪径的强人？定神细看，却是一妇人，背上背了孩子，篮里提了酒食，低眉顺眼给你道了缘由。原来是孩子"不好带"，"撞干爷"是也。那被"撞"的"干爷"，须享用了酒食，在山岩上刻下两副弓箭，弓如满月，箭在弦上，各配三箭。弓箭刻毕，各配四字，一副"长命富贵"，一副"短命丧亡"。再给孩子赐一阿狗阿猫的名字，将那袋里装的身上系的，无论裤带鞋带，打发给"干儿子"，方可醉醺醺而去。

祖辈爷辈的，有事无事，看到穿衩衩裤的孙儿来了，准确地逮住他小鸡鸡，问：喂它饭了吗？长大些了吗？见一回问一回，百问不厌，百问不烦。真有一日，便见孙子的小鸡鸡上，沾着几粒饭或是挂着几根面，一走一晃来给祖辈爷辈汇报饲养情况。

老的男人，则是穿着一种极别致的裆裆裤。你见过小沈阳那条苏格兰情调的裤子吗？裤管就是那种裙子样式，裤腰却大出若干，纯粹一铺盖面子，下面缝成裤腿，上面就是腰了。穿的时候，布在腰间须褶了一褶又一褶，再用麻绳搓的腰带系牢。这裤子，穿着洒脱，穿稳不掉则需技术，若行方便之时更需技巧，为避免全部褪下，通常的做法是卷裤管，一直卷到大腿根部，这时往往有只脚要踮起，状如狗撒尿状。由此，乡间有玩笑话云"蛮大二十几，屙尿把脚跷起"。此裤，费事费布，应急时，可作运粮工具，裤管裤腰两头一扎，百十来斤的苞谷麦子卡在颈上就运走了。

这种裤，名曰"找腰裤"，现已绝迹。

亲爱的庄稼

欲无杂草，必须种上庄稼。

从小在庄稼地里长大，对庄稼的熟悉犹如对掌纹的熟悉，对庄稼的亲近犹如对乡邻的亲近。

然而，尴尬在几十岁后来到了。

我的老家，稻谷互名同义，稻子叫谷子，稻草叫谷草，收割稻子叫挞谷子，唱那句"九月里九重阳，收呀收秋忙，谷子糜子铺呀铺上场"，自然认为晒谷子就是晒稻子。

有一天，一个人告诉我：谷子，不是稻子。

当即再三细究，谷子，果然不是稻子！

几十年的认知，竟然是错的。

一瞬间，有点五雷轰顶，感觉"掌纹"消失了，"乡邻"模糊了，自己与庄稼，相隔千里之外了。

小麦

关于四月，能想起的最浪漫的句子，可能是那句："你是爱，是暖，是希望，你是人间的四月天。"

但是正如先生所说，饥饿的人是无心眼前美景的。

四月正是"荒月"。

村人积攒了一年的好东西，已在春节里集中消耗掉，新的庄稼，还没从土地中生长成熟，孩子多的家庭，此时已陷入断炊的窘境。乡邻有言：正半年，二梭梭，三月四月汤水多，筷子别在耳门坡，鼓起眼睛使劲喝。

青黄不接的日子，总有些庄稼让人热泪盈眶。

那就是麦子。

当村人行将出门借粮的时候，麦子让他们看到了希望。如果向人类奉献是所有庄稼的美德，那么，麦子，雪中送炭的麦子，尤其具备恻隐之心，尤其具备好生之德。

麦和稻的生长季节不同。

农民总有自己的智慧，能够想尽办法使人闲着，不让土闲着。头年秋季收稻以后，赶紧种麦；来年夏季收麦以后，赶紧插秧。同一块田，一年之内既收麦，又收稻。稻是一年生。麦子却跨年跨越四季，一直从新石器时代，繁衍至今，大约已有一万年历史。

老家的麦子，有大、小麦之分，大麦产量低，所以主要种小麦。

按理，小麦在秋天下种，应叫秋小麦。然而，春节前下种的小麦，都叫冬小麦。

别的庄稼都在"冬藏"。也许为了赶去接济春荒，唯独小麦正在努力生长。

冬天麦盖三层被，来年枕着馒头睡。被，不是棉被，而是"瑞雪兆丰年"的雪。歌里曾唱：你用白玉般的身躯，装扮银光闪闪的世界，你把生命溶进土地哟，滋润着返青的麦苗。

春节之前，麦苗已然筷子般高。城市里长大的孩子，在萧索的冬天，突然见到一大片一大片的翠绿，惊疑与欣喜无以言表。小汪三四岁的时候，春节随我返乡，二话不说，跑进麦地，双手齐下，揪了一大堆麦苗，边揪边叫："好多韭菜！"

盼望着盼望着，小满到了。

经历了抽穗扬花，麦子的子实，羞羞涩涩地灌浆了。山乡的孩子，早已忍不住饥渴，奔入麦田麦地，麻利地剥去子实胞衣，青青子实，被放进嘴里。此时，孩子的脸，是向天仰着的；孩子的表情，是开心笑着的；孩子的牙，是沾满麦浆的。此时的麦浆，是极鲜的，极嫩的，极甜的。

夜来南风起，小麦覆陇黄。从麦芒开始，小麦从上至下一层层泛黄。村人开始与争食麦粒的动物们斗智斗勇，鸟雀开始与麦地的稻草人斗智斗勇，布谷鸟开始叫"阿公阿婆，割麦插禾"，乡村的镰刀，已锋芒毕露。

麦黄一夜，人老一年。

村人没有时间细究，麦子究竟如何做到了一夜黄透，昨夜的风是不是与往常不同，昨夜的月是不是与平日有异，昨夜的狗是不是听到了动静，昨夜的麦子是不是非常着急。

天没亮透，麦田麦地已是人欢马叫。"荒月"里积蓄的饥饿，"荒月"里积蓄的希望，被全部倾泻到麦收里。等到"雄鸡雄鸡高声叫，叫得太阳红又红"，麦子已被放倒一大片，麦捆子已在地里站成一排。

在遇上磨子之前，麦子只能叫麦子。麦子遇上磨子，仿佛千里马遇上伯乐，麦子就叫面了。

有了面粉，就有了面条、面包、馒头、饼干……有篇获得中国新闻奖的作品，题为《一粒小麦变身500种产品》。某个假日，我躺在沙发上翻电视，翻到央视，突然蹦出个片名《嘿，小面》。一看内容，此小面正是重庆人有些小骄傲的小面。你到万州，如果找到了小巷那家面馆，首先看到的，是墙上的巨幅照片。

面食面前，大人物小人物一样接地气。

写出《白鹿原》的陈忠实，自问自答了一个无聊而深刻的问题：馍蒸到一半，最害怕啥？

揭锅盖。锅盖一揭，气就散了，馍就生了。

大豆

青蛙打鼓，豆子入土。

小麦收获之后，大豆登场了。

所有的植物之中，大豆慈爱有加，母性最足。

大豆发芽，舍不得稚嫩的幼芽遭遇任何风险。两块豆瓣，齐心合力，拱开底肥，拱开泥土，冲开一条血路，高出地面一两寸后，豆瓣才徐徐张开，交给幼芽一个阳光雨露的新世界。这种头大身小的形象，被借指营养不良的黄毛丫头：长得像根豆芽。

尽管母亲小心翼翼，然而路终究是自己走的。前路漫漫，植物的命运掌握在人的手中，有些嫩芽，注定不能长成庄稼。

彼时，谢博士还是谢老师，我们都在小镇中学任教。他的父亲早逝，弟妹尚幼，负担较重。年龄相仿，家境相近，脾气相投，我和他，都未脱

亲爱的庄稼

去青涩，都还有点迂腐，都还有点清高。有天他很神秘地说，最近发了小财。细问之下，才知为解经济困境，妻子暗中在生豆芽、卖豆芽。他说，这个生意，成本低，周期短，尽管全是收些毛票，但每天晚上，关起门来，一遍一遍清点毛票，阵阵窃喜，袭击全身。

此前我并不喜欢豆芽，由此对豆芽产生了好感。尽管它的生命只有三四天，但具有了生若夏花、死若秋叶的意义。

小汪对豆芽有自己的主见。牙牙学语，看到豆芽，她会告诉大人：芽豆，我要吃芽豆！

能够长成庄稼的大豆，自会拥有开花、结果的未来。

大豆开花也是母性十足。

似乎与许多植物不同，大豆花是腋生花。白的、紫的、淡紫的小花，从"腋窝"谨慎地探出眼睛，怯生生地打量这个娑婆世界。

立秋前后，一些花已变成豆荚，顶端的花还在陆续开着。最后，总有一些花，来不及长出果实，便结束了使命。

娑婆世界，并不是所有的开花，都会结果。

当豆荚还是毛豆角的时候，便成了觊觎对象。

鲁迅先生的《社戏》里，有如下精彩的桥段：

罗汉豆正旺相，柴火又现成，我们可以偷一点来煮吃的。

大家便散开在阿发家的豆田里，各摘了一大捧……各人便到六一公公的田里又各偷了一大捧。

吃完豆，又开船，一面洗器具，豆荚豆壳全抛在河水里，什么痕迹也没有了。

一直到现在，我实在再没有吃到那夜似的好豆……

小时对许多句子搞不明白，成人以后，知道书本里那些隐隐约约的意思，其实是在暗示人生。成人的世界里没有"容易"二字，说那夜的豆好，其实是说可以率性而为、可以无拘无束、可以毫不担当、可以被人原谅的童年时光，真好。

豆荚变黄的时候，若不及时收割，会在烈日下炸开，露出粒粒饱满成

大地慈祥

190

熟的大豆。

山野年轻时便是颇有名气的诗人。那时我们时常见面。星期天我去看他，他展示了刚刚发表的《豆荚开口说话》。

他说，其实是自己受了批评。领导批评他信口说话。于是他想到了豆荚。只有成熟了的豆荚，才会开口说话。

俗语有云：种瓜得瓜，种豆得豆。

如果豆种不同，得到的大豆当然不同。

黄豆是豆中之王，营养价值最高。红豆即饭豆，李时珍称之为"心之谷"。绿豆可制防暑饮料和绿豆大曲。黑豆入肾，是补肾之物……

在诗歌里活得最滋润的，当然是红豆。

红豆生南国。只凭纤手，暗抛红豆。半妆红豆，各自相思瘦。滴不尽相思血泪抛红豆。

然而，相思红豆，是在树上采撷的，真不是老家红豆饭里的那位。

大豆收获，口福如期而至。

正如段子里说的一样，豆产品生意永不亏本。大豆本身可卖，长出豆芽可卖，做豆腐不成功当豆花可卖，做成功了豆腐可卖，豆腐变干则当豆干卖，变臭则当臭豆腐卖……

萝卜白菜，各有所爱。喜不喜欢豆腐，犹如这个句子，看你如何断句：无鸡鸭也可无鱼肉也可唯青菜豆腐不可少不得学费。

大豆曾以自身的隐忍和牺牲，成功解救过人质。当曹植说出"煮豆燃豆萁，豆在釜中泣。本是同根生，相煎何太急？"的时候，曹丕就放过他了。

大豆原产中国，种子输到世界各地。如今，我们的大豆，主要靠进口。

苞谷

间作，不是间歇性发作，也不是偶尔"作"一下。

那是农人集约使用土地的经典范例。

隔三四行小麦，种一行苞谷。小麦先收，空出的位置又栽种红苕。

苞谷在许多时候不能叫玉米，比如，村人未婚先孕，会被嘲笑"点早

亲爱的庄稼

191

苞谷"；乡下有句名言"吃苞谷，开黄腔"。

苞谷的成长，蕴藏着人生智慧。小麦成熟之前，苞谷苗深藏于地垄深处，风雨自有个高的遮挡，自己尽可韬光养晦，潜伏爪牙。一待麦收，苍茫大地，全归自己，于是尽情生长，放手发展，要不了几个初一十五，便蹿出一人多高。这时，红苕藤匍匐在自己脚下，谦恭得像个臣民。

七八月间，是苞谷的青春季节。放眼望去，密密匝匝，蓊蓊郁郁，漫山遍野，已扎起巨大的青纱帐。青纱帐内，苞谷与苞谷，相互撩拨，那些含苞欲放的恋爱，那些缠绵悱恻的恋爱，那些欲说还休的恋爱，像剧里演的一样，一幕幕开启。

苞谷的花开在顶端。连片的苞谷花，仿佛盛开的荷尔蒙，风过花摇，细屑一样的花粉纷纷扬扬飘落。苞谷秆的腰间，幼穗刚具雏形，开始"戴帽"，胡须一样的花缨开始呈乳白色，慢慢呈淡黄色，最后成黑红色。调皮的孩子，总爱把花缨分成三绺，编成麻花辫。若将这样的雏穗和花缨特写下来，恰似一位身材颀长的女子，拖着一条长发及腰的辫子。

女大十八变。苞谷穗子一天比一天丰满。小时常常好奇，苞壳里的苞谷籽，究竟是从上长到下，还是从下长到上的？

其实，苞谷籽是从棒子中间向两头生长的，而下部又早于上部。

何以见得？

有位名人"割麦便割麦，舂米便舂米，撑船便撑船"，却独独忌讳"癞"字，甚而忌讳光、亮、灯、烛……

发育不好的苞谷棒子，剥开壳就能看到，棒子中间，稀稀拉拉长些籽粒，下部象征性长几颗，上部则是光的。村人不会理睬那位名人的感受，直呼这种苞谷为"癞子苞谷"。

九月，苞谷须彻底打蔫了。猴急猴急的孩子，开始偷掰棒子，吃烧苞谷。山村的石磨，吱吱呀呀转起来，桐子树上，不时掉下采摘桐叶的小毛孩，桐叶苞谷粑的清香，弥散到整个乡村。

庄稼人靠天吃饭。如果某年夏天雨水特别少或是特别多，苞谷的收成就不能做大的指望。村里传说，春天媒婆为小罗介绍了个对象，小罗十分满意。夏天对象再来，小罗高兴得忘乎所以，嫌自家苞谷苗稀粒少，呼啦啦掰下一大片嫩苞谷磨汤圆。过后老罗老婆一清点，3 亩地的苞谷已被一扫而光，气得捶胸顿足："一顿饭吃了我 3 亩苞谷，如此女子，谁敢要她当儿媳！"于是棒打鸳鸯，儿子从此神经错乱。

中秋前后，苞谷壳差不多变黄干透，此时苞谷棒子已完全成熟。每当收回棒子，祖祖都问：有红苞谷吗？

苞谷棒子本该是黄色，偏偏有少数，长着长着，到收成的时候，是红色，更有极少数，是紫色。祖祖统称红苞谷，一一挑拣出来，说是可以药用。

我对苞谷羹、苞谷粑实在没有好感。乡村两岔穷疙瘩，每天红薯苞谷粑。要想吃顿大米饭，除非生病怀娃娃。小时缺米，吃苞谷吃伤心了。但艺术家喜欢。哪家街檐的横梁上苞谷串挂得多，挂得长，会经常招惹胸前挎着相机的人，咔嚓咔嚓一阵猛拍，有时还会带来穿着土蓝花布衣服的美女，倚在苞谷串上拍。不久，杂志的封页，就有了那样的照片。

苞谷偶尔和乡村大事挂钩。隔房的五爷，大字不识，热心公益，秋天里许多同样大字不识的社员要推举他做生产队副队长。主事的说需要选举，于是在五爷背后放了碗，同意他就往他碗里丢一粒苞谷。结果显示同意票过半，顺利当选。

1995 年，我在广东，算是从农村跨进了城里，恰好读到路遥《平凡的世界》，读到搬进省委大院的大领导，非要撤去院内花草，而要种上苞谷时，哑然失笑。

高粱

"稻粱菽，麦黍稷"。

《三字经》说"此六谷，人所食"。尽管高粱位列于此，但在老家，高粱的地位并没有这么突出，也没有莫言《红高粱》里茂密得可以在其中玩耍的高粱地。

清明断雪，谷雨断霜。清明过后，就可开始种高粱了。

说是高粱米，其实高粱籽比米粒更小。谁能料想，丢下一粒籽，发了一颗芽，它能长得那么高大，长成了《兰花花》里"五谷里的田苗子，唯有高粱高……"。

种子的神奇，莫过于此。

沾上地气，五六天后，种子的生命力被大地唤醒，高粱睁开了惺忪的眼睛。从决定长成最高的庄稼那一刻起，高粱就是一副不管不顾放肆生长的架势。过不了几日，幼苗便长出了四五片叶子。

"提篮小卖拾煤渣，担水劈柴也靠她。里里外外一把手，穷人的孩子早当家。"（《红灯记》）

早早当家自担风雨的，其实还有高粱。

老家的人，会趁了雨天，将四五片叶子的高粱苗连根拔起，移栽到田埂上、地角边。

仅仅集体上过幼儿园的高粱幼苗们，就此别过，各奔前程，各立门户，除非秋收时它们的籽粒相聚，否则，此生不再相见。

如果是小汪，没长出果实之前，是万万分辨不出高粱与玉米的区别的。

作为庄稼的高粱与玉米，外观高度近似。区别在于，高粱叶细腻，有淡淡的白雾；秆比玉米高，若为甜秆，则比玉米秆更甜更硬实。玉米叶，有小锯齿，夏天钻进苞谷林，裸露的手臂上会有道道血痕。

高粱命硬，极像那些听天由命的庄稼汉。根须抓地跟树木抓地一样，使劲往深里扎。秆又高又结实，眼见苞谷倒伏、水稻倒伏、小麦倒伏，偏偏"木秀于林风必摧之"的高粱不倒伏。

时序进入初秋，高粱还在肆无忌惮地生长。高昂的头颅之上，开始扬花吐蕊。在山梁上，在田地边，高高的秸秆兀自顶着一团桀骜不驯的淡绿色花，满脸无知者无畏的表情，状如典型的"二愣子""愣头青"。

仲秋时节，高粱的生长仍然横冲直撞。此时个高在一丈以上，叶片越发苍翠油亮，高粱籽赶天赶地灌浆。然而，它丝毫没有察觉到自己即将当上父母。

我中学在乡下完成。乡下老师都有自己的独到用语。作文粗糙，老师会说"一碗白开水，滴点母猪油，扯个大圈圈"；那些假机灵的孩子会被

194

批评"机灵娃儿屙夜屎屙到板板上";表现太过张扬,老师会说"你家有好多羊子赶不上山";一知半解,老师说"满壶水全不响半壶水响叮当"。

这个时节的高粱,活脱脱一副很多羊子赶不上山、半壶水响叮当的样子。

深秋到了,高粱成熟。高粱穗红得如燃烧的火炬。红高粱红高粱,名字就是这样得来的啊。

魏巍老先生说,战士"像秋天田野里一株红高粱那样的淳朴可爱",只一句话,把战士和高粱全都表扬了。这个时候的战士,大抵跟这个时候的高粱一样,一定是有了巨大收成,但情状却很腼腆,不但低着头,而且红着脸。如果来自东北,他的心里,一定响起了那首"身边的那片田野啊,手边的枣花香,高粱熟来红满天,九儿我送你去远方"。

老秦说,高粱的人生高潮,不在生前,而在身后。

小时经常打酒的地方,叫大洞沟。书包里装着几斤高粱,手里攥着几毛加工费,沿山脊缓坡而下,但见"水帘洞"内蒸汽昂昂。此地便是乡里唯一的烤酒厂。

如果运气好,既打了酒,还能听到酒厂的人"摆古"。

第一个用高粱酿成佳酿的人说,佳酿里还差三滴血,才能变成人间至味。路过佳酿的三个人是随机的,第一滴血是文人的,第二滴血是武将的,第三滴血是疯子的。

有了三滴血的佳酿叫高粱酒。酒过一巡,大家在席间斯斯文文,酒过二巡,则状如武夫,酒过三巡,便开始癫狂了。

能为怂人壮胆,能让贵妃妩媚,能让李白诗百篇,能让武松打老虎,能让人说着不喝不喝又喝高了……

高粱,身死而生命升华。确如老秦所言,这叫活出了境界。

水稻

许多庄稼,不只种在土里。

有的种在神话里,有的种在传统里,有的种在诗词里。

水稻就是。

洪荒时代，洪水泛滥，百物不生。大黄狗游到天上，尾巴上沾着稻子，带回山间，播种收获。从此，稻穗的形状，就是狗尾的形状，秋后煮了新米，第一碗饭盛给狗子。

我情愿相信这是真的。

庄稼，需要一切的天时地利人和，"夫稼，为之者人也，生之者地也，养之者天也"。皇帝亲临社稷坛祭祀，农人脸朝黄土背朝天劳作，都是虔心向天地乞食的姿势。

但是，插秧不是乞食姿势，而是创作姿势。

青山隐隐，蓝天白云，水田如镜。

一群粗糙壮实的农人，摇身一变，全都成了伟大诗人。每一棵秧苗落下，都是他们手写的逗点；每一片秧苗成行，都是他们吟成的佳句，每一块秧田插满，都是他们新作的章节。

只要你仔细听，会听懂他们写在大地上的每一句。

有福之人毛两腿，无福之人两腿毛。这是山歌小调。

世间只有种田好，虽然辛苦饿不倒。这是直抒胸臆。

大田栽秧行对行，一对秧鸡来歇凉。这是感物起兴。

乡村四月闲人少，才了蚕桑又插田。这个带有古风。

六根清净方为道，退步原来是向前。这个带有禅机……

老人们爱说大人望栽田，娃娃望过年。其实小孩也盼望栽田。栽秧农忙，这个时候，学校有理由放假，叫农忙假。

放农忙假的日子，低年级的孩子成了假农忙。兴之所致，站在田坎上顺手往田里抛甩几个秧头，或是趁着水浑，追赶一阵鲫鱼泥鳅，或是干脆坐在田坎上，看那惊慌失措的妇人，高声尖叫着拍打死死黏在腿上的蚂蟥。

新栽的秧苗，根还没长进土里，急着寻找螺蛳蚌壳的鸭群鹅群，只要到田里一搅，农人的"诗"就不能发表了。

端午节前后，处处山明水秀，田田郁郁葱葱，秧苗生长一片欢实，此时开始第一次田间管理，薅秧时刻到了。

"来时二哥一身汗，走时幺妹三斤糖"。

收成的希望在田间蓬勃生长，春节之后几乎半年没有重要的民间节日，好不容易来了端午，乡村礼仪这时派上了用场。

已经定亲尚未结婚的，毛脚女婿会规规矩矩，三把面，十个蛋，一块肉，提到未来老丈人家，薅半天一天秧，说些暖心暖肺的话，瞅瞅自己心上的人。幺妹看到了勤劳懂事的对象，心里是甜的，送的糖也是甜的。

弟弟跟了师傅，学了几年吹鼓手，年年这个时节，也会规规矩矩，去帮师傅薅秧。若凡某年师傅带了若干徒弟，则会把每个徒弟的"心意"，用竹筛装上，排成一排，进行展示，既是显摆，也是对比。

天时人事日相催，说话之间，秧苗就要"怀胎"。

此时的水稻，最怕缺水。小时课文里的恶霸地主，为了得到农民舍不得的良田，便买断良田周围的土地，让那良田永远引不到水。可恶的地主，真是捏准了水稻和农民的命脉。

大旱之年，我曾陪父亲挑水抗旱，然而毕竟杯水车薪，有些水稻，寿终正寝时被谥为"怀胎草"。

风调雨顺的年景，则是一派欣欣向荣。怀胎的秧苗隔不了几天就抽穗扬花，暗香浮动。一到晚上，夜色与稻穗卿卿我我，萤火虫在穗间闪闪发光，青蛙在田里呱呱欢叫……

"稻花香里说丰年，听取蛙声一片"。这时的稻田，既疯长稻子，更盛产诗歌。农人春天写在秧田里的，从六七千年前自有稻谷时的第一首歌，到新时代诗人们正在酝酿的若干首诗，此时都以稻的名，一首首烫金发表。

秧奔小满谷奔秋。

热烈的太阳，将青涩的稻穗爱抚了一遍又一遍。又来一阵金色的风，跟稻谷们一番接一番缠绵。那些本已羞涩得抬不起头的穗子，实在经受不住这样撩拨，它们决定不再矜持，在稻浪的簇拥推搡中，半推半就完成了一拜天地、二拜高堂、三拜夫妻，之后哗啦啦一片，黄成了金灿灿的稻谷。

一场庄重而盛大的秋收仪式之后，稻子变成了让老人小孩笑得合不拢嘴的大米饭，稻糠变成了鸡鸭猪鹅争相追逐的营养品，稻草变成了草绳、草席、草帽、草鞋和稻草人。

亲爱的庄稼

在中国，在稻子的发源地，见证了袁隆平先生一粒种子改变世界之后，2018 年，农民和稻子拥有了自己的第一个节日：

"中国农民丰收节"。

端午三题

"桃枝插在大门上，出门一望麦儿黄。"

这个端午节，紧随芒种之后。这样的时序，是不是期待"我们的节日"能像一粒种子，嵌进国人心中，生根发芽，长桃长李长春风?

一

太史公言：人固有一死，或重于泰山，或轻于鸿毛。

是谁，纵身一跃，激起的漩涡能经久不息，溅起的水花打湿了两千年的路人?

他是屈原。

战国时期，诸子百家，三教九流，百花齐放，百家争鸣。一个文化人，完全可以卖智力为生，"此处不留爷，自有留爷处，处处不留爷，爷当个体户"，楚国不行，到齐国去，秦国不行，到赵国去，东方不亮西方亮，南方不行有北方，总之天无绝人之路。

然而屈原做不到。他是三闾"大夫"。中国士大夫的人生追求是三不朽：立德、立言、立功。三不朽既成，修身、齐家、治国、平天下。如若三不朽不成，生活道路还有选择，那就是隐士心态与狂士风骨。大隐、中隐、小隐，甚而天隐、地隐、市隐、心隐……或游戏人生，或咏诗作画，或啸聚竹林，或针砭时弊。有的"不炼金丹不坐禅，不为商贾不耕田；闲来写就青山卖，不使人间造孽钱"。有的天子呼来不上船，"箕子被发而佯狂"。有的"十步杀一人，千里不留行。事了拂衣去，深藏身与名"。

然而，后一种士大夫的状况，屈原还是做不到。"帝高阳之苗裔兮，朕皇考曰伯庸"，帝高阳，即"三皇五帝"中的颛顼帝高阳氏。屈原血统是贵族，而且当下也是楚国的三大贵族之一。"一夜可以造就一个富翁，三代才能培养一个贵族"。渗入血脉与骨子的高贵，让他发出"众人皆醉我独醒，众人皆浊我独清"的浩叹。

对上，"灵台无计逃神矢，寄意寒星荃不察"。对下，"长太息以掩涕兮，哀民生之多艰"。同时，他还有灵魂上的洁癖，"揽茹蕙以掩涕兮，沾余襟之浪浪"，连擦眼泪都要用香蕙，从不因内心痛苦而有失修养。而包围他的环境，则完全是一团污淖。公元278年，秦兵攻破楚国郢都，国破山河在，城春草木深，有心报国，无力回天。

万箭穿心，其状如何？其悲如何？其痛如何？

此刻的屈原便是。

终于，质本洁来还洁去，强于污淖陷渠沟。

从此，有说不尽的屈原，有赋不尽的离骚，有过不尽的端午。

一代伟人有《屈原》诗云：屈子当年赋楚骚，手中握有杀人刀。艾萧太盛菉兰少，一跃冲向万里涛。

泱泱数千载，我们的先人尊儒坑儒，崇释废释，好道弃道，改朝换代，此长彼消，反反复复，明明灭灭。唯独屈原与离骚，向死而生，生而不息，至今仍以节日的方式，屹立于庙堂，也站立于陋巷，存活在南方，也存在于北方，用粽子的清香萦绕，也用龙舟的鼓角竞渡。

大抵，舍身求法者，堪称民族的脊梁。

二

屈原被放逐的时候，他的姐姐赶忙回归故乡，苦口婆心，耐心规劝。她劝屈原以史为鉴，不要扛起棒槌不换肩，一条巷子走到黑。她说：有个叫鲧的大臣，也像你这么刚烈，最后早早死在了羽山荒野。

当然劝说是无效的。但是，由此，中国产生一个地名，秭归。"秭"由"姊"迁变而来。

我去过秭归。我去的时候，一大群人不是在"归"而是在"迁"。因为三峡工程建设，一帮移民，正在"舍小家，顾大家，为国家"，背井离乡，外迁他乡。

此时，我所拜谒的屈原故里的屈原墓，已两次搬迁，第一次因兴建葛洲坝工程，第二次因兴建三峡工程。

秭归还自认了一位古代移民，在"著名人物"里，该县罗列着"民族和平使者王昭君"。

西汉元帝时期，昭君奉旨赴匈奴"和亲"，与单于呼韩邪成婚。呼韩邪去世，她上书求归，又奉旨"从胡俗"复嫁呼韩邪长子。然而悲剧并未结束，第二任丈夫也撒手人寰，她再奉命嫁给呼韩邪长子的长子即孙子。昭君终于彻底崩溃，服毒身亡。

如果屈原是"烈士"，昭君便是"烈女"了。与屈原一样，她的人生以悲剧结束，然而留给历史的却是正剧：昭君出塞，结束了匈奴与汉朝的百年对抗，实现了"边城晏闭，牛马布野，三世无犬吠之警，黎庶亡（无）干戈之役"。

屈原曾说"鸟飞反故乡兮，狐死必首丘"。昭君安息塞外，至今未"归"。然而，时光流变，光焰不减，她的事迹引无数英雄竞折腰。杜甫在重庆的时候，还专门为她写下"群山万壑赴荆门，生长明妃尚有村。一去紫台连朔漠，独留青冢向黄昏"。

何至于此？我想秭归对她定义的开头二字极有意思。

这两个字是"民族"。

三

"五四"青年节晚餐，我煮食了老家农村土面。甫一上桌，我就感慨"这面有麦子的香味"。小汪好奇地问道："麦子，是啥味道？"

我瞬间无语。我确实还惦记着即将到来的麦收季节，但她对麦子的认知尚未开始。她在城里长大，几乎没有赤脚走路，她生长的环境不允许，她从未玩过泥巴。她回到老家的时候，只能把麦苗当韭菜。这些，不仅仅是"九九节"与"五四节"的区别。

有人说，现代文明走得越远，便有越多的人只能到乡土中去寻根。只要父辈们还在那片土地上播种、收获，乡土世界就是我们的精神纽带和精神家园。

《人民日报》有篇文章《地名，我们回家的路》，讲台湾老兵返回大陆寻根问祖。读时我想，人老了，大抵如此，肉身寻求安置，心底寻求慰藉，灵魂寻求归依。年轻人未必如此，花花世界，鸳鸯蝴蝶，乐不思蜀，哪管陌上花开，我自不归。

　　修正我这个想法的，是一档电视节目。27岁的余小娇出生在美国旧金山，她的身上有四种血统，华裔、西班牙、关岛和日本血统。她有一个奇怪的想法，要凭一张照片找到外婆曾经在广东乡下居住的家。历经千辛万苦，她终于达成心愿解开心结。彼时她明白，之所以自己对此孜孜以求，原来是为找到自己的根。

老家，心坎抹不去的朱砂痣

正如段子手说的那样，数亿国人，刚刚行了一波大运，那就是春运。"有故乡的人回到故乡，没故乡的人走向远方。"一年一回，我回到了生养自己的天城村。

一

幺奶奶年近八十，已是家族祖辈中硕果仅存的人物。她不仅代表着一辈人，更是许多乡村习俗的"掌墨师"。年轻人大多不懂规矩，幺奶奶会百说不厌加以点化。沿乡村公路两旁，十余户聚族而居，家家都是她的子孙，所以大年初一一早，她就显得很忙。她要挨家挨户通知，初一不要扫屋，初一不要洗衣，初一不要倒水，初一不要外扔垃圾……这些事关一年的"财喜"，开年第一天务必守住。她对孙辈讲女娲抟土造人，开头十天，依次为"一鸡二犬，三猪四羊，五牛六马，七人八谷，九麻十豆"，比如初一这天天气晴朗，则是预示全年鸡族兴旺。她会关注新春之后，四邻八乡中第一个揖别人世者的性别，盘问知情人"今年是男开山还是女开山？"。若是男性"开山"，她说男人今年须得事事精细。春节里不断有人返乡不断有人外出，她会善意提醒：七不出门八不归，初九出门有是非。

"团年"是春节里最隆重最盛大的仪程。开席之前，必须恭请"先人"；满桌之人，不许说"破口"之话；整个过程，不可缺碗少筷，打烂东西……因为"规矩很大"，禁忌很多，团年饭与"杀猪饭"大不相同，杀猪饭是皆大欢喜，团年饭是至尊殊誉。乡村之人，每年能够出席几次团年饭，是春节里的重要谈资，也是身份地位的标志。幺奶奶显赫的辈分和众多的后裔，让她享有村里无人能及的团年资格，腊月的最后几天，因为后辈轮流团年，她必须调度统筹，老大老二，儿辈孙辈，谁轮哪天，由她说了算。

最近几年，幺奶奶对族中的团年时间，做了重要"调度"，许多家的团年，从腊月调到了春节。不为别的，我被她认定有资格到每家团年，而我在春节才能回家。

幺奶奶的眼中，家族子孙，我第一个考取了"秀才"，第一个在省城工作。在她有限的"劝书文"中，比较经典的是三句，句句重点都是"读书"。一句是养儿不读书，胜似喂条猪；一句是万般皆下品，唯有读书高；一句是满朝朱紫贵，俱是读书人。

春节里，我再次感到，没有文化的幺奶奶，在以厚重的年轮完成着对乡土的坚持，对传统的遵从，对血脉的承续，对文化的守望。

二

春节前后，乡村将迎来农历二十四节气中的第一个节气：立春。

立春在老家叫"打春"。打春前，腊月里，有项重要活动，为先人"垒坟"。打春之后，不能动土，只能"挂纸"。

老家的"风水宝地"是大家熟知的，所以也是各氏共用的。母亲去世后的第三年，我60多岁的舅舅，前去为她挂纸。走到坟前，摆上祭品，焚过馨香，放过鞭炮，悲从中来，老泪纵横，抚坟恸哭。悲伤号啕之中，有好心人轻拍他的肩膀，提醒他说：哥子，你上错坟了，你祭的是雷老汉，旁边才是你妹妹的坟。

为了避免上错坟，每年春节，我都带着小汪回家祭祖。她在城里长大，对农村没有多少认知，已不解乡村物语，也认不得坟里的多数人。她只能从我的口中，了解到女高祖的小脚，女祖祖的咸菜，祖母的坚韧与慈爱……这两年的春节，她比我放假早，都外出过年。外出之前，她都专程回村，为祖坟挂纸。但她是否当着习惯或任务完成，我不得而知。

如今一同前往挂纸的队伍，新增了两位成员。一位即将跨入家族的门槛，对这个家族颇感兴趣。她指着村里那块古老石碑，问我碑里所祭何人，我竟语焉不详。这块石碑，外观巍峨雄伟，其表刻着繁体"复真所"三字，苍劲有力。其内署有立碑者名字，应为主人的三位儿子，其名气场十足，叫作廷洋、廷海、廷江。能够推断，碑主是我的五世祖。我的先人之中，似无达官显贵，但我相信，他是一个敬重文化的人。

队伍里新增的另一位，名叫"孟城"，猴年出生，不到一岁。他是我侄女的儿子，这是他出生以来第一次参加祭祖。我相信这是他探寻"我是谁、从哪里来、到哪里去"旅程之发轫。

带着这些成员回来，我是想让他们明白，老屋在，祖坟在，根就在。老家，应是烙进心坎抹不去的朱砂痣。

三

幺奶奶的嫡传长孙，我的一位堂弟，春节在老家宴请了一回宾客。他在外打拼多年，当上了小包工头，积攒了一笔收入，在县城买了住房。他以宴请的方式，作别乡村。

老家所在地是劳务输出重地。多年前，我写过两篇文章，一篇《输出劳动力 引回生产力》，一篇《开县劳务输出每年挣回 10 个亿》，分别发了《重庆日报》头条和《农民日报》头版头条。从那时起，开县人被称为重庆"温州人"。

那些年，老家鳞次栉比屹立起的乡村楼房，都是用了"10 个亿"来奠基。村里的"老广"，文化不高，收入当然不高，实在无法建起自家楼房。他在广东一家工厂开注塑机。某次晚班，注塑机重重地轧碎了他的左手大拇指，工厂赔给他四万元。他用截肢的拇指，换得了老家的两层楼房。

还有那位"五爷"，村里集资硬化公路，每人平摊 800 元，他家 7 口人，上交款是笔天文数字。他说：这事与我无关，这款我也不交，我不出远门从不坐车，我也不运东西，连煤炭都是自己走路挑回来的。村干部拿他无法，专门请了辆拖拉机来，众目睽睽之下，强行让他坐了一回专车。

一晃十数年已经过去。春节再遇"五爷"，他说他的三个儿子，老大老二在县城买了房子，老幺已在汕尾安家。如今出门，只坐车不行，还要坐飞机，好在飞机不需公路，政策也好，不收飞机集资款，不然该是好大一笔。

至于"老广"，他的孩子也在长大，他说人不读书不行，你看村里的道师，以前多么吃香，多少人跟他拜师学徒，但他就不让两个后人接班，一个考

老家，心坎抹不去的朱砂痣

了公务员，在县城上班；一个读了中央财大，在京城上班。他说你在省城，路子广，想请你帮个忙，给孩子找个好点的学校，将来考上好的大学，早点离开村里。

　　节假结束，又别天城。村里人说，最近有一帮城里人，时常来附近转悠，说是要选个基础好的农房，改造成他们的"度假房"。

　　诚如是，我倒很是盼望，村人"围城"，同时也有城里人来"围村"。

以陶之名，在时光深处相遇

寻常农户，必有窑货。窑非官窑，货非瓷器。这些叫"陶"的物什，已在塑胶、玻璃、水晶、不锈钢的替代中渐行渐远，留给时光一丝人间烟火熏烤过的苍黄，倘有相遇，却是旧时。

罐里乾坤大

马烽写老牛筋脾气犟，说他有次掏大粪，溅到了裤子上，气毛了，拿着粪勺向茅坑猛捅，边捅边吼"你就溅，你就溅！"，直到溅了一身一脸，才算解气。

老师讲到这里，全班哄笑，只有一人发问：不知老牛筋是用啥子点粪？老师说：沙罐噻。全班狂笑。

乡人有句名言，形容废话偏多，"破沙罐煮屎"。老师曾明令不准同学互叫诨名。而有个同学，人赐诨名"周沙罐"。

诨名从老师嘴里叫出来，周同学内伤到吐血三碗。农村的沙罐，最大的使命，就是点粪，日日与粪桶、茅坑为伍，完事之后，随地一丢，无人捡无人偷，一生臭气烘烘。

沙罐的命运其实折射了人的命运。总有百里挑一的"周沙罐"们，通过当兵、考学，终于跃出农门，不再修理地球。这正如个别沙罐一样，被派上了令人眼羡的差使。大冬天里，七老八十的丈母娘颤颤巍巍去了小女婿家，或是幺女儿挺着珠胎暗结已孕身回到娘屋，主人定会拿出一只沙罐，割下一段腊肉，煨进一堆圪篼火里。第二天清晨，一道异香扑鼻的沙罐煨肉，张扬地呈现在客人面前。

小的时候，曾见家家土灶锅台，安有一只沙罐。这是劳动人民的机智：灶里烧火，锅里煮饭，火苗顺带舔热沙罐里的水，一举两得。晚清四大谴责小说之一的《二十年目睹之怪现状》，其作者吴趼人，有一部小说《恨海》，写到了这种沙罐。第四回"侍亲娘荒店觅茶汤　寻夫婿通衢张字帖"：

灶上安放着一口铁锅，旁边放着一个沙罐。

老家一带，称老病号为"药沙罐"。这是用了"借代"手法。村人生病，只能看中医，老中医对熬药很讲究，要求用沙罐。农家器物，比较金贵，比如孩子打破一只碗，大人轻则斥责，重则脚踢。然而你去老病号家，无意之间，一脚踢碎了门背后的药沙罐，他不但不怨你，还会对你连声称谢。在他看来，药沙罐打破了，预示病快好了，此乃天意。

沙罐还用于煮茶。在西藏，看到藏族同胞用沙罐熬制酥油茶，其名为"热钵"。周立波《山乡巨变》中说：一位中年妇女手提沙罐子温茶。

有市场就会有买卖。"挑沙罐卖"，是固定短语。一条篾片，穿起一串沙罐把手，扁担一挑，走村串户，一角五一只。其累之苦，其利之微，可以想见。所以乡人常常这样造句：哪怕挑沙罐卖，也要供你上学。与此相关的土语，"一挑沙罐滚下底——没得一个好的"，常被老人用来指某家后人不争气，没一个有出息。另一句"打破砂锅问到底"，据称原文是"打破沙罐纹到底"。有考据癖者说，此语源自黄庭坚《拙轩颂》：觅巧了不可得，拙从何来？打破沙盆一问，狂子因此眼开。

少不更事，道人吃枪子，就念一首歌谣：脸朝河对门，背对北京城，喊你去当兵，你要去抢人，敲掉你沙罐，二世变好人。敲沙罐，实则枪崩脑袋。重庆名小说《红岩》写处置特务，有一句：全部敲沙罐。

老人常说，皇帝也有三个穷亲戚。按此思路，竟把沙罐与皇帝扯上关系。村人讲，朱元璋潦倒狼狈时，三人一同在芦苇里用沙罐煮芋头。人不在时，屙尿撞上牛角蜂，刚煮好，沙罐被打破了。后来朱元璋当了皇帝，其中一当事人直截了当，旧事重提，结果被逐出宫门。一人巧舌如簧，结果冠冕加身。此人这般讲述当年故事：身在芦州府，攻破罐州城，跑脱汤元帅，活捉芋将军。

让我们再次回到课文。王宫有陶、铁两个罐子，铁罐鄙视陶罐，常常挤兑它。后来宫殿倒塌，荒草淹没。多年以后，人们掘开荒地，找到了陶罐，但铁罐已销蚀得灰飞烟灭。课文很有意思，陶罐的一句话也很有意思，面对铁罐一碰定高下的威胁时，它说：我们天生并不是来互相碰撞的。

坛中日月长

老家后山人家有柿树。柿子成熟时节，小伙伴们费尽心力，偷了两个回来，满脸兴奋一口咬去，结果涩得舌打不直，嘴张不开。大伙伴教我们，刚摘的柿子没脱涩，吃不得，装进坛子里，放几天就好了。

坛子居然有此用途，的确不知。我只知道，奶奶对咸菜坛子看管极严，尤其泡菜坛，擅自伸手进去，一般会遭打手。她说，有些手，天生不能进坛子，否则全坛烂菜。男娃子，爱捉麻雀，耍了麻雀再抓咸菜，一抓一个烂。

越是不准，越想试试。偷试几回，坛里果然生了花，泛起一层白。除白的方法，今人一般用酒。然而奶奶说不行，坛里若加白酒，泡菜不再脆嫩，全变稀软。她的办法，一是加鲜紫苏，不但去白沫，而且增香；一是把干胡豆炒熟，倒进坛里。夏夜来临，晚风习习，坛里取一碟胡豆，一杯小灶土酒，月下细细呷来，嚼酸了生活，嚼长了日月，辛苦劳作的乡下男人，真切感受到生命的犒赏，生活的回馈。

家人偶感风寒，泡菜派上大用。酸姜、酸海椒、酸萝卜，和面条煮，热热地吃下，捂上两床被子，一觉醒来，风寒早已无影无踪。彼时嘴馋，惦记那份酸爽，常常扯奶奶衣角：我感冒，我头痛，我咳嗽……

泡制咸菜是技术活，选购坛子也是技术活。家中大的坛子，能装三四挑水。偌大的坛子，如何快速判断它是否漏气漏水？奶奶自有智慧：坛沿掺水，点燃一张纸丢进坛中，迅速盖上盖子。你以为是密闭的坛身不冒出烟来便是好坛子，错！坛沿水被悉数吸入坛子中，才是好坛子。

人称泡菜是中国人的第一家菜。老坛子里，不只有家的怀想和记忆，还有国的叙述与记事。

最早记录泡菜的，是《诗经》中的"疆场有瓜，是剥是菹"。且看"菹"字："且"为坛形，再加盐水，泡植物。此段是讲古人用瓜做泡菜，祭祀先祖，以求长寿和天佑。从北魏的《齐民要术》，到清代袁枚的《随园食单》，泡菜均是有迹可循。

苏东坡是大文豪，也是"好吃狗"，"东坡肉"之外，再一"吃事"

便是泡菜下酒。据他记述，即使冰天雪地，一想喝酒便往鲁元翰家中跑。某次，已在丛竹轩摆开架势准备夜饮，结果主人家里连下酒的泡菜也没有了。

人的味觉一旦形成，改变实非易事。曾经工作的区县，有镇名"桥亭"，该镇炊事员，一手好泡菜。上级来人，必点一样菜，泡菜回锅肉。往往吃完一盘，必点二盘。

泡酸为何如此凛冽，泡香为何如此袭人？科学家也感兴趣。研究表明，泡菜富含维生素 C、B1、B2，钙、铁、锌等矿物质，碳水化合物，氨基酸，蛋白质……能够调节肠道微生态平衡，预防动脉粥样硬化，减轻晕船晕机……

重庆方言中，放鸽子、扯把子、涮坛子，或多或少，都有"开玩笑"之意。坛子如何与此意撮合到一块，不得而知。但有一个涮坛子的故事：王姓书生掉进汴河，河神救起并告诉他：先生命中有 30 万料钱。第二年，这位书生中了状元。另一位屡试不第者听闻此事，心生一计，假装落水，汴河河神果然救他，此生便问：我名下有多少料钱？河神答：你只有 300 坛咸菜。

我变换住地，覃姓嫂子送了一件非常别致的礼物，让人感动。她用老坛"母水"，为我精心制作了一坛泡菜。我的脑里，当时蹦出一句："不能不遇见，不能不想念。"

我在外头　你在里头

良言一句三冬暖。

但好言好语从来不能安稳饥饿的肚皮。

父亲对我弟弟说，你看你和哥哥都要说媳妇不是？你们说媳妇都要建房不是？这些都需要我们吃饭节省点不是？

父亲读书不多，讲不出集腋成裘、聚沙成塔的道理。弟弟也读书不多，但他知道听从父亲的话。

父亲用乡间的名言教导我们：吃孬点耍好点，不宵夜睡早点。一天之中，晚上不再劳动，可以省饭，晚饭一人一碗。

第二天天黑，家人的事务一如既往，按部就班：挑水、推磨、喂猪、煮饭。

弟弟负责煮饭。他按照父亲的要求，一人只盛一份。父亲端起来一看，忧郁像春水从眼睛和脸色里泛滥出来。

弟弟把家里所有泡菜大坛、咸菜大坛的盖子揭来，为我们每人盛了满满的面条。

父亲边吃边数落。但弟弟的肚量跟食量一样大，他毫不计较，把头埋在坛子盖里，默默地吃，利索地吃完了属于自己那份半斤以上的干面条。

"装得莽，吃得香"。弟弟在前面挡箭，我跟着饱口福之欲。我对弟弟的机智和担当，佩服如滔滔江水，连绵不绝。

于是我承诺，如果以后我考上了大学，我出钱，让他去镇上开馆子，他有好吃的，我也有好吃的。

"正半年，二梭梭，三月四月瞌睡多"。到了农历三四月，青黄不接，荒月到了。乡村的孩子饿得有气无力，走路倒倒歪歪，站着想坐，坐着想卧。

奶奶便对父亲说，你看，娃儿病病恹恹的样子，是不是走胎了，你赶紧给他打理一下。

走胎就是肉体虽在，但已灵魂出窍。兹事体大，宁可信其有，不可信其无。

父亲拿来鸡蛋，找来毛笔，认真地画上我的头像，写上姓名，署上生辰，用三根丝茅草缠好，包上我的外套，放到锅里蒸。

鸡蛋出锅，去壳，奶奶会在蛋白上找出豆大的绿点，并以此佐证她判断出我走胎的英明。

打理仪式郑重圆满，这个鸡蛋专属于我。这是生日也不能享受的待遇。

彼时，我的内心是庆幸感激的。庆幸走胎，感激奶奶。

一个人不经历饥渴，便难以体会饮食蕴含的意义。

我的母亲文化不高，但她嘴里总能冒出些经典。

她说，苋菜怕大蒜，胡豆怕稀饭。

她说，你有七算，他有八算，你有长箩索，他有翘扁担。

她说，万物相生相克，有的东西吃得，有的东西吃不得。

小孩子，脑花吃不得，吃了白头发，你就多吃点瘦肉呗；猪脚叉叉吃不得，吃了媳妇要掉头发，你就多吃点肥肉呗；鱼蛋吃不得，吃了不会数数，你就多吃点鱼肉呗。

感冒咳嗽，久拖不愈，她会要求"忌油"。生疮长疖子，有可能发展，她会控制饮食"发物"。荒山野岭，再饿她不允许说饿，那会招致"饿痨鬼"。

哲学家告诉我们，你是富翁，应该在高兴的时候多吃；你若贫穷，就在能吃的时候多吃。我很能吃的时候，母亲用食物教会了我敬畏与克制。

这群关联人中，有一位是懂得生活的。

幺爷爷说：我这人，好招待，只怪酒，不怪菜。

在他看来，酒不但可以搭配任何菜，而且可以用来搭配任何人生。

一年之中，总有三五回，家里会打酒。早晨上学，大人交给我几毛钱，提上几斤高粱，拿着装过农药"223"后洗净的瓶。下午放学，钱和高粱已交给酒厂，瓶里晃荡着的是土酒。

像精准计算过一样，每次，幺爷爷都恰巧碰上我打酒归来。

"乖孙孙呢，把瓶子拿过来，我尝一下里面装的啥？"

瓶塞"砰"一声被他打开。他说：我只尝一口。只听"咕咚"一声，瓶中酒少去一二两。

老实说，我是喜欢和幺爷爷巧遇的。

他家离我家不远，锅里的菜香饭香，彼此都能闻到。

一旦有特殊香味飘来，我和弟弟都会紧急出动。上得门去，二话不说，只一句"幺爷爷幺奶奶"，甚至啥都不说，讨债一般，立在那里，流着口水涎着脸，盯住他们的一举一动。每回，至少，会从他们碗里分一筷子羹。他家孩子也多，也苦也饿，但他们很少让我们失望而回。

据说，饿肚子有一个好处，就是饥饿状态可以增强人的记忆力。

所以至今，我还能清清楚楚记得此人、此事和一些时间。

1988年，母亲走了。她走的时候，我在外上学。她跟父亲说：年猪杀了，把猪肺留好，孩子喜欢吃。

1989年，奶奶走了。身后留下未解之谜。她一生不事经营，但遗物中藏有30元钱。这是老家的风俗：老人再穷都得留给后人遗产。她一共3个儿子，各继承了10元。

1999年，弟弟走了。走之前，很久没有进食的他突然说：哥哥，我想吃稀饭。我喂给他半碗。这是他此生最后一餐饭。

2008年，幺爷爷走了。走前，他已全面戒酒。

2009年，父亲走了。他走前3小时，我喂给他豆浆。这是他当时唯一能够下咽的人间美味。

他们都已融化在了故乡的泥土中。而我，已远离故土。

又一个清明到来，我能做的，是摆上菜，倒好酒，请他们一一上桌，给他们敬酒、夹菜。

如果他们说"好吃"，我会说，好吃就多吃点，现在不缺吃了。

如果他们说"难吃"，我会说，难吃也多吃点，这是我的心意。

我在外头　你在里头

吸烟

有位美女作家，网名叫"半支烟"。我笑她，一个美女，怎能叫"烟"呢？餐不离酒、茶不离口、烟不离手，如此算来，是谁把你含在嘴里、是谁把你扬在风中、是谁把你拈在指间？

在老家，攥紧烟、松开烟、显摆烟的，都是一双双青筋暴突、糙如树皮的手。两个男人相遇，叼起烟杆的那位，赶紧从嘴上取下，巴掌连揩两下，递给迎面而来的那位。对方紧趋两步，猛吸两口，连道两声：好烟，好烟！于是路边蹲下来，或是在土地庙旁的石头上坐下，从当初女娲抟土造人，说到眼前的竹子开花，从母猪上树，说到蚂蚁搬家。

一个抽烟之人，出门不带火，可以借火，不带烟，至少是个村干部了。走着走着，突然遇到两个男人，脑袋凑在一块，举止亲密无间，一个烟锅对着另一个烟锅，火星忽明忽闪，只见烟雾不见脸，那便是在"借火"。能够让两个男人嘴对嘴脸对脸如此贴近的，唯独借火。

在老家，装烟却是常态。粗放点的，随便从衣裤口袋里扯出一匹烟叶；细致点的，打开随身揣着的塑料袋掐半匹；讲究点的，展开布质的烟盒包，露出业已切细的烟丝；考究点的，则是打开一个扁扁的金属盒，里面排着裹好的一支支烟。赶场路遇，出门犁田，院坝乘凉，一声"要发财，烧起来"，一个男人，于是变成了两个，甚或聚成一堆，"吸烟摇扇，眼前风云际会"，乡村的人情人气，随着呛人的烟味弥散的烟雾，积攒升腾开来。

红的铜，白的铝，黄的骨，黑的陶瓷，都可做成烟锅。有回看"国宝档案"，有人偶得国宝级玉器，却不识货，又好吸烟，觉得最佳用处竟是做成烟锅。可见工欲善其事，必先利其器。老家烟锅，有的因地制宜，拿把镰刀，锯截竹管，就地取材，经济实用。所以，如果你在乡下，看到某人身上本该别钢笔的地方，露出一个烧得黑洞洞的竹管，大可不必讶异。

老家的人，尽管艰苦，但抽的都是正宗叶子烟。烟叶长在田里，第一匹长出的叶子必定先黄，来不及等到收割，眼尖的早早下手，扯下那匹黄叶，掐断，裹了，郑重点燃，见者有份，一人一口，从上一张嘴里扯出来，直接塞进自己嘴里。接着是轮番的啧啧称奇：这烟灰，多白；这味道，够冲；白肋烟，真不同！

一个抽烟的新手，根本不能熟练地驾驭好叶子烟。原生态的烟叶，吸着吸着就熄了火。尤其有种说法，让吸烟者不得不专心致志：如果烟上火路歪着走，燃成了半边着半边不着，说明老婆不正经。因而若不功多艺熟，必会丢人到家。然而毕竟实践出真知，吸好叶子烟，乡人有云：一要裹得松，二要烟杆通，三要明火点，四要吧得凶。

我幺爷爷是吸叶子烟的能手。小时候经常被他呼来喝去，就是这件事：孙儿呢，把烟杆给我拿来。于是我屁颠屁颠给他拿了烟杆，看他吞云吐雾。幺爷爷的烟杆，是他的标志性物件，烟锅是一坨不锈钢，烟管比我个子还高。出门在外，烟杆在手，可吸烟，可拄杖，可打狗，洋气而壮观。

这么长的烟杆，当然也有弊端，点烟非常不便。在家里，自然能将烟锅伸到灶孔或是煤油灯上。在野外，无此便利，吸烟犹如练武功，只能坐于斜坡，打燃火机，夹到脚趾缝，再拉开架势，方能点烟。倘遇刮风下雨，也有办法，绕到土地庙去，借土地公公土地婆婆两肩之间夹住火机。

乡下女人，奚落自家男人，比较狠毒的一句是：你这无用的，只配捡别人的烟屁股！幺爷爷对此不以为意。他靠一杆烟管，把上上下下润滑得溜溜转，一般男人，多以能吸到他的烟管为傲。所以幺爷爷的话，是反驳女人的最佳利器。幺爷爷说：三个烟屁股，当个肥母鸡。

抽烟的男人，也有忘乎所以者。湾里的贺家上门女婿，喜欢在床上吸烟。一个天干物燥的夜晚，他正自腾云驾雾，未料烟灰引燃了蚊帐，蚊帐点燃了柴草，柴草点着了茅草房顶。一阵哭天抢地中，家当烧个了精光。上门女婿从此坠入十八层地狱，人前人后，不敢言烟。

荒野乡村，粗糙男人，并无多少赏心乐事。然而叶子烟给男人以快感，不吸不足以真切体验。女人不吸，偶尔也向男人讨烟：脚趾烂了，把烟压进趾缝，疗效神奇，两三天就好。有些金贵点的蔬菜，生出虫来，只把烟骨捣碎，泡水，淋进菜地，水到虫除。

吸烟

父亲吸烟，积习难改。我不吸烟，不仅痛感叶子烟呛味难闻，而且深恶"吃"相不雅，烟杆一挨嘴边，口水滔滔不绝，一边吸，一边吐。父亲说，村里男人，只有韩锡山不吸烟，向他学好不好？韩锡山一族，是老家一带的名人。他不吸烟，但偷吸鸦片。父亲的反击绵里藏针，我对此耿耿于怀。

后来进城，女儿出生，已能牙牙学语。一天午间熟睡，她突然咳嗽而醒，哭着发问：恁个大的烟味，是哪个在抽烟？

阳台上正在津津有味地抽烟的父亲，条件反射般停止了抽烟。

此后，不见父亲再抽叶子烟。

老师

一

小学共有四位老师。

朱老师毛笔字好，马老师算盘打得精，牛老师《三字经》背得熟，乡邻全都心里有数。但轮到自己的娃儿上学，大家都往田老师班上送。

乡下娃儿野蛮，尿憋急了，不管三七二十一，掏出家伙抵到土墙教室的地脚石就冲。六月天上学，肩上搭起个衫衫，光着脚，上课铃催几遍了，才冲到教室门口喊"报告"，缩在背后的手上还提着一串泥鳅麻鱼。大冷天一到，从来就吝啬洗脸洗脚，整得耳根后、颈项上、螺丝骨的泥垢一样厚。每期新生入学，都会遇到几个这样的学生，其他几位老师多是和风细雨、润物无声，但总是成效甚微。田老师不同，一遇到这样的娃儿，就拿出柳条教鞭，让娃儿摊开手掌，自己说打左手还是打右手、打几下。这一打，就相当于一顿"进门杀"，被打的娃儿要么哭着吵着不再上学，要么从此中规中矩，野性大收。乡下人，识字不多，但"黄荆条下出好人"的真理还是晓得的。所以那哭着吵着的，终归是瞎子点灯白费蜡，被家长一手揪着衣领，一手扬着响篙，生拉活扯送回到田老师班上。

除非和田老师照面，否则家长和学生都不叫"田老师"的，叫"田袋袋儿"。"袋袋儿"是黄家坪对剃头匠的称呼。剃头匠嘛，再难的头都得剃，再难剃都剃得下来。现在我想，谁为田老师封得出这个雅号，可称半个文学家。

我被送到田老师班上的时候，刚五岁。"抢班"读书，就冲着田老师去的。第一天被大人押着瑟瑟抖抖往学校走，富财龙也被他奶奶押着上学。他奶奶说，田袋袋儿书教得好，有"押招"。那天她从学校过，亲见田袋袋儿在打人。那个学生站在黑板边，田袋袋儿一脚踹去，没踹到，脚上的鞋子"呼"的一声从讲台踹出了教室，全班没一个人敢笑，没挨到踹的学生还乖乖给田袋袋儿把鞋子从操场捡回去，恭恭敬敬地说："麻烦老师再踹一遍。"

因早就受了这些学前教育，田老师总让我感到不怒自威。其时他已50多岁，身材矮小，写黑板最上一排的时候总是踮起脚，擦最上一排的时候还要跳一跳。读了大半年，一次也没见田老师踹人，倒是见他用粉笔头扔人，枪法特准。谁打瞌睡了，谁在课桌下玩杏米了，谁在课后赢来烟盒了，田老师洞若观火，掰节粉笔头，手一扬，粉笔头听话地划着弧线，越过许多排，准确地命中那人的额头。许是功多艺熟，田老师极少失手。万一失手，就边讲着课边走过去，一手按住那人的头，一手用粉笔在他额头杵上一个白点。这时，总让我莫名其妙想起，怕与隔壁的雏鸡混淆，大人在自家雏鸡额上做记号的情景。

田老师有一"必杀技"，可一招制敌。男生不听话的，派去跟女生坐。男生女生坐到一起，第一件事就是拿直尺认认真真量出课桌长度，中间划出楚河汉界，自此井水不犯河水，哪怕倒拐子掠过对方领空，也会遭到迎头痛击。富财龙跟张白之坐的时候，我们天天喊"张白之是你媳妇"，并且越是当着他家长的面喊得越凶，富财龙痛苦得脸红筋涨，生不如死。喊的次数多了，字数也简省了，见到富财龙干脆直呼"张白之"，有回田老师上课喊："张白之！"结果"刷刷"一下站起来一男一女两个。

有道是黄鼠狼不偷鸡，浪费一张皮。田袋袋儿不剃癞痢头，甚至让我们若有所失。终于有一回，田老师处理他两个学生的纠纷，让我们开了眼界，一唱三叹。

临近中秋，教室里突然冲进一位中年妇人，跪在地上抱着田老师的腿一阵号啕。随着她一阵阵前仰后合，田老师的腿和身子也被她扳得有节奏地晃。这个妇人是田老师30年前的学生，她的儿子雷黑子，也是田老师的学生，他母亲相当于他的学姐。雷黑子以壮欺老，常打这位长他30年启蒙的学姐。田老师听她哭完，捡起课上没收的几根跳绳，跑到雷家院子，当着一院子看热闹的人，反剪起雷黑子双手，把他捆在了大榆树上。田老师从猪圈屋拿起一根吆猪的响篙，交给雷黑子的妈，叫她想打几下就打几下。雷黑子的妈当真拿起响篙，一边流泪一边抽起雷黑子来。抽了一阵，田老师问："打够了吗？"妇人说："打够了。"田老师便解了跳绳。雷黑子一屁股塌到地上，痛哭流涕，威风扫地。

田老师如今年届八旬。两只从前能够精确发射粉笔头的手总是抖个不停。前不久是田老师生日，城里的二十多个学兄邀约着接他到城里玩，田老师深思熟虑做了回总结：跟我交情最深的，出息最大的，全是被我打过的。

我说我没挨过您的打。

他说他教几十年书，打几十年人，只有一回踢了一个学生的"麻筋"，学生倒地双脚乱弹，吓得自己脸色煞白，发誓退休前的五年再不打人。

"你正撞到这五年里来了。"他摸了摸我的头说。

二

人生识字糊涂始。

"一点一横一大拖，中间夹个麻雀窝，左一拖，右一拖，一拖一拖又一拖。"

我们村的孩子，认得的第一个字，不是"一"，也不是自己的姓名，多半先认识这个"廖"字。

教认这个字的人，不姓廖，姓郭。他拥有一个公共称呼：干爷。那时的干爹，不含贬义，干爷就是干爹。

干爷一只脚长，一只脚短，眼睛也不好使，不能下地干活。他的短处，在其他方面得到了恰好的弥补。

村里风俗，小孩不好带，就认个干爷。要么是杀猪匠，杀气重，能压邪；要么是乞丐或残疾人，所谓虱多不痒，债多不愁，反正都那样了，能以残破之身捎走干儿子灾病，不但无怨，还算积德。

干爷记性好，嘴劲儿足。干儿子环绕的时候，不厌其烦，讲"中间夹个麻雀窝"，讲"你也长我也长，中间夹个马儿郎"，教"大月亮小月亮，哥起来学篾匠"，教"三十晚上大月亮，强盗出来偷水缸"……

一群不知幼儿园为何物的孩子，懵懂之中，被干爷进行了文字和文学的启蒙，牢记或受益一生。

一个作者投稿没注标点的诗，并表示对标点向来不在乎。作家冯达诺

老师

回信说：我对诗向来不在乎，下次只寄标点来，诗由我填好了。

邓老师教语文，他讲标点符号重要，可不是这样讲的。这位民办老师，农忙之时，常常来不及洗净脚上的泥，又赶到讲台为我们上课。

他在黑板上写"下雨天留客天留我不留"，提问主人到底是要留客还是赶客人走？

我们全来了兴趣。按照我们的智商，当场便能得意地找出两种答案。长大以后知道，这竟然可有 8 种断句方式。

趁着兴致，邓老师还抛出一句"养猪大如山老鼠头头死／酿酒缸缸好造醋坛坛酸"。按照我们的智商，也当场找出了两种截然相反的答案。

词性分 11 种，我们记不住。邓老师说：名动形、数量代、副介连助叹。

划句子成分，基本属于乡村孩子的尖端科学。邓老师说，有口诀：主谓宾定状补，主干枝叶分清楚，主干成分主谓宾，"的"定"地"状"得"为补。

邓老师自费征订了班上唯一的刊物，就是《故事会》。它是我们能够放眼山外的独有通道。邓老师让我们听故事，还郑重告诉我们，写故事可以赚钱。一段时间，估计远在上海的这家刊物，可能密集收到了重庆某所山村小学的投稿。

在老家，无论对方怎样讲，彼此都能明白"会飞的灰机是飞机"；孙深生森僧，一概念"森"，但在具体的语境中，彼此都能意会哪指孙子、哪指和尚。

进了师范，老师说，这怎么行，你们将为人师，发音要准，字形要对，字义不仅要知其然，还要知其所以然。

那些老师，似乎楼板上铺席子——高一篾片。他们不但这样教，还将成果写成论文，成为评职称的要件。

比如汉字中的很多字，长相大同小异，难免似是而非。老师说"戍"横"戌"点"戊"中空，十字交叉就念"戎"。

比如讲仓颉造字，讲象形、会意、形声，居然还能讲出造错了的字。老师指出："射"和"矮"，完全造反了，寸身为矮，委矢是射。

教"语基"的老师，为解决我们 H、F 不分的老大难问题，编出顺口溜，似乎还有故事情节：方番甫，非凡父，乏福分，伐服夫，伏风峰，弗反复。

师范毕业，入伍教师行业，一直教语文。后来，村里城里，内地沿海，颠来倒去，但万变不离以文字糊口。有时，会突然反问自己为什么总在文字的河流里掬一瓢饮？

偶一回头，似乎看到，这与干爷、与老师都有关联。也许，是他们指明了文字密林里的河床，而我，恰好找到了他们手指的文字航向。

三

我弃下教鞭浪迹南粤之始，工厂的机械化让人有些窒息。宿舍的对门是间令人想入非非的公众夫妻房，隔壁是个昏天黑地的麻将窝，抽身去厂外，书摊的杂志封面裸呈着白晃晃的人肉，影视厅的广告牌比杂志封面更为开放大胆。接受友人建议，去听演唱会，那"明星"似乎穿着衣服演唱很不舒服，就将衣服一层层地剥，观众便伸长了鹅颈看，每到台下屏息敛声，便是台上剧情到了高潮。

此种氛围之下，为了显示存在，我便继续写点东西。

在广东鼓捣出来的第一篇东西叫《幺爸》，其中缠夹些西部民俗。

经饼子引荐，我揣了文稿，惴惴地去见那位"金锁链"文人，文人正在洗衣服。等他露面的时候，我便见到一个魁梧的南方汉子，说话时声音洪亮，中气十足，喉音极重，仿佛总有一大团话在嗓子眼排列，巴望着舌头尽快把它们发射出来。文人笑起来极其豪爽，那笑声具有一种磁性的感染力，仿佛《月儿湾的笑声》结尾时冒富大叔发出的那种，爽朗坦诚来自肺腑。弄清我跟饼子的饮食取向，文人高兴地说："好，我请客，到'庄稼院'去。"

"庄稼院"是家川菜馆，文人本是本土人，只吃粤菜。为陪我们吃川菜，他便一边吞白开水，一边嘶哈着吃麻辣鲜，令饼子和我感激。这一感激起来，文稿的事不便再谈；况且第一次见面，原本有事求他，倒让他做了东，心里很是过意不去。

老师

221

　　然而文人很快打了电话到工厂找我，说文章写得极好，只是题中的"幺爸"不知确切为何物。解释了半天，他说，广东人都叫"细叔"。文章见报时，他保留了"幺爸"的称呼，加了个"细叔"的诠释。

　　不久文人又打来电话，还是喉音极重的腔调，告知我的一篇文章被《青年文摘》转了，说完竟自"哈哈哈哈"大乐起来，那极具穿刺力的快乐，仿佛他摔一个跟头却捡了个宝贝媳妇。

　　春节临近，我应邀到虎门文学社赴会。到会之后，发现文人周围竟有四五十位文学爱好者，全是广东以外的外来工。作为广东土著，他盛赞外来工们"不是猛龙不过江"，还对每个人的作品进行了点评。第二天，《东莞日报》报道了这次文学活动，标题就是"不是猛龙不过江"。对他有了进一步了解，得知这位众人口中的"陈老师"，是中国作家协会会员，广东文学院专业作家，原《少男少女》杂志副总编陈庆祥。

　　次年八月，我回乡参考，谋到以文为生的岗位。夜深，从《文化苦旅》的厚重艰涩中抬起头，迎面扑来了朗月清风和蛙鼓稻香，不觉想起一句诗来："月下的稻子正在灌浆。"

　　灌浆的稻子带给农人收获般的喜悦，但也有农人专事耕耘不问收获，比如陈庆祥先生。

　　不知不觉，月满心窗。

带着影子回故乡

这次返乡，毫无来由，想起了小时候的故事。

乡村刚刚通电，村人格外珍惜，室内照明，一般是二十来瓦的灯泡。有次大院办事，挂了只千瓦灯泡，一位小孩，乍眼看到墙上数倍于自己的影子，当场吓得哇哇大哭。

大人前去安慰：瓜娃子，那是你的影子。影子就是你的魂，看不到影子，是丢了魂，看得到影子你应该高兴。

一、坟

"大坟坝"。

这个地名，言简意赅，表明此地是生命歇息之所。

每处生命歇息地都还具有生命。

岁月之鞭，把初生的生命赶向强壮，把虚弱的生命赶到尽头，把世间万物赶往深处。在大坟坝，生命的故事，人物的命运，会像小说的情节一样被折叠进书里，然后在阅读中展开，清晰地浮现，在山岗，在眼前。

亲人故去，从当初的疼痛，到别梦依稀，后人对逝去生命的纪念，最后的具象为山野的那座坟茔。在经年的祭祀祷告中，坟，可以像春天的和风一样带来温暖，可以像长夜梦中的故事一样生长传奇，可以像升腾的青烟一样冒出希望。

祖屋的背后是一片竹林，林下是条石垒砌的堡坎，堡坎一头的沙窝名叫"沙凼"。祖母迟暮，有事无事，经常走到竹林，坐上堡坎，有人路过，有话无话搭讪两句，无人路过，就静静看天看地看庄稼。后来辞世，父辈按照乡间风俗，请了"地理先生"，为她选择安息之地。毫无提示，"地理先生"将其坟地选到了沙窝。从此，她天天留在此地，看山看云看竹林。

父亲住院期间，因为没有痛感，所以情绪良好，只是很少进食，所有的表征，似乎都显示他不会故去。我那时的岗位决定我年年满勤天天加班，

223

只能夜间前去陪他。某个时刻，一阵嗡嗡声从上空掠过，每当此时，他都会说：哦，9点了，去北京的飞机起飞了，你该回去睡觉了。

父亲与病榻纠缠三月，其间从未收到关于他的紧急呼叫。然而有一天，我忽然向领导请假，得以全天陪伴父亲。就在那天，2009年10月23日，父亲走了。离去的时刻，正是晚上9点。

将他送回老家，本意入土为安。回城当晚，他便与我捉起了迷藏。三更半夜，出现了摔碗摔瓢的声响。起身查看，并无异样；一俟躺下，木楼梯又响。连续数日，只能电话请教老家老人。他们说，你的父亲，可能走得很不服气。这才想起，虽然他是严重疾病，经与医生商量，从精神因素考虑，并没告诉他实情。正因如此，他觉得病不致死，便不服气。

稍理思绪，匆忙完成一篇《回家》，发表于《三峡都市报》。我相信他会看到，因为住院期间，他嘱我天天带报纸给他。

《回家》见报，再无异响。估计他已回到村里，回到他从小熟悉的大坟坝去。

"面对着坟墓，我冷眼向过去稍稍回顾，只见它曲折灌溉的悲喜，都消失在一片亘古的荒漠。"（穆旦《冥想》）

后人不想让前人消失。

我看到一座嵌着夫妇照片的合葬墓。合葬墓在村里很罕见，嵌照片的更是头一家。我说他们的子女想得周到，担心老人寂寞，所以让他们住在一起。旁人说并非如此。后代全在城里，年久日深，后代的后代，找不到祖先的坟墓，可以手拿照片回村比对。

心是一座坟，可以住自己，可以住别人，也可以住着地名。那天晚上，与同事闲聊，几杯小酒之后，说到他的亲人垂死病中惊坐起，坚决要求回老家，同事口出金句：他们并不怕死，但是他们害怕回不去。

二、屋

因为疫情，已经两年没回老家。

车过村庄，猛然发现，公路两旁的房屋，几乎清一色戴上了蓝色"帽子"。

侄女说：凡是有"帽子"的房屋，主人都没在家。

在历史老人的眼中，我们只不过是光阴里的过客，大千里的蜉蝣，大地上的微尘，众生里的蝼蚁。

然而，因为房屋，因为房屋的记忆，因为盛满房屋的故事和命运，让我们拥有自觉，从而感到分量，感到充盈，感到自己是大地的主人。

乡村的房屋从来不是抽象的。村后有山，村间有河，村前有路。院里有树，树上有果，枝上有鸟，斑鸠在叫、布谷在叫、喜鹊在叫。房顶有炊烟，炊烟之上是蓝蓝的天。房内有亲情，媳妇上灶，婆婆添柴，烟火缭绕，香气外溢。寻常的锅碗瓢盆，挥洒人世的离合悲欢。

日子简单，幸福绵长。有家可归的日子，有屋可居的乡村，自由随心，人都情愿化成一株草木、一滴露珠、一只小鸟、一朵山花……

每次返乡，我都会拜谒自己的老屋，尽管它已不属于自己。

曾经的老屋，二层，整整十间房。

彼时父亲年轻力壮，我和弟弟均未成婚，眼看楼上楼下电灯电话成为乡村嫁婆的标配，父亲坐不住了，奋袖出臂，斗志倍增，带了錾子钢钎，只身开辟了一座石矿。父亲挥汗如雨，石山变成条石，条石变成石砖。我和弟弟不敢闲着，天天负责运输。三个男人耗时一年，完成了烦琐的备料工程。然而房屋建成不到十年，我调离原岗，弟弟另择新居，妹妹出嫁，父亲进城。老屋人去楼空，无人照护，只能易主，最后以一万四千元的价格，卖给了雷家。

失去老屋，从此成为村庄的过客。

一眼望到本家的房屋，我的思想变得更加复杂。那栋一楼一底，经年无人居住，楼上一角，已然倾塌。为建此屋，他家借钱借物，使出浑身解数。然而无论当初多少豪壮之举，都未能挡住岁月的风剥雨蚀。

站在他的屋檐下，庆幸代替了先前的忧伤。尽管失去了老屋主权，但我的老屋依然健在。

我开始敬重那些蓝色"帽子"。为了抵挡不期而至的残破，乡邻开动脑筋，购置了钢架钢皮，为各自的老屋，罩上了钢制顶棚外衣。

带着影子回故乡

他们用这样的行动公然宣示，根还在此，无论早迟，自己都会回去。

三、草

有个词叫草菅人命。其实草比人命长。

幺叔说，前几天，邻村张家人回乡挂坟，香蜡纸烛的火，引燃荒坡上的草，火舌一路蔓延，顺势烧了李家的房。

经他提醒，我们果然发现，从大路的这头，通向母亲的坟头，沿途都是枯黄的茅草。小径平常少有行人，齐胸的草叶封住了路面。

乡邻说到某人已过世，会用一句"坟头早长了三尺高的草"。母亲故去的当初几年，坟头长草，父亲总在我春节返乡之前，点一把火，将草烧掉。后来他随我住进城里，只能一同返乡，来不及提前点火，于是我第一次见了那草。我说：这草这么高，恐怕有三五尺，这么直，一点枝丫都没有，小时怎么从未见过？父亲说，这草夏天开白花，秋天枯槁，头年烧了，逢春又长，有人说叫"一枝蒿"。偶有一天，想起此草，随手求证，得知它叫"蓍草"。

多年以后，父亲去世，母亲坟头再无此草。

于是感慨，草什么都知道，但它什么都不说。玩味其中，你自己品，慢慢品细细品。

这些年都是春节返乡。风雪载途，衰草无边，眼前的乡村景象，难免让人心生感慨，潜滋暗长些隐忧。自己生于乡村，成年后离开乡村，血液中生命中始终涌动着春草与泥土的基因。我知道，不能长草的地方才是真正的沙漠，能够长草的地方也一定会长出希望。

百年前的某个日子，我的先祖，腰缠褡裢，两眼向前，来到这个村子，完成了一个种姓的开疆拓土，最后让自己的名字赫然刻进了大坟坝最古老最壮观的石碑里。

这个村子，小地名叫黄家坪。村的上半段，叫上黄家坪，黄姓仍是大姓；下半段，虽然叫下黄家坪，却没有一家姓黄的了。我的祖上，就是在别的地方攒了积蓄，迁到下黄家坪，买了几亩薄地，养家度日。我能想象，他们当初就像一粒草籽，被希望的风吹到这里，小心翼翼，拱开陌生的瘠土，生根发芽。

只要是草，就不会只经历冬天。

春天以后，草长莺飞，小伙伴呼朋唤友，一路打着猪草，一边念着口诀：鹅儿肠，猪不尝；关丝草，猪不咬；侧耳根，猪不吞……生而为草，能与人类世界如此紧密关联，那是草的荣光。不仅仅是猪草，许多草均可入药。早知这一点，也许我们当初会念"当归甘温，生血补心，扶虚益损，逐瘀生新"……

草与人与土地命运交集，共同演示时代之变与生活之变。

春雨惊春清谷天，夏满芒夏暑相连。

秋处露秋寒霜降，冬雪雪冬小大寒。

天地有序，草木自有荣枯。

草的四季就是乡村的四季，乡村的四季就是大千的四季。轮回之中，早有安排，山海自有归期，风雨自有相逢。

带着影子回故乡

大河边的流年

从开州去万州办事，坐在三峡都市报社静静的大楼里。

突然，江上飘来客船汽笛。笛声经过两岸青山一脉江水，百转千回，延展拉长，久久缠绵于城市上空，萦绕心头。当场闪念，期盼我家能在岸上住，双桨划开千层浪，把酒临风歌不落。

人世间的奇妙之处，就在无法预知下一刻发生的事情。

板凳坐得十年冷，江湖夜雨十年灯。从三峡水库蓄水开始，到十年之后离开，我当真在万州拥有过一间面向长江的办公室。十年之间，曾经的婀娜江面，已富态成一片汪洋的湖面。

日子恰如这汪平湖，表面波澜不惊，里层却蕴含了数十条河流。平湖不会记住驶过的每艘巨轮，但会容纳滴落的每滴雨水，前者是过客，后者是归人。岁月熨烫得柔顺平滑的时光，故事都鲜活在不起眼的褶皱里，全是细节。

子

重庆的那个春天，是红色的海洋。一片红浪之中，踏上了辖区内的那次红色之旅。车行不远，众人惊呼中，原来望见河岸一树羞涩的桐花。当时车内的情节，似乎关于爱情，这久违的桐花，便勾出听过并记得的几句诗：想你的时候，桐子花开了；想你的时候，桐子花谢了。想你的时候，桐子花能不能不开？想你的时候，桐子花能不能不谢？

恒合，相邻湖北，一个有红色故事的土家族乡。村里一位土家族的省级人民代表大会女代表，毫无保留地演唱了她在人民代表大会上的保留节目：妹妹要是来看我，不要走那小路来。小路上的毒蛇多，我怕咬着妹妹的脚。哥哥要是来看我，就从那梦中来。梦中只有你和我，想做什么就做什么。第一次听到此歌，仿佛天籁，记忆长久。不久随市作协去小三峡、小小三峡，小船上的艄公，披蓑戴笠，韵味十足，亮出一嗓《伙计歌》来，令人击节，余音至今萦怀。

从恒合大山带回数枚松果，其中一枚送给丫头。那家伙初则不以为意，后来，竟然悄悄藏于某处，兴许有了心情，她会细致端详。松果其实是松树的种子。但凡种子，都能生根发芽。但凡发芽，都会长出新的希望。

春季里，想为一个人写一本书。种进心底的《半亩江湖》和《渔眼向洋》破土而出。那一天，我同时迎来了丫头和儿子的生日。这是个幸福指数很高的春天，春光荡漾，春风沉醉，形如初恋。遥想当年青衫薄，1999 年，《曾经杉木尖》面世的时候，我曾打着横幅，签名售书，卖出 8000 多册。而作家何真宗关于《半亩江湖》的书评，使一个隐退江湖已久的名字，重新登上《南方工报》《作家视野》，以及中国作家网等数十家媒体。

正如书里所说，不是每个人，回首灯火阑珊处，都能找到梦里寻他千百度的人。于千万人中，于千万年间，不早一步，不晚一步，刚刚遇上，只能是说，缘来如此。

丑

那一世 / 山转水转佛塔呀 / 不为修来世 / 只为在途中与你相见。从遥望西藏，到触摸布达拉宫砖墙，只在一念之间。

这些年，常有远足，却全是因了任务或工作。真正意义上的旅行，可能只有这次。不只是眼耳鼻舌身的愉悦，也有灵魂上的洗礼。

走进青海湖，走进羊卓雍措，走进纳木措。眺望拉萨河，眺望尼洋河，眺望雅砻藏布。站上念青唐古拉山口，站上冈巴拉山口，站上米拉山口。极目可可西里，极目香格里拉，极目邦杰唐草原。触摸扎布伦寺，触摸大昭寺，触摸布达拉宫。经幡阵阵，罡风猎猎，苍鹰盘旋，雪天一色，心中的西藏，除了震撼，便是圣洁。

有朝圣者，五步一叩，三步一拜，一路走来，越过千山万水；有苦修者，日复一日，年复一年，经年卧冰尝雪。他们必定容颜憔悴，然而神色坚定，他们必定蓬头垢面，然而内心澄澈，他们面对雪山，眼里春暖花开。

从此，我向往援藏。我关注西藏电视台，关注《西藏日报》。我读《西

大河边的流年

藏一年》，读《西藏生死书》。

人生，总该有一次，哪怕只一刻，祥云上远山，禅意上心头。

寅

平湖那间属于我的江景房，门号"825"。房门开启的时候，开启了一个世界，房门闭上的时候，便开启了另一个世界。所有心门洞开的时刻，便是人间好时节。

一日，当刘掌柜在落地窗前扭着丰腴的腰肢，慨叹着平湖的日渐丰腴时，顺着他的目光，我望到了市政广场那些硕大的香樟、桂花和银杏。

这里本不是它们的故乡。万仞深山，白云生处，或是小小村落，袅袅炊烟，那才是它们的故乡。因为树大成材而移民至此，终日面对灯红酒绿，车马喧嚣，不知幸还是不幸。一个从学校调进机关的美女说：我想它们会不高兴的，就像我只喜欢学校一样。其中的银杏，发黄的叶片，像蝴蝶一样飘落翻飞，说不清是因了风的引诱，或是树的不挽留。但我相信，银杏本身是该落叶的，也许它的价值就在落叶。在这里会落，在故乡也会落，它以落叶的仪式，宣示叶落归根，成就秋的风景。

其实，我也移栽多次。从宁静的山村到半边街集镇，从西南农村卷入到南方热土，从山清水秀的小县城到万川汇流的平湖，从万州溯江而上至渝州，辗转迁徙，不为别的，只因宿命，注定去经历那些事，去了却那些愿，去结缘那些人。

离开故乡越远，越发现故乡是一道伤痕，表面光洁无比，一待天气回潮，便会暗暗发痒。灯火或起或灭之时，融入血脉的人与事，满脑子疯跑，或返青。

卯

离职学习三个月之后我又回长江之南。

岸下一艘客轮正鸣笛远航，岸上一片树叶正翩然凋零，一切都在提醒这是离散的季节。

刚从散开的筵席上走出来。即将离散的上午，有人哭，有人笑，有人闹，有人在沉默，有人在拥抱，有人在朗诵：

"你见，或者不见我，我就在那里，不悲不喜。你念，或者不念我，情就在那里，不来不去。你爱，或者不爱我，爱就在那里，不增不减。你跟，或者不跟我，我的手就在你手里，不舍不弃。来我的怀里，或者让我住进你的心里，默然相爱，寂静欢喜。"

"那一天，闭目在经殿的香雾中，蓦然听见，你诵经的真言。那一月，转动所有的转经筒，不为超度，只为触摸你的指尖。那一年，磕长头匍匐在山路，不为觐见，只为贴着你的温暖。那一世，转山转水转佛塔呀，不为修来世，只为在途中与你相见。"

朗诵结束，突然发觉，离散的时刻，想要表达的主题却是相见。朗诵之中，音乐始终在响，"再见再见，等到明年的这一天"。其实谁都清楚，明年，明年的明年，五十六人齐相见的可能是零。路过生命的许多人，大抵都是如此，相见时难别亦难，渐行渐远渐无声。

这个冬季来临之前，同样经历了一个铁三角的解体。这个铁三角构筑了整整七年，尽管我只在它的塔底，但我见证了这几千个日夜，大家有时各说各话更多的是同仇敌忾，有时分道扬镳更多的是协同上阵，有时仪态万方更多的是吐哺相见。醉时同悲欢，醒时各分散，分崩离析只在一瞬。先是塔身被抽取，不久塔顶又移位，现在只余塔基在江边。一个小小的等边三角形，被拉成了一个大大的钝角三角形。

此前的一年，更是聚少离多的一年。一年中，来自父母双方跟我有血缘的，五人离去，如今只能在照片中相见，其中包括父亲。另一次离散，则是"一步即天涯"，"一转身就是一世，一离别就是一辈子"。

过了这年，习惯性地改说"再见"为"拜拜"，因为疑心"再不能相见"缩写成了"再见"。

辰

万里王程三峡外，百年生计一舟中。

两位智者，席间适意闲谈，人间烟火轻拂其间。话及人生"五老"，

大
河
边
的
流
年

道是老体、老房、老本、老友、老伴。听者莫不以为然。

我努力记取"825"敲门而入、推门而入、破门而入的每一个人，你们使这里春风浩荡，使这里春雨飘荡，也使这里风雷激荡。莫道可遇不可求，也许你正是我"五老"之一。生命中还有一些人，尽管离去很远，依然离心脏很近，他们偶尔也来看我，醒时热泪沾襟。

时间会吹散一切，直到一尘不染。人生驿站，有很多转瞬即逝，有很多站台告别，有很多各自安好。

在"825"，曾经收到一段话，特留于此：生活里，有很多转瞬即逝，像在车站的告别，刚刚还相互拥抱，转眼已各自天涯。很多时候，你不懂，我也不懂，就这样，说着说着就变了，听着听着就倦了，看着看着就厌了，跟着跟着就慢了，走着走着就散了，爱着爱着就淡了，想着想着就算了。

被忽视的美好，后来才会明白。比如"825"里有一株树，由来已久，默默注目我几百日，我毫无管顾，而它竟然不改其芳，长势热烈蓬勃。即将离开"825"了，我终于弄清，树名"幸福"。

会不会，某一天，一转身，猛然发现，一首歌、一棵树、一个人，已生长成生命中的一个细节？

巳

龙年走了，只留下一个背影。

日积有余，岁积不足。匆忙杂乱中度过每一天，岁末道不出个所以然。一年以至一生，实在不过是一段旅程。尽管有留影，却留不下屐痕。尽管有惊喜，也总有不如意。恰如遥远之地有诱惑，但线路与行程须循规蹈矩。本想看日出的，难免天要下雨；本想看风景的，可能被动购物；本想艳遇的，却惧孙二娘。

因此，权以个人通讯报告文学集《点击"4+2"》的后记，草草为此年画上不尚圆润的句点。

文为：

感恩是生命的底色。

人言人生若能选择，当伸展为树的姿势，上泽天恩，下接地气，还自然以苍翠，报大地以绿荫。

龙年就要到达的一段时间，曾经难掩忐忑。

"知向谁边？何枝可依？心归何处？"

"此地若是南海岸，何须远朝普陀山？"

"点燃手指，照亮前程。"

这些凌乱无序的心情签名，忠实记录了一个中年人身处岔路口时的无序凌乱。

最终，逆流而上，成了"渝漂"一员。

"逆流"之后，轨迹仍在大河之边。当然已不再是从前那条固定的大河：有时是长江，有时是嘉陵江，有时是朝天门——长江与嘉陵江的交汇处。

一切重新出发。在龙年，首次不署笔名发表稿件，首次在直辖市党报开辟专栏，首次获得中国人口文化奖，首次在国家级媒体推出"4+2"，首次被网络点击文章超过 1000 万次，首次获得一串不曾有的经历。

于是，将这一年的事记在纸上。

于是，将这一年的人记在心里。

感谢这一年的事，必须的！

感恩这一年的人，必须的！

一年复一年，又一个春天将如期到来。

有时，春天，不是季节，而是内心。

午

狄更斯说，这是最好的年代，也是最坏的年代。

这句 150 年前的老话，正好言中我的 2013。

这个小龙之年，我的开端在海南，结束在海南。

海南除开明媚温暖，能时时萦绕于心的，便是一句广告词：为世界奔走，为海南停留。

这年的多数时间，我只在重庆停留。

某间小屋，某个夜晚，某条信息，触动了某根神经，突然想起，经过

大河边的流年

的好多地方，已不复存在：

天城2社，生我养我的地方；开县师范，三峡水涨沉入江底；新义初中、玉虹中学，没了建制；县委报道组，已无此称谓；党工委办公室，已被撤销；工业园区办公室，已经升格；市人口计生委，正在撤并。

很多时候，我都以为自己能两次踏进同一条河流。现实却如两次进入海南，看起来从终点回到了起点，实际上中间已隔着365里路。甚至，有的地方会消失，即便地方在，你也回不去。比如那个叫斯诺登的年轻人，踏入香港的一刻起，几乎等于与故乡永别。

时令已是蛇尾，农历的马年扑面而来，又让人憧憬起马的奔腾之势来。

因为梦想，所以期待。

未

老家有个人，小名叫"高高"，我们都叫他"高尔基"。男孩子，时有故意，将此三字倒着念。

我开始教书的时候，他开始给人看手相。"男左女右，"他指着我左手的某条掌纹，"如果这条线再长点，你就不只是个老师，可能是记者，是作家。"

人年轻的时候总有些小心思。比如，我的确只是个教师，但是我想当记者，想当作家。

于是写，于是投，于是考，于是进入靠文字吃饭的岗位。重庆直辖不久，我入了作协。然而，出现在"本报讯"后的名头，始终是特约记者。

教师节前后，终于，在《健康报》上，我的名字被冠以"记者"某某。

这时，我已不是教师多年。但是，我的确想教书了。

"闲来写就青山卖，不使人间造孽钱。"

我羡慕这份孤傲，羡慕这份狂放，但没有这份底气，没有这份豪迈。

我食人间烟火。只是想酒、肉、眠、牌之外，偶尔寻得一个角落，有一些自娱自乐。

这一年，码出的字，没往年多。前三年，每年发表的文字有十来万，而如今，少了一半。得意的是在北京的3家报纸，发表了10来个头版头条；

写的脚本，得了一个中国人口文化奖；一篇通讯，得了全国党刊优秀作品奖；一篇论文，评了个重庆市一等奖。

申

铜壶漏报天将晓，惆怅佳期又一年。

农历的七月七，是中国的情人节。

这年的情人节，于我而言，是周末，是生日。

刘掌柜等一伙热心肠，硬是叽叽歪歪，喳喳呼呼，轮番置酒，"连庆三日"。

七夕当晚，呼啦啦到了一帮人。恍惚之间，认得全是从前学生。

他们从开县赶来。最远的两位，从杨柳关辗转多个乡镇，到达县城，再从县城，乘车到重庆。

路长情长，令人感叹。

我曾从教八年。离开三尺讲台，已是十年又八。其间，我从乡下走进县城，走过二大城市，走到重庆，开州万州渝州，餐风饮露，手足胼胝。十八年之间，我在变老，他们长大，我走得慢，他们行得远。

年中去北京的时候，原定晚上六点到达，接机的学生早早候在机场。航班几经延误，结果六点尚未起飞。电话里，我说，你们不必等了，全都回去。他们回答说，商量的一致结果，只有一个字，等。

晚上九点下机，又乘车近一小时，到达一家餐馆。挤挤挨挨的一桌学生，家乡土菜，家乡土酒，人人上阵，一醉方休。餐馆老板说，要在往常，十点钟，早关门了。今天是学生请老师，破例，推迟打烊。

席间，得知开奥迪接机的，已是密云一家企业的老总，说话依然小心翼翼的，在首都有了自己的门面，那个大大咧咧的，已是北京卫生系统的同行……

酉

父亲节，估计是舶来品，我不大记得是哪天。以前一直以为，母亲节应该是"三八"节，父亲节应该是"八八"节。

大河边的流年

父亲节时，人在北京。正想着，父亲直接遗传给我的，可能包括头发会白，牙齿会缺，眼睛好使，耳朵中用。此刻接到小丫头从学校发来的节日慰问短信，随手回道：不能仅仅发个慰问电，你得请我吃饭。

返渝不久，小丫头认真张罗。我问请俺吃啥？她的回答，我听成是"鸡杂"。

我比较喜欢吃鸡杂。

按她规定的地点，在南坪万达广场会合。之后，穿过一条长长的明亮豪华的通道，落座四壁挂满彩图的餐馆。我质疑这里会卖鸡杂？她说谁说了鸡杂，给你说的是"比萨"。

比萨，估计也是舶来品，没吃过。找来册子，按图索骥，点餐将毕，我说我还要喝啤酒。她低声雅气地说，你女儿钱不多，点便宜点。我说那哪行，好不容易宰你一回。径直点了十六元一瓶的，两瓶。

吃喝完毕，小丫头不待吩咐，买了单，道了安，背着书包，回学校去。

这是我第一次吃比萨。

这是小丫头第一次请我。

戌

国庆节期间，重阳节那天，在一个叫"忠"的县，一个叫婚礼的仪式上，我将新娘丹的手，交给了一个叫果的人。

作为家长，我祝福他们播种一片春色，收获整个金秋。

丹的父亲，不能到现场。作为血缘最近的人，我在仪式上代行他的职权。

十四五年前，丹才六七岁。她的父亲，撒手人寰。身后留下的，除了丹，还有比丹更小的弟弟。

此间的十多年，无人帮他俩开家长会，无人可以被他俩唤作父亲，无人知晓他俩到底有没有抱头痛哭。

他俩能够称呼的，是一个当农民的妈。

还有一个，叫大爸，就是婚礼上代行父权的人。大爸身边，加上他俩，一共三个孩子。

粗放的养育之中，他俩健康成长。如今，丹成了新娘，她的弟弟，成了一名大学生。

某个凌晨，他俩的父亲，曾经来看我。当时的情节，是我站在码头，乘舟欲行。他说：你的行李还在宾馆里。于是我返回宾馆取行李，而他远远跟在我身后。我与他之间，始终隔着一阵风。

那时，因为感觉他并没走远，所以忘了告诉他，关于他子女的事。

我相信一切会越来越好。

亥

大年初一，自然醒。

窗外是通透的日光，和畅的惠风，自在的鸟声，茂密的椰林。有拖鞋，也可赤脚在阳台上走。可打望，视野所及，不费力就能望到海。有书，可跟长篇或杂志对话，也可以呷着咖啡，跟身边人说话。

当村庄的概念从生长自己的"天城村"泛化为地球村时，世界上任何天涯海角的距离，已缩短为飞机舱门的一开一闭。

只需两个多小时，便从冬寒包裹的重庆飞到了海南文昌的艳阳里，见到了人生路上的这位导师。

文昌乃"偃武修文"之地。导师退休之后，选择在此地越冬。在他人生和事业的盛年，我到达他的身边。他因为工作而睡不着，满头茂密的黑发，在那几年里变得稀疏而且泛白。为适应他快节奏的工作，我被迫牢记地区生产总值、工业增加值、财政收入、固定资产投资、社零总额、城镇居民人均可支配收入、农村居民人均纯收入，当月绝对值及与上年同比增幅。彼时手机尚不是智能的，存不了几个号码，所以，还需背得了300来个电话号码。我向来偏文，数字于我，近乎迷宫，但因他满脸的严肃与不容置疑，我不得不在迷宫里坚持。

导师到龄退休，坚拒了数个单位的聘请，转而学驾驶，学摄影，乐此不疲。

大年里见到的导师，仍然关心政治，仍然关注经济，有职业的习惯，有岁月的积淀。但端起一杯酒来，话题多是人间烟火，泡开一壶茶时，脸上更是云淡风轻。大年初四，我将辞行去三亚。一大早，导师自己开车，到海边码头，买了十种海鲜，煮成满满一桌。"饯行"之时，他说："年轻人做好年轻人的事，老年人做好老年人的事。"

这句话，仿佛是在说海。潮涨时，万里滔滔，退潮时，波平浪静。当然也是说人。在应当血脉偾张的年纪，不谈佛系，在应该静阅时光的年纪，不张牙舞爪。

大地上的每一页绿色翻过，每一页黄色翻过，每一页金色翻过，春分谷雨芒种处暑，播种生根开花结果，都是必然。每个季节，有各自的欢喜。

东风夜放花千树，深巷明朝卖杏花。

"春节"，是楔入雪花开放之后、杏花开放之前的一段时光，是节日，也是内心。内心柔顺，天天都是春节。瑞犬迎春，盛年锦时，祝福岁月从容，时光放缓，故人不散，再度华年！